Hermann
Hesse

페터 카멘친트

페터 카멘친트
Peter Camenzind

헤르만 헤세 지음 | 김화경 옮김

현대문학

차례

제1장

    태초에 신화가 있었다. 위대한 신은 인도 사람이나 그리스 사람이나 독일 사람들의 영혼 안에서 시를 쓰고 좋은 표현을 찾으려고 애썼다. 그처럼 신은 모든 어린아이의 영혼 안에 매일매일 또다시 시를 써넣는다.

    고향의 호수와 산과 시냇물이 무엇이라 불리는지 나는 미처 알지 못했다. 그렇지만 나는 청록색을 띠는 매끄럽고 넓은 호수가 햇빛을 받으며 가느다란 빛살들과 어우러져 놓여 있는 광경을 보았다. 마치 화환처럼 호수 주변을 첩첩이 둘러싼 험준한 산들의 가장 높은 틈새에는 반짝반짝 빛나는 하얀 눈이 쌓인 골짜기와 아주 작은 폭포들이 있었다. 산기슭의 밝고 비탈진 초원에는 과일나무와 오두막과 회색 알프스 소들이 보였다. 나의 가련하고 작은 영혼은 텅 빈 채 고요히 기다리며 누워 있었고, 호수와 산의 정령들은 그들의 아름답고 용감한 행적을 내 영혼에 새겨 놓았다. 꿈쩍도 하지 않는 절벽과 낭떠러지는 경외심에 가득 차서 대담하게 옛 시대에 대해 이야기해 주었다. 그들은 옛 시대의 아들이자 그 시대에 생긴 상처의 흔적을 지니고 있었다. 그들은 갈라지고 구부러지면서 산통으로 신음하며 고통스러워하는 땅의 몸에서 산봉우리와 산등성이가 솟아올랐던 그 당시에 대해 말해 주었다. 바위산은 우지끈 소리를 내고 울부짖으며 무작정 높이 솟구쳐 올랐다가 꺾이기도 하고, 쌍둥이 산들은 서로 자리를 차지하려고 필사적으로 겨루다가 어느 한쪽이 이기면 형제를 옆으로 밀어 던져 부숴 버리기도 했다. 아직도 골짜기 여기저기에는 그 시대에 꺾인 산봉우리와 밀려서 갈라진 바위들이 걸려 있다. 그리고 눈이 녹을 때마다 불어난 거센 물살이 집채만 한 바윗덩이들을 아래로 굴려서 마치 유리처럼 산산이 부수기도 하고, 부드러운 초원 깊숙이 거세게 굴러 들어가게 하기도 했다.

바위산들은 항상 같은 말을 되풀이했다. 그런데 층층이 꺾이고 구부러지고 깨지고 갈라져 터진 상처로 가득한 바위산들의 가파른 절벽을 보고 있노라면 그들의 말을 쉽게 이해할 수 있었다. 그들은 말했다. "우리는 끔찍한 고통을 겪었고, 여전히 겪고 있다." 그러나 그들은 마치 강인한 늙은 투사처럼 자랑스럽고도 엄격하고 단호하게 말했다.

그렇다, 투사다. 폭우가 쏟아지는 이른 봄밤에 성난 푄 바람이 그들의 늙은 머리를 휘감고 울부짖으며 콸콸 흐르는 시냇물이 그들의 옆구리에서 신선한 생살 조각을 뜯어낼 때, 그들이 물살과 폭풍우와 싸우는 모습을 나는 보았다. 그들은 이런 밤에 음울하게 숨을 죽이고서, 완고하고 고집스럽게 뿌리를 박고 버틴 채 서 있었다. 갈라진 암벽과 바위를 뿔처럼 뻗치고 폭풍우에 맞섰으며, 온 힘을 다 모아 고집스럽게 웅크리고 버텼다. 상처가 날 때마다 분노와 공포로 무시무시하게 우르릉거렸고, 낙담하고 분노에 찬 끔찍한 신음 소리를 멀리 떨어진 뤼페넨 골짜기까지 울렸다.

나는 초원과 비탈과 흙이 있는 절벽 틈새를 뒤덮은 풀과 꽃과 양치식물과 이끼를 보았다. 그러한 식물들에는 옛 토속어로 기묘하고도 영감이 넘치는 이름이 붙었다. 산의 아이들이며 후손인 식물들은 각자의 자리에서 다채롭고 천진난만하게 살아갔다. 나는 그들을 만져 보고 관찰하고 향기를 맡고 이름을 익혔고, 나무들의 모습에 점점 더 진지하고 깊은 감동을 받았다. 나는 나무 하나하나가 고립되어 각자 나름의 삶을 살아가는 것을 보았다. 그들은 각각 독특한 형태와 우듬지 모양을 만들고 고유한 그림자를 드리웠다. 나무들은 은둔자나 투사로서 산과 가까운 관계인 듯했다. 모든 나무들은, 특히 산꼭대기 높은 곳에 서 있는 나무들은 생존하고 성장하기 위해 바람과 날씨와 바위에 맞서 조용하고 끈질기게 투쟁하고 있었기 때문이다. 각자의 무게를 걸머진 채 꼭 달라붙어 있어야 했고, 따라서 각각 고유한 형태와 독특한 상처를 지니고 있었다. 폭풍우 때문에 한쪽으로만 가지를 뻗쳐야 하는 소나무들이 있었다. 붉은 나무줄기가 위쪽에 튀어나온 바위를 뱀처럼 휘감아 서로를 안고 지탱하고 있는 나무와 바위도 있었다. 그들은 투사처럼 나를 바라보았고, 내 마음에는 두려움과 경외감이 휘몰아쳤다.

우리 마을의 남자들과 여자들도 그들을 닮아 거칠고 깊게 주름이 패었고 말이 거의 없었는데, 훌륭한 사람들일수록 말수가 적었다. 그래서 나는 사람들을 나무나 돌처럼 바라보며 그들에 대해 생각하고, 그들을 말 없는 소나무보다 덜 존경하지도 않고 더 사랑하지도 않는 법을 배웠다.

작은 우리 마을 니미콘은 호숫가에, 튀어나온 두 산비탈 사이에 긴 비스듬한 삼각지에 자리 잡고 있다. 길 하나는 가까이에 있는 수도원 쪽으로, 다른 하나는 네 시간 반 걸리는 이웃 마을을 향해 나 있으며, 호수 주변에 있는 다른 마을들에는 배를 타야 갈 수 있다. 우리 마을 집들은 낡은 목조 양식으로 지어졌고 얼마나 오래됐는지는 확실하지 않다. 새 집이 지어진 적은 거의 없고 낡고 작은 집들은 필요할 때마다 조금씩 수리했다. 올해는 마루를, 이듬해에는 지붕 일부를 고치는 식이다. 대들보 반쪽과, 예전에는 방의 벽으로 쓰였으나 이제는 지붕의 서까래로 쓰이는 길고 가는 각목들을 볼 수 있다. 서까래로 쓸 수는 없지만 태워버리기는 아까운 것들은 다음번에 외양간이나 건초를 쌓아 두는 헛간을 수리하는 데 쓰거나 현관문의 횡목으로 사용한다. 거기에 살고 있는 사람들도 비슷하다. 자신의 역할에 최선을 다하지만 우물쭈물하다가 쓸모없는 사람들 무리에 끼게 되고, 결국은 그다지 세인의 이목도 끌지 못한 채 어둠 속으로 사라진다. 여러 해 동안 떠나 있다가 고향에 돌아온 사람은 낡은 지붕 몇 개가 새로워지거나 새 지붕 몇 개가 낡았다는 사실 외에는 어떤 변화도 느끼지 못한다. 예전 노인들은 세상을 떠났지만 다른 노인들이 거기에 있다. 같은 집에서 살고 같은 이름을 가지고 있으며, 똑같이 머리가 검은 아이들을 보살피고 있다. 얼굴이며 태도까지 그동안 세상을 떠난 노인들과 거의 차이가 없다.

우리 마을에는 외부로부터 새로운 혈통과 생명이 흘러 들어오는 일이 무척 드물었다. 대체로 건강한 종족인 주민들은 거의 모두 서로 인척 관계이고, 족히 4분의 3은 '카멘친트'라는 성을 갖고 있다. 그 이름은 교회 기록부를 채우고 교회 묘지의 십자가에도 쓰여 있고 집집마다 문패에 유성페인트로 적혀 있거나 거칠고 투박하게 새겨진 채 스스로를 과시하고 있다. 그 이름은 운송업자의 마차와 마구간의 양동이, 호수에 떠 있는 보트에서도 읽을 수 있다. 우리 아버지 집의 현관문 위에도 이렇게 써 있다. '이 집은 요스트와 프란치스카 카멘친트가 지었다.' 그렇지만 이 문장은 아버지하고는 전혀 관계가 없고 아버지의 선조, 즉 나의 증조할아버지를 가리키는 말이다. 그리고 내가 설령 자식을 남기지 않고 죽는다 할지라도, 그 낡은 집이 그때까지 허물어지지 않고 지붕만이라도 덮여 있다면 카멘친트라는 성을 가진 다른 누군가가 들어와 다시 살게 될 것이다.

겉으로는 신앙심이 깊어 보이지만, 우리 마을에도 착한 사람과 나쁜 사람이 있고 고상한 사람과 비천한 사람이 있으며 힘 있는 사람과 하찮은 사람이 있었다. 영리한 사람들도 꽤 많았지만, 백치들은 셈에 넣지 않더라도 그 외에 즐거움을 자아내는 한 무리의 어리석은 사람들이 있었다. 어디에서나 그렇듯 커다란 세계의 축소판이었다. 큰 사람과 작은 사람, 약삭빠른 사람들과 어리석은 사람들이 서로 끊을 수 없는 친인척 관계였고, 완고한 교만함과 고루한 경박함이 종종 한지붕 아래서 서로의 감정에 상처를 입혔다. 그래서 우리의 삶은 인간성에 깃든 깊이와 우스꽝스러움을 충분히 드러내 주었다. 다만 의기소침이라는 영원한 베일이 감춰져 있거나 무의식중 그 위를 덮고 있을 뿐이었다. 자연의 힘에 의존해야 한다는 것과 일을 많이 하는데도 생활이 궁핍하다는 사실이, 시간이 흐르면서 그렇지 않아도 쇠락해 가는 우리 종족에게 우울한 성향을 불어넣었다. 그것은 사람들의 날카롭고 싸늘한 얼굴에 썩 잘 어울렸지만, 그 밖에는 전혀 좋을 게 없었다. 최소한 즐거운 결실을 맺지는 못했다. 바로 그 이유 때문에 마을 사람들은 아직은 차분하고 매우 진지하긴 하지만, 어리석은 몇몇 사람들이 웃고 조롱할 만한 기회를 만들어 내면 즐거워했다. 그들 가운데 누군가 어리석은 짓을 해서 사람들 입에 오르내리면 니미콘 사람들의 그을리고 주름진 얼굴에는 즐거운 빛이 번개처럼 떠올랐다. 우스운 일 그 자체를 즐길 뿐만 아니라 자신이 우월하다는 기쁨이 섬세하고 위선적인 양념으로 가미되었다. 자신이라면 그러한 잘못이나 실수를 절대로 저지르지 않을 것이라는 만족감에 사로잡혀 혀를 차는 것이었다. 정의로운 자들과 죄 지은 자들 사이에 서서 마음에 드는 것을 골라 즐기곤 했던 많은 사람들 속에는 아버지도 끼어 있었다. 어떤 어리석은 짓이 벌어질 때마다 아버지는 몹시 동요했다. 그리고 그런 어리석은 짓을 한 이에게 공감하며 감탄하거나 자신에게는 그런 결함이 없다는 두둑한 자부심을 내비쳤는데, 아버지는 그 두 감정 사이를 우스꽝스러울 만큼 오락가락했다.

콘라트 아저씨는 그런 어리석은 사람들 부류에 속했지만 그렇다 해도 아버지나, 다른 용감하고 훌륭한 사람들에 비해 사고력이 뒤처지지도 않았다. 오히려 그는 빈틈없고 약삭빠른 사내였다. 또한 다른 사람들이 마음속으로는 부러워할지도 모를 만큼, 쉴 틈 없이 뭔가를 발명하려는 생각으로 가만히 있지 못하는 사람이었다. 물론 하나도 성공하지는 못했다. 그는 실패에 대해 의기소침하거나 아무 일도 하지 않고 깊은 생각에 잠겨 있는 대신 항상 새롭게 다시 시작했고, 그러면서 자기 계획들의 희비극에도 불구하고 묘하게 활기찬 기분을 유지했다는 것은 확실히 그의 장점이었다. 그렇지만 그는 우스꽝스럽고 별난 친구라는 평판을 들었고, 때문에 사람들은 그를 돈 내지 않고도 구경할 수 있는 마을의 어릿광대 가운데 한 명으로 여기고 있었다. 아저씨에 대한 아버지의 태도는 늘 감탄과 경멸 사이를 오락가락했다. 처남이 새로운 계획을 세울 때마다 아버지는 크게 호기심을 느끼고 흥분 상태에 빠져들었다. 탐색하듯 빈정대는 질문이나 비꼬는 말 뒤에 그런 속내를 숨겨 보려고 애썼지만 헛수고였다. 아저씨가 성공을 확신하면서 대단한 사람처럼 행동하기 시작하면 아버지는 매번 마음을 빼앗기고, 형제애에서 시작된 투자 차원으로 이 천재에게 합류하곤 했다. 그러나 결국 불가피하게 일이 실패로 돌아가면 아저씨는 어깨를 으쓱하고 마는 반면, 아버지는 화가 나서 아저씨에게 경멸과 모욕을 퍼붓고는 몇 달 동안 더는 눈길도 주지 않고 말 한마디도 건네지 않았다.

우리 마을 사람들이 돛단배를 처음 보게 된 것도 콘라트 아저씨 덕분이었는데, 그때도 아버지의 작은 보트가 필요했다. 돛과 닻줄은 아저씨가 달력에 인쇄된 목판화를 본떠 깔끔하게 만들었는데, 결국 우리의 작은 조각배가 돛단배로 만들기에는 너무 폭이 좁았다는 게 콘라트 아저씨의 잘못은 아니었다. 준비하는 데 몇 주일이 걸렸다. 아버지는 긴장과 희망과 불안으로 안절부절못했고 마을 사람들도 콘라트 카멘친트의 새로운 계획 말고 다른 이야기는 하지 않았다. 바람이 많이 불던 어느 늦은 여름날 아침, 그 배가 처음으로 호수에 뜨게 된 그날은 우리들에게 있어 기념할 만한 날이었다. 아버지는 어떤 대참사가 벌어지지나 않을까 하는 소심한 예감 때문에 멀찍이 떨어져 있었다. 아버지가 함께 배에 타지도 못하게 했기 때문에 나는 무척이나 낙심했다. 빵집 아들 퓌슬리만 혼자서 그 돛단배의 대가와 동행했지만, 마을 사람들 모두가 우리 집 자갈밭과 정원에 서서 일찍이 들어 본 적 없는 그 구경거리를 바라보며 동참했다. 호수 아래쪽으로 빠르게 동풍이 불었다. 처음에는 배가 순풍을 탈 때까지 빵집 아들이 노를 저어야 했다. 바람을 타자 돛이 부풀고 배는 자랑스럽게 나아 갔다. 우리는 배가 가까운 산기슭을 돌아 사라지는 광경을 감탄하며 바라보았다. 그리고 영리한 아저씨가 돌아오면 승리자로 맞이하고, 그를 비웃었던 우리의 경박함을 반성하려고 마음먹고 있었다. 그렇지만 밤이 되어 배가 되돌아왔을 때 돛은 전혀 남아 있지 않았고, 배에 탄 사람들은 초주검 상태였다. 빵집 아들은 기침을 하면서 말했다.

"여러분은 본격적인 재미를 놓치고 말았어요. 잘하면 일요일에 두 집에서 장례 음식을 얻어먹을 수도 있었을 텐데요."

아버지는 판자 두 장을 새로 덧대어 배를 수리해야 했고, 그 이후로 다시는 푸른 호수에 돛이 비치는 일이 없었다. 그로부터 꽤 오랫동안 사람들은 아저씨가 무언가 서두르는 기색이면 뒤에서 이렇게 소리를 질렀다.

"돛을 달아야지, 콘라트!"

아버지는 화를 속으로 꾹꾹 눌러 참으며, 오래도록 그 가련한 처남을 만날 때마다 고개를 돌려 외면하거나 말로는 표현할 수 없는 경멸의 표시로 크게 포물선을 그리게 침을 퉤하고 뱉었다. 이런 상황은 콘라트 아저씨가 어느 날 내화耐火 오븐을 만들 계획안을 들고 찾아올 때까지 계속되었다. 그 일로 이 발명가는 실

컷 조롱을 당하고 아버지는 고스란히 4탈러의 돈을 손해 보았다. 아버지에게 이 4탈러 이야기를 떠올리게 하는 사람은 혼쭐이 날 것이다! 한참 후 집안 살림이 궁해지자 한번은 어머니가 말이 나온 김에, 쓸데없는 일에 허비해 버린 그 돈이라도 남아 있다면 얼마나 좋을까 하고 말한 적이 있었다. 아버지는 목까지 시뻘게졌지만 꾹 참고 한마디만 했다.

"그 돈으로 일요일 하루 술이나 진탕 퍼마셨으면 좋았을걸"

겨울이 끝날 무렵이면 언제나 푄이 낮게 윙윙거리며 찾아왔다. 알프스 지방에 사는 주민들은 두려움에 떨며 그 소리를 듣지만, 타향에 있으면 가슴을 파고드는 향수를 느끼며 그 소리를 그리워하게 된다.

푄이 가까이 다가오면 남자나 여자나 산이나 짐승이나 가축이나 할 것 없이 몇 시간 전부터 그것을 느낀다. 거의 언제나 서늘한 맞바람이 먼저 불고 난 다음 따뜻하고 낮은 바람 소리가 들려오며 푄이 온다는 사실을 알린다. 청록빛 호수는 눈 깜짝할 사이에 먹물처럼 검게 변하고 별안간 하얀 거품을 일으키며 파도친다. 몇 분 전까지만 해도 소리 없이 잔잔하던 호수는 바로 바다처럼 거친 파도를 기슭으로 몰아치면서 우레 같은 소리를 낸다. 그러면 동시에 주변 풍경이 불안에 떨며 가까이 다가선다. 여느 때에는 멀찍이 떨어져 생각에 잠겨 있는 가물가물한 봉우리들이 이제는 바위를 셀 수 있을 정도로 가까워 보이고, 평소에는 저 멀리 갈색 점으로만 보이던 마을 집들에서 지붕과 박공과 창문을 분간할 수 있다. 산과 초원과 집들이 모두 겁먹은 가축 떼처럼 바짝 다가선다. 그러고 나면 천둥이 울리는 듯한 바람 소리가 나고 땅이 진동하기 시작한다. 채찍질이라도 당한 듯 파도를 일으키는 호수의 물결은 마치 연기처럼 공중으로 높이 솟구쳐 오르고, 특히 밤에는 폭풍과 산들이 필사적으로 싸우는 소리가 끊임없이 들린다. 그러면 얼마 지나지 않아 흙더미로 메워진 시냇물, 무너진 집들, 부서진 배, 실종된 아버지와 형제들에 대한 소식이 마을에서 마을로 퍼져 간다.

어렸을 때는 푄이 무서웠고 싫었다. 그러나 청소년기의 거친 난폭함에 눈뜨자, 나는 이 반항자이자 영원한 청년이며 대담무쌍한 투사요, 봄을 불러오는 푄을 사랑하게 되었다. 생명과 충만함과 희망에 가득 차 휘몰아쳐 돌진하고, 웃고 신음하면서 거친 투쟁을 시작해 울부짖으며 골짜기로 내달려 산에 쌓인 눈을 먹어 치우고, 강인한 늙은 소나무들을 거친 손으로 휘어잡아 신음을 내뱉게 하는 것은 정말 멋지고 장엄한 광경이었다. 푄을 향한 내 사랑은 점점 더 깊어져서, 이제는 푄이 실어 오는 감미롭고 아름답고 지극히 풍요로운 남쪽 나라를 반갑게 맞이했다. 남쪽 나라에서는 즐거움과 따뜻함과 아름다움이 끊임없이 용솟음치지만 이 산 저 산에 부딪쳐 깨어져, 마침내 평평하고 서늘한 북쪽 나라에 다다르면 지쳐 시들어 버리고 만다. 푄이 불어오는 시기가 되면 산골 사람들에게, 특히 여자들에게는 갑자기 달려들어 잠을 빼앗고 모든 감각을 어루만지며 자극하는 이 감미로운 푄의 열기보다 더 신기하고 근사한 것은 없다. 냉담하고 빈약한 북쪽 나라의 품에 저돌적으로 불타오르며 뛰어들어, 가까운 벨슈란트[*]의 보랏빛 호숫가에는 이미 앵초와 수선화와 편도나무 가지에 다시 꽃이 피고 있다는 소식을 눈 덮인 알프스 지방 마을에 알리는 것이 바로 이 남쪽 나라의 바람이다.

푄이 지나가고 마지막 남은 더러운 눈덩이들이 눈사태를 일으키며 녹아 흘러내리고 나면 비로소 가장 아름다운 것이 찾아온다. 초원이 노란 꽃으로 뒤덮이며 산 위쪽을 향해 사방으로 뻗어나간다. 눈 덮인 산봉우리와 빙하는 높은 곳에서 순결하고 행복하게 서 있고, 호수는 파란색을 띠고 따스해지며 해와 구름이 떠가는 모습이 수면에 비친다.

이 모든 것들은 물론 어린 시절을 가득 채울 수 있고 때로는 그럭저럭 일생을 채울 수도 있다. 그 모두는 인간의 입술에서 나온 적 없는 신의 언어를 끊임없이 큰 소리로 말하고 있기 때문이다. 어린 시절에 신의 언어를 들어 깨닫게 되면 감미롭고 강하고 두려운 그 말이 평생 귓가에 맴돌아, 그 마력에서 결코 헤어날 수가 없다. 산이 고향인 사람은 여러 해 동안 철학이나 박물지博物誌를 연구하면서 옛 신을 저버릴 수도 있지만, 다시 한 번 푄 바람을 느끼거나 눈사태가 숲을 지나가는 소리를 들으면 심장이 떨리고 신과 죽음에 대해 생각하게 된다.

[*] Welschland. 로만어(프랑스어나 이탈리아어)를 쓰는 스위스 지방.

아버지의 작은 집에는 울타리를 두른 조그마한 정원이 있었다. 그 정원에서는 쓴맛 나는 샐러드용 채소와 순무와 양배추가 자랐다. 그 밖에도 어머니는 보기에도 딱할 만큼 비좁고 초라한 화단을 꽃을 심으려고 만들어 놓았는데, 여름 내내 꽃을 피우는 장미 줄기 두 그루와 달리아 한 무더기와 물푸레나무 한 줌이 소생할 가망 없이 가엾게 시들어 있었다. 정원에 있는 훨씬 더 비좁은 자갈밭은 호수까지 뻗어 있었다. 거기에는 깨진 통 두 개, 나무판자와 막대기 몇 개가 세워져 있었고 아래쪽 물속에는 우리 보트가 묶여 있었다. 당시만 해도 우리는 그 배를 이삼 년에 한 번씩 새로 수리하고 타르 칠을 했다. 그런 일을 하던 날들이 기억 속에 또렷하게 남아 있다. 초여름의 따뜻한 오후였다. 작은 정원에서는 유황색의 멧노랑나비들이 햇살을 받아 너울거리고, 기름처럼 매끄럽고 파란 호수는 고요하고 은은한 빛을 발했다. 산봉우리는 옅은 안개에 싸여 있었고 작은 자갈밭에서는 역청과 페인트 냄새가 강하게 풍겼다. 나중에도 그 조각배는 여름 내내 타르 냄새를 풍겼다. 몇 년이 지나서도 어딘가 바닷가에서 바닷물 냄새와 타르의 악취가 섞인 독특한 냄새가 코에 스치면, 바로 우리 호숫가 작은 자갈밭이 눈앞에 떠오르고 아버지가 셔츠 바람으로 붓질하는 모습이 보이는 듯했다. 아버지의 파이프에서 파르스름한 구름 같은 연기가 고요한 여름 대기로 피어오르고 번갯불 빛처럼 노란 나비가 불안하고 겁먹은 듯 날갯짓하는 모습이 눈에 선했다. 그런 날에는 아버지가 여느 때와 달리 기분이 좋았고 아주 능숙한 트레몰로로 휘파람을 불었으며, 유일하게 아는 짧은 요들을 낮은 목소리로 들려주기도 했다. 그러면 어머니는 저녁 식사로 맛있는 음식을 요리했다. 지금 생각하니 어머니는 아버지가 그날 저녁에는 술집에 가지 않기를 바라면서 그렇게 한 것 같다. 그렇지만 아버지는 그날도 어김없이 술집에 가고 말았다.

내 어린 마음이 성장하는 데 있어 부모님이 도움이 되었는지, 방해가 되었는지 말하기는 어렵다. 어머니는 항상 두 손이 모자랄 정도로 바빴고, 아버지로 말하자면 세상에서 교육 문제에 가장 관심이 없었다. 아버지는 몇 그루 과일나무를 간신히 돌보고 작은 감자밭을 갈고 건초를 마련하는 일만으로도 충분히 바빴다. 아버지는 대략 이삼 주에 한 번씩 저녁때 외출하기 전 말없이 내 손을 잡아끌고 외양간 위의 건초 저장소로 데리고 갔다. 거기에서 기묘한 처벌과 속죄의 행위가 이루어졌다. 나는 흠씬 두들겨 맞았다. 왜 맞아야 하는지 아버지도 나도 정확히 알지 못했다. 네메시스⁺의 제단에 바쳐진 침묵의 제물과도 같았다. 아버지도 꾸짖지 않고 나도 비명조차 지르지 않은 채, 비밀스러운 힘 앞에 마땅히 바치는 공물이 된 듯했다. 여러 해가 지난 후 '맹목적인' 운명이라는 얘기를 들을 때마다 이 신비스러운 장면이 다시 머릿

⁺ 그리스신화에 나오는 율법의 여신. 절도節度와 복수復讐를 관장하고 인간에게 행복과 불행을 분배한다고 한다.

속에 떠올랐고, 그 개념에 대한 지극히 구체적인 표현처럼 여겨졌다. 선량한 아버지는 알지도 못하는 사이에 인생이라는 것 자체가 우리를 상대로 연습하곤 하는 단순한 교육법을 따랐던 것이다. 말하자면 인생은 때로는 마른하늘에 날벼락을 쳐서, 도대체 우리가 무슨 나쁜 짓을 했기에 저 위에 계신 신의 노여움을 사게 되었는지 생각하게 만드는 것이다. 그런데 유감스럽게도 나는 그런 생각을 전혀 하지 않거나 아주 드물게 하곤 했다. 오히려 나는 이 빚을 나눠 갚는 듯한 체벌을 바람직한 자기 성찰 없이 태연하게 때로는 반항하듯 받아들였다. 그런 저녁이면 언제나 이제 다시 세금을 냈으니 앞으로 몇 주 동안은 매를 맞지 않겠구나 하는 생각으로 기뻐했다. 아버지가 나에게 일을 가르치려고 시도할 때는 이보다 훨씬 더 자발적으로 대응했다. 이해할 수 없는 낭비벽을 지닌 자연은 내 안에 모순적인 두 재능을 결합해 놓았다. 하나는 뛰어난 체력이고 다른 하나는 애석하게도 일하기 싫어하는 성향이었다. 아버지는 나를 쓸모 있는 아들이자 일을 돕는 조수로 만들려고 무던히도 애를 썼지만, 나는 온갖 잔꾀를 다 부려서 맡겨진 일을 피해 갔다. 중고등학교에 다닐 때 내가 고대 영웅들 가운데 헤라클레스만큼 동정심을 느낀 영웅은 없다. 그는 그 유명한, 성가신 일들을 하도록 강요당했기 때문이었다. 한때 나는 바위 절벽이나 초원이나 호숫가를 빈둥거리며 이리저리 돌아다니는 것보다 더 기분 좋고 멋진 일을 알지 못했다.

산과 호수와 폭풍과 태양은 나의 친구였고 나에게 이야기를 들려주고 나를 키워 주었다. 그들은 오랫동안 나에게 어떤 인간이나 인간의 운명보다도 더 사랑스럽고 더 친숙했다. 그렇지만 반짝이는 호수와 우수에 잠긴 소나무와 햇살이 비치는 바위 절벽보다도 더욱 사랑했던 것은 구름이었다.

이 넓은 세상에서 나보다 더 구름을 잘 알고 더 사랑하는 사람이 있다면 가르쳐 달라! 이 세상에서 구름보다 더 아름다운 것이 있다면 보여 달라! 구름은 놀이이고 세상에서 가장 아름다운 값진 것이다. 구름은 축복이고 신의 선물이자 분노이며 죽음의 힘이다. 구름은 갓난아이의 영혼처럼 온화하고 부드럽고 평화롭다. 구름은 선한 천사처럼 아름답고 풍요롭고 베풀기를 좋아한다. 구름은 죽음의 전령처럼 어둡고 피해 달아날 수 없으며 인정사정없다. 구름은 엷은 층을 이루며 은빛으로 떠다닌다. 구름은 금빛 테를 두르고 하얗게 웃으며 돛단배처럼 항해한다. 구름은 노랗고 붉고 푸른 색깔로 물들며 휴식을 취한다. 구름은 살인마처럼 서서히 불길하게 살금살금 다가온다. 구름은 미친 듯 돌진하는 기사처럼 곤두박질치고 으르렁거리며 질주한다. 구름은 우울한 은둔자처럼 꿈꾸며 창백한 하늘에 애처롭게 걸려 있다. 구름은 축복받은 섬 모양이 되기도 하고 축복하는 천사들의 모습을 띠기도 하고 위협하는 손처럼 보일 때도 있다. 바람에 펄럭이는 돛 같기도 하고 방랑하는 두루미와도 닮았다. 구름은 신의 하늘과 가련한 땅 사이에서, 양쪽에 모두 속하면서 인간이 동경하는 모든 것에 대한 아름다운 비유로서 떠 있다. 즉 구름은 지상의 꿈이다. 그 꿈속에서 땅은 자신의 더러워진 영혼을 깨끗한 하늘에 바싹 들이댄다. 구름은 모든 방랑과 간구와 열망과 향수의 영원한 표상이다. 구름이 하늘과 땅 사이에서 무언가를 동경하며 소심하면서도 고집스럽게 떠 있듯, 인간의 영혼도 시간과 영원 사이에서 갈구하며 주저하면서도 고집스럽게 걸려 있다.

오, 구름이여! 쉬지 않고 떠도는 아름다운 구름이여! 나는 철모르는 아이였으며, 구름을 사랑하고 바라보았다. 나 역시 구름처럼 방랑하고 낯선 타향을 전전하고 시간과 영원 사이를 떠돌며 살아가게 되리라는 것을 모르고 있었다. 어릴 때부터 구름은 나에게 사랑스러운 여자 친구이고 누이였다. 내가 좁은 골목길을 갈 때면 우리는 언제나 서로 고개를 끄덕이고 인사하며 한순간 눈과 눈을 마주 보고 멈춰 섰다. 그때 구름으로부터 배운 것들, 구름의 형태와 색깔과 특징, 구름의 유희와 윤무와 춤과 휴식 그리고 지상의 것인 동시에 천상의 것이기도 한 구름의 진기한 이야기들도 잊지 않았다.

특히 '눈의 공주' 이야기를 잊을 수 없다. 이야기의 무대는 높지도 낮지도 않은 산맥이고 산 아래에서 따뜻한 바람이 불어오는 초겨울이다. 눈의 공주는 시녀 몇 명을 데리고 높은 산에서 내려와 넓고 우묵하게 파인 골짜기나 둥그스름하고 편편한 봉우리에서 누울 곳을 찾는다. 교활한 북동풍이 순진한 공주가 쉬고 있는 것을 부러워하며 바라보다가 슬며시 탐욕스럽게 산을 훑어 올라와, 돌연 미친 듯이 날뛰고 울부짖으며 공주에게 덤벼든다. 바람은 아름다운 공주에게 갈기갈기 찢긴 구름 조각들을 던지고 조롱하고 욕설을 퍼부어 쫓아내려고 한다. 공주는 잠시 불안해 하지만 참고 기다린다. 때때로 머리를 흔들며 비웃듯이 살그머니 높은 곳으로 되돌아 올라간다. 그러면서도 때로는 불안에 떠는 시녀들을 갑자기 주위로 모이게 하고 품위 있는 얼굴을 눈부시게 드러내고는 그 요괴에게 물러가라고, 차가운 손으로 명령한다. 요괴는 주춤거리다가 울부짖으며 도망간다. 그러면 공주는 조용히 쉬면서 자기 자리를 엷은 안개로 넓게 휘감아 버린다. 그리고 안개가 걷히면 골짜기도 봉우리도 깨끗하고 부드러운 첫눈에 덮여 맑게 반짝반짝 빛난다.

이 이야기에는 어떤 고귀한 것과 아름다운 여인의 영혼과 승리가 담겨 있어서 나를 사로잡았고, 내 어린 마음에 즐거운 비밀처럼 감동을 주었다.

직접 구름에 가까이 다가가서 구름 사이에 들어서고, 많은 구름 떼를 위에서 내려다볼 수 있는 때도 곧 찾아왔다. 처음으로 젠알프 산맥의 봉우리에 올랐을 때 나는 열 살이었다. 우리 마을 니미콘이 그 산기슭에 놓여 있었다. 난생처음 산의 무서움과 아름다움을 함께 보았다. 얼음과 눈 녹은 물로 가득 찬 깊게 갈라진 협곡, 녹색 유리 같은 빙하, 무시무시한 빙퇴석 그리고 이 모든 것 위에 종처럼 높고 둥글게 펼쳐진 하늘을 보았다. 10년 동안 산과 호수 사이에 끼어 살았고 가까이에 빙 둘러 서 있는 산 때문에 답답하게 눌려 있던 사람은, 처음으로 크고 넓은 하늘이 머리 위에 펼쳐지고 끝없는 지평선이 눈앞에 펼쳐지던 그날을 잊지 못한다. 올라갈 때부터 이미 나는 산 아래에서 보아서 익히 잘 알고 있던 바위와 절벽이 그렇게 압도될 만큼 어마어마하게 크다는 데 몹시 놀랐다. 순간적으로 완전히 압도되어서 두려움과 함께 환호성을 울리며, 갑자기 엄청나게 넓은 세상이 내게로 덮쳐 오는 광경을 보았다. 세상은 믿을 수 없을 만큼, 놀랍도록 거대했다! 저 아래 깊숙이 외롭게 놓여 있는 우리 마을은 전체가 작고 희미한 점에 지나지 않았다. 골짜기에서 보았을 때 바로 이웃한 것처럼 보였던 봉우리들은 서로 몇 시간 거리나 떨어져 있었다.

그때 나는 내가 좁은 눈으로만 세계를 보았고 아직 세상을 제대로 보지 못했다는 것을, 그리고 저 너머에도 산들이 서 있고 무너지기도 하며 큰 사건들이 일어날 수도 있지만 외떨어진 산골짜기의 우리 마을에는 그런 소식이 조금도 전해지지 않으리라는 것을 어렴풋이 느끼기 시작했다. 그러나 동시에 마음속에서는 무의식중에 무엇인가가 마치 나침반의 바늘처럼 저 넓고 먼 곳을 향해 강하게 진동하고 있었다. 그리고 이제 구름이 얼마나 끝없이 먼 곳으로 흘러가는지 알게 되었기 때문에, 구름의 아름다움과 우수도 비로소 완전히 이해하게 되었다.

나를 산에 데리고 간 어른 두 명은 내가 산을 잘 탄다고 칭찬했고, 얼음처럼 차가운 봉우리 위에서 잠시 쉬면서 기뻐서 어쩔 줄 모르는 나를 보고 웃었다. 나는 처음에 크게 놀랐던 마음이 진정되고 나자 즐거워지고 흥분해서, 맑은 대기 속으로 마치 황소처럼 크게 소리 질렀다. 아름다움을 향해 내가 처음으로 부른, 짐승처럼 으르렁대는 노래였다. 쩌렁쩌렁한 메아리를 기대했는데 나의 외침은 연약한 새소리처럼 조용한 산속으로 흔적도 없이 사라졌다. 나는 몹시 부끄러워져서 그저 가만히 서 있었다.

이날은 내 인생에서 어떤 얼음 같은 것이 깨진 날이었다. 이때부터 사건들이 꼬리에 꼬리를 물고 잇달아 일어났기 때문이다. 우선 사람들이 나를 더 자주 등산에 데리고 갔고, 더 험한 산에 갈 때도 데려갔다. 나는 이상야릇하게 숨이 막히는 듯한 환희를 느끼며 높은 산의 커다란 비밀 속을 파고들었다. 그래서 사람들이 나에게 염소지기 자리를 맡겼다. 내가 늘 가축 떼를 몰고 가는 산비탈에는 바람이 들지 않는 구석진 곳이 있었는데, 짙은 파란색 용담 꽃과 연분홍색 바위취가 무성히 자라고 있었다. 내가 세상에서 가장 좋아하는 장소였다. 그곳에서는 마을이 보이지 않았고 호수도 바위 너머로 가늘게 반짝이는 띠처럼 보일 뿐이었다. 그에 비해서 꽃들은 활짝 웃음 짓는 싱싱한 빛깔로 활활 타오르듯 피어 있고 파란 하늘은 눈 덮인 뾰족한 산꼭대기에 천막 지붕처럼 걸려 있었다. 멀지 않은 곳에서는 부드러운 염소 방울 소리에 섞여 폭포 소리가 끊이지 않고 들려왔다. 나는 그 양지바른 곳에 누워 작고 하얀 구름을 보며 감탄하고 나지막하게 요들을 부르기도 했다. 그럴 때면 염소들이 내 게으름을 눈치채고 온갖 금지된 짓과 장난을 하려 들었다. 그러는 가운데 바로 첫 주에, 아무런 근심 걱정 없던 내 멋진 생활에 금이 가는 씁쓸한 일이 일어났다. 도망친 염소를 붙잡으려다가 함께 골짜기로 떨어지고 만 것이다. 염소는 죽었고 나는 머리를 다쳤다. 게다가 죽도록 매를 맞아서 집에서 뛰쳐나왔지만 울고불고하면서 싹싹 빌고 나서 다시 집에 들어갈 수 있었다.

이 모험이 자칫하면 나의 처음이자 마지막 모험이 될 수도 있었을 것이다. 그랬다면 이 작은 책은 쓰이지 않았을 테고 몇 가지 다른 고생이나 어리석은 일들도 일어나지 않았을 것이다. 아마도 어떤 친척 여자와 결혼했거나 어쩌면 어딘가 외딴 빙하 속에서 얼어 죽었을지도 모른다. 그것도 나쁘지 않았을 것이다. 그러나 모든 것이 다르게 진행되었다. 그리고 이미 일어난 일을 일어나지도 않은 일과 비교하는 것은 내가 할 일이 아니다.

아버지는 그 당시 벨스도르프 수도원에서 소소한 일을 조금 봐주고 있었다. 그런데 한번은 아버지가 몸이 아파서 가지 못한다고 나더러 수도원에 심부름을 보냈다. 나는 그렇게 하지 않았다. 대신 이웃집에서 종이와 펜을 빌려서 수도원 신부님에게 예의 바르게 편지를 쓴 다음 심부름하는 여자에게 주고 혼자 산으로 올라갔다.

다음 주 어느 날 집에 돌아와 보니 한 신부님이 앉아서 그 훌륭한 편지를 쓴 사람을 기다리고 있었다. 나는 약간 불안했다. 그러나 신부님은 나를 칭찬하면서, 자기 밑에서 공부시키라고 아버지를 설득했다. 콘라트 아저씨는 당시 아버지의 총애를 다시 받고 있던 터라 아버지는 아저씨에게 조언을 구했다. 물론 아저씨는 즉시, 내가 공부를 해서 나중에 대학에 가 학자가 되고 신사가 되어야 한다고 열을 올리며 말했다. 아버지는 그 말에 수긍했고, 이제 나의 미래도 그렇게 내화 오븐이나 돛단배나 공상 같은 다른 많은 계획처럼 아저씨의 위험한 계획의 일부가 되었다.

곧 엄청난 공부가 시작되었고 특히 라틴어, 성서 역사, 식물학, 지리학을 배웠다. 그 모든 것이 무척 재미있었다. 이 이국적인 학문들로 인해서 어쩌면 고향과 청춘을 잃어버릴 수도 있으리라고는 생각하지 않았다. 라틴어를 할 수 있다는 것만으로 그렇게 되지는 않았다. 내가 아무리 라틴어로 쓰인 명인 열전을 완전히 자유자재로 외울 수 있다 해도 아버지는 나를 농부로 만들었을 것이다. 그러나 현명한 아버지는 통제 불능인 게으름이 내 본성에서 중요한 기본 악덕으로 자리 잡고 있음을 알고 있었다. 나는 일하는 데서 마음 내키는 대로 빠져나와 산이나 호수로 달려가거나 산비탈에 숨어 누운 채로 책을 읽거나 공상에 잠기거나 빈둥대면서 시간을 보냈다. 이러한 점을 알고 있었기 때문에 아버지는 결국 나를 떠나보냈다.

이 기회에 부모님에 대해 잠깐 언급해야겠다. 어머니는 예전에는 아름다웠지만 이제는 단단하고 곧은 몸매와 우아한 검은 눈만이 남아 있을 뿐이었다. 어머니는 키가 크고 무척 힘이 세고 부지런하고 조용했다. 아버지만큼 현명하고 힘도 아버지보다 셌지만 그렇다고 해서 집안을 좌지우지하지 않았고 오히려 남편에게 관리를 맡겼다. 아버지는 보통 키에 호리호리하고 거의 연약하다고 할 수 있을 정도로 팔다리가 가늘었으며, 머리는 완고하고 똑똑했고 하얀 얼굴에는 유별나게 잔주름이 가득했다. 게다가 이마에 수직으로 잡혀 있는 짧은 주름은, 눈썹을 움직일 때마다 진해져서 언짢고 고뇌하는 듯한 인상을 주었다. 마치 매우 중요한 어떤 일을 생각해 내려 애쓰고 있지만 기억해 낼 가망이 전혀 없는 것처럼 보였다. 아버지에게서 어떤 우울한 기색을 알아챌 수도 있었겠지만 누구도 거기에 주의를 기울이지 않았다. 우리 마을 주민들은 거의 모두가 지속적으로 가벼운 우울증에 사로잡혀 있었기 때문이다. 긴 겨울과 여러 가지 위험, 생계를 꾸려가기 힘든 곤궁한 생활, 세상과 고립된 삶이 그 원인이었다.

나는 내 본성을 이루는 중요한 부분들을 부모님 양쪽 모두로부터 물려받았다. 어머니에게서는 겸손한 처세술과 약간의 신앙심과 조용하고 말수가 적은 특성을, 반면에 아버지로부터는 확고한 결정을 내리지 못하는 소심함과 돈을 운용하는 능력의 부족과 생각에 잠겨 술을 한없이 퍼마시는 재주를 이어받았다. 이 마지막 특성은 어린 시절에는 아직 드러나지 않았다. 외모로 보면 아버지에게서는 눈과 입을, 어머니에게서는 오래 걸을 수 있는 묵직한 걸음걸이와 체격과 끈질긴 근력을 물려받았다. 아버지와 우리 일족 전체로부터는 농사꾼다운 영리한 사고력과 더불어 우울한 천성, 이유 없이 우울로 빠져드는 성향도 함께 물려받았다. 나는 오랫동안 고향을 떠나 낯선 사람들과 부딪치며 살도록 예정되어 있었기 때문에, 그런 기질 대신 어느 정도 활발하고 사람들을 즐겁게 하는 약간의 경박함을 가지고 태어났더라면 훨씬 좋았을 것이다.

나는 이런 기질을 갖춘 채 새 옷을 입고서 삶으로의 여행을 시작했다. 세상으로 나간 후부터 자립해서 혼자 힘으로 살았으므로 부모님으로부터 물려받은 천성은 그 효과가 입증된 셈이다. 그런데도 내게는 학문도 세상에서의 삶도 결코 가져다줄 수 없는 무엇인가가 부족했던 것이 틀림없다. 아직도 예전처럼 산을 정복하고 열 시간을 걷고 노를 젓고 필요하다면 한 사람쯤은 맨손으로 때려죽일 수도 있지만, 처세를 잘하는 사람이 되기에는 그때나 지금이나 부족한 점이 많기 때문이다. 어렸을 때 오로지 땅과 식물과 동물하고만 사귀었기 때문에 사회성이라곤 거의 갖추지 못했다. 지금까지도 내가 꾸는 꿈은 유감스럽게도, 순수하고 동물적인 삶에 내가 얼마나 애착을 느끼고 있는지를 보여 주는 주목할 만한 증거이다. 나는 동물이, 대개는 물개가 되어 바닷가에 누워 있는 꿈을 무척 자주 꾸는데, 그때 굉장히 안락함을 느낀다. 잠에서 깨어나 다시 인간으로서의 품위를 회복하면 전혀 기쁘거나 자랑스럽지 않고 오히려 유감스러울 뿐이었다.

나는 관례대로 학비와 식비를 면제받으면서 김나지움에서 교육을 받았고 앞으로 문헌학자라는 길이 예정되어 있었다. 왜인지는 아무도 모른다. 이보다 더 쓸모없고 지루한 학과도, 그런 만큼 나와 동떨어진 학과도 없을 것이다.

학창 시절은 순식간에 지나갔다. 싸움질과 학교 수업 사이에는 향수에 푹 잠기거나 대담하게 미래를 꿈꾸거나 경외감으로 가득 차 학문을 숭배하는 시간도 있었다. 이따금 여기에서도 타고난 게으름 탓에 이런저런 불쾌한 일을 겪고 처벌을 받기도 했지만, 그러고 나면 게으름은 어떤 새로운 일에 대한 열정에 자리를 내주고 사라져 버렸다.

"페터 카멘친트." 그리스어 선생님이 말했다. "너는 고집이 세고 별난 녀석이야. 그렇게 고집을 부리다가는 언젠가 한번 혼쭐이 나게 될 거다." 나는 안경을 낀 그 뚱뚱한 선생님을 쳐다보고 그런 얘기를 들으면서 참 이상한 사람이라고 생각했다.

"페터 카멘친트." 수학 선생님이 말했다. "너는 빈둥거리는 데는 천재다. 0점 이하의 점수가 없는 게 유감이구나. 오늘 네 성적은 −2.5점을 주고 싶은데." 나는 선생님을 바라보며 그가 사팔뜨기여서 안타까웠고 매우 따분한 사람이라고 생각했다.

"페터 카멘친트." 한번은 역사 선생님이 말했다. "너는 좋은 학생이 아니지만 그래도 언젠가는 괜찮은 역사학자가 될 거야. 게으르지만 큰일과 작은 일을 구별할 줄 알거든."

이 또한 나에게는 특별히 중요하지 않았다. 그럼에도 나는 교사에 대해 존경심을 품고 있었다. 그들이 학문을 소유하고 있다고 생각했고, 학문에 대해 막연하지만 큰 경외심을 느끼고 있었기 때문이었다. 선생님들 모두가 내가 게으르다는 데 의견이 일치했지만 그래도 나는 진척을 보였고 중간 이상의 성적을 유지

했다. 학교나 학교에서 배우는 학문이 불충분하고 불완전하다는 사실을 잘 알고 있었다. 그러나 나는 나중을 기다렸다. 이러한 준비 과정과 속 좁은 선생님들을 거치고 나면 그 뒤에 순수하게 정신적인 것, 의심할 바 없이 확실한 진리의 학문이 있으리라고 예측했다. 거기에서 역사의 어두운 혼란과 민족들의 전쟁, 각자의 영혼 속에 떠오르는 불안한 문제들이 무엇을 의미하는지 알게 될 것이라고 생각했다.

그보다 더욱 강하고 생생한 것은 내 마음속에 있는 또 다른 동경이었다. 나는 친구를 갖고 싶었다.

갈색 머리의 진지한 소년 한 명이 있었는데, 나보다 나이가 두 살 많고 이름은 카스파르 하우리였다. 그의 걸음걸이와 태도는 안정되고 침착했으며, 남자답고 근엄하게 고개를 꼿꼿이 들고 다녔고 동급생들과 별로 이야기를 하지 않았다. 나는 몇 달 동안이나 선망의 감정으로 그 소년을 바라보았고 길에서는 뒤를 따라가면서 그가 눈치채기를 무척이나 갈망했다. 그에게 인사를 받는 모든 속물들과 그가 드나드는 모든 집을 질투했다. 그러나 나는 그보다 두 학년 아래였고, 그는 아마도 같은 학년 학생들에 대해서도 이미 우월감을 느끼고 있는 듯했다. 우리는 서로 한마디도 말을 나누지 못했다. 대신에 내가 도운 적도 없는데 어떤 키 작고 병약한 소년이 나를 따르게 되었다. 그 아이는 나보다 어리고 수줍음 많고 재능도 없었지만 아름답고 고뇌에 찬 눈과 표정을 지니고 있었다. 몸이 약하고 약간 불구였기 때문에 그는 학급에서 많은 부당한 일을 감내하고 있었다. 그래서 힘이 세고 존경받는 나를 보호자로 삼고 싶었던 것이다. 얼마 지나지 않아 그는 병이 심해져서 더는 학교를 다닐 수 없게 되었다. 나는 그의 부재가 아쉽지 않았고 금방 잊어버리고 말았다.

우리 반에는 생기발랄한 금발 아이가 있었는데, 그는 만능 재주꾼이자 음악가이고 배우이자 어릿광대였다. 나는 꽤 공을 들여서 그와 친하게 되었다. 그런데 이 매력적인 키 작은 동갑내기 친구는 항상 나에 대해 약간 보호자처럼 굴었다. 어쨌든 이제 나는 친구를 갖게 되었다. 나는 그의 작은 방으로 찾아가서 책 몇 권을 함께 읽고 그리스어 숙제를 해주고 대신 산수 공부에서 도움을 받았다. 우리는 때때로 함께 산책을 했는데, 마치 곰과 족제비가 함께 걷는 것처럼 보였을 것이다. 그는 언제나 재잘댔고 명랑하고 익살스러웠고 절대로 당황하는 법이 없었다. 나는 그의 이야기를 귀 기울여 듣고 웃으면서 이렇게 쾌활한 친구가 있다는 사실에 기뻐했다.

그런데 어느 날 오후 나는 그 키 작은 허풍쟁이가 학교 복도에서 몇몇 친구들에게 자기가 제일 좋아하는 익살스러운 장기 자랑을 펼치고 있는 모습을 어쩌다 보게 되었다. 어느 선생님 흉내를 막 마치고 나서는, "이게 누군지 맞혀 봐!" 하고 외치고 큰 소리로 호메로스의 시 몇 구절을 읽기 시작했다. 그러면서 아주 똑같이 내 흉내를 냈다. 당황해서 허둥대는 태도, 겁먹은 듯 소심하게 읽는 목소리와 산골 출신 특유의 거친 발음, 집중할 때면 늘 눈을 깜빡거리는 버릇과 왼쪽 눈을 감는 것까지도 그대로 흉내 냈다. 무척 익살맞아 보였고, 애정 없이 우스꽝스럽게 흉내 낸 것이었다.

그가 책을 덮고 나서 받아 마땅한 박수갈채를 거둬들이고 있을 때, 나는 그의 뒤로 다가가 보복했다. 말은 하지 않았지만 따귀 한 대를 힘껏 갈겨서 울분과 수치심과 분노를 한꺼번에 분명하게 드러냈다. 곧 수업이 시작되었고 선생님은 내 예전 친구가 뺨이 빨갛게 부어오른 채 훌쩍거리고 있는 것을 알아챘다. 게다가 그 아이는 선생님의 귀여움을 받고 있었다.

"누가 널 그 모양으로 만들었니?"

"카멘친트요."

"카멘친트, 앞으로 나와! 사실이냐?"

"네."

"왜 저 애를 때렸지?"

묵묵부답.

"아무 이유 없이 그랬니?"

"네."

나는 호되게 벌을 받았고, 스토아 학자처럼 냉정하게, 죄 없이 고문당하는 자가 느낄 법한 기쁨에 빠져들었다. 그렇지만 나는 스토아 학자도 성자도 아니고 한낱 학생에 불과했기 때문에 벌을 다 받고 나서 내 원수를 향해 혀를 한껏 길게 내밀었다. 선생님이 질겁해서 달려왔다.

"부끄럽지도 않니? 그게 무슨 짓이야?"

"저기 저 애가 야비한 녀석이라서 경멸한다는 뜻입니다. 게다가 저 녀석은 겁쟁이예요."

그 흉내쟁이와의 우정은 그렇게 끝이 났다. 그는 다른 친구를 사귀지 못했고 나도 성숙해 가는 소년 시절의 몇 년을 친구 없이 보내야 했다. 그 이후로 나의 인생관과 인간관은 몇 번이나 달라졌지만, 그 따귀 사건을 떠올리면 늘 무척이나 만족스럽다. 그 금발 아이도 그 일을 잊지 않았기를 바란다.

열일곱 살 때는 어떤 변호사의 딸을 사랑하게 되었다. 아름다운 소녀였다. 나는 일생 동안 늘 무척 아름다운 여인들만 사랑했던 것이 자랑스럽다. 그 소녀 때문에 그리고 또 다른 여인들 때문에 얼마나 고민했는지는 다음 기회에 이야기하겠다. 소녀의 이름은 뢰지 기르타너이고, 지금도 나와는 전혀 다른 남자들의 사랑을 받을 만한 가치가 충분한 여인이다.

그 무렵 내 온몸에는 아직 쓰지 않은 젊음의 힘이 부글부글 끓어넘쳤다. 학교 친구들과 닥치는 대로 주먹질을 하며 싸웠고, 레슬링과 테니스와 달리기와 조정 경기에서 최고의 선수임을 자랑스러워했다. 그런데도 늘 우울했다. 연애 문제와는 거의 관계가 없었다. 그저 이른 봄의 감미로운 우울이었다. 다른 어떤 것들보다 그 우울에 강하게 사로잡혀서, 슬픈 상상과 죽음에 대한 생각과 염세적인 관념에서 기쁨을 느꼈다. 물론 보급판으로 나온 하이네의 시집 『노래책』을 읽어 보라고 준 학교 친구도 있었다. 사실 더는 시를 읽는 것이 아니었다. 나는 공허한 시구들 안으로 온 마음을 쏟아붓고 함께 번민하고 함께 시를 짓고 서정적인 열광 속으로 빠져들었는데, 아마도 돼지에게 레이스 장식을 달아준 것만큼이나 나에게 어울리지 않았을 것이다. 그때까지만 해도 '문학'이라는 것에 대해 전혀 아는 바가 없었는데, 이제는 레나우와 실러를 읽고 나서 괴테와 셰익스피어를 읽게 되었다. 갑자기 문학이라는 창백한 환영이 나에게 위대한 신이 되어 버렸다.

달콤한 전율과 함께 이런 책들로부터 흘러나오는 향기롭고 서늘한 삶의 숨결을 느꼈다. 그 삶은 지상에 존재한 적 없지만 참된 것이었고, 이제 감동으로 사로잡힌 내 마음속에 파장을 일으켜 스스로의 운명을 체험하려고 했다. 내가 책을 읽는 다락방 구석진 곳에는 가까운 종탑에서 시간을 알리는 종소리와 그 옆에 둥지를 틀고 사는 황새의 메마른 날갯짓 소리가 들려올 뿐이지만, 괴테나 셰익스피어 같은 인물들이 드나들며 곁에 있다가 나가기도 했다. 나는 모든 인간 본성의 신성한 면과 우스꽝스러운 면을 깨닫게 되었다. 즉 분열되고 제어할 수 없는 우리 마음의 수수께끼와 세계사의 깊은 본질에 대해, 우리의 짧은 인생을 빛나게 하며 인식 능력을 통해 왜소한 우리 존재를 필연과 영원의 영역으로 끌어올리는 정신의 엄청난 경이로움에 대해 깨달았다. 좁은 창문으로 머리를 내밀면 지붕이며 좁은 골목길에 비치는 햇볕이 보이고, 작업이나 일상생활의 사소한 소음들이 뒤죽박죽 섞여 올라와 이상하게 들리고, 위대한 인물들로 가득 찬 내 다락방 구석의 고독과 신비가 아름다운 동화처럼 묘하게 둘러싸는 듯했다. 책을 더 많이 읽을수록, 지붕들과 골목길과 일상생활을 바라볼 때 더 이상하고 낯선 느낌이 엄습할수록, 나도 어쩌면 예언자일지도 모른다는 생각이 들면서 자주 가슴이 죄어 왔다. 내 앞에 펼쳐진 세계는, 내가 그의 보물 가운데 한 부분을 들어 올려 우연과 미천함의 베일을 벗겨 내고 발견한 것을 시인의 힘을 통해 파멸에서 건져 내어 영원불멸하게 만들기를 기다리고 있을지도 모른다고 느꼈다.

부끄럽지만 나는 조금씩 시를 쓰기 시작했다. 몇 권의 노트가 차츰차츰 시와 초안과 짧은 이야기들로 가득 차게 되었다. 그것들은 지금은 이미 사라져 버렸고 아마 거의 가치도 없었겠지만, 내 가슴을 두근거리게 하고 비밀스러운 기쁨을 가져다주기에 충분했다. 이러한 시도 후에 아주 서서히 비평과 자기 성찰이 뒤따랐다. 마지막 학년이 되어서야 비로소 필연적으로 올 수밖에 없는 거대한 환멸이 찾아왔다. 이미 첫 시 작품들을 치워 버리고 내가 쓴 글 전반에 대해 불신하기 시작했을 때, 고트프리트 켈러의 작품집 몇 권이 우연히 손에 들어와 곧바로 두세 번 연달아 읽었다. 그러고 나서 나의 미숙한 몽상이 참되고 준엄한 진짜 예술과 얼마나 동떨어져 있었는지를 문득 깨달았다. 나는 내 시와 단편소설들을 모두 다 태워 버렸다. 그리고 고통스럽고 비참한 기분으로, 냉정하고 슬프게 세상을 바라보았다.

제2장

　사랑에 관해 말하자면, 그 부분에서 나는 평생 소년의 상태에 머물렀다. 나에게 있어 여인에 대한 사랑이란 순수한 숭배였고, 우수에서 치솟아 타오르는 불길이었으며, 푸른 하늘을 향해 치켜든 기도하는 자의 손이었다. 어머니 때문에, 그리고 나 자신의 불분명한 감정에 기인하기도 하여, 나는 여성 모두를 낯설고 아름다운 수수께끼 같은 존재로 여기고 숭배했다. 타고난 아름다움과 조화로운 천성 때문에 우리보다 우월하고, 별이나 푸른 산봉우리처럼 우리로부터 멀리 떨어져 신에게 더 가까이 닿아 있는 듯했기 때문에 성스럽게 여겨야 한다고 생각했다. 게다가 거친 삶이 겨자를 듬뿍 넣어 주었기 때문에 여인에 대한 사랑은 달콤함만큼이나 쓰디쓴 맛을 많이 느끼게 했다. 여인들은 늘 높은 제단 위에 서 있었다. 그리고 신을 숭배하는 성직자의 엄숙한 역할이 나에게 와서는 너무 쉽게 바보 취급당하는 광대처럼 고통스러우면서도 우스꽝스러운 역할로 변했다.

나는 거의 매일 식사하러 갈 때마다 뢰지 기르타너를 만났다. 탄탄하고 유연한 몸매를 지닌 열일곱 살의 아가씨였다. 건강한 갈색 피부의 갸름한 얼굴에서는 차분하면서도 생기발랄한 아름다움이 피어올랐다. 당시 소녀의 어머니가 아직 지니고 있었고, 어머니 이전에 할머니와 증조할머니도 지니고 있었을 아름다움이었다. 이 오래되고 품위 있고 축복받은 가문에서는 대대로 많은 미인들이 태어났는데, 모두 차분하고 품위 있고 건강하고 고귀하며 흠 없는 아름다움을 지닌 여인들이었다. 어느 무명의 대가가 16세기에 그린 푸거⁺ 가문의 소녀상은 내가 본 가장 훌륭한 그림 중 하나였는데 기르타너 집안의 여인들은 그 소녀상과 비슷했고 뢰지도 그랬다.

당시에는 물론 이 모든 것을 전부 다 알지 못했다. 다만 그 소녀가 차분하면서도 명랑한 태도로 걸어가는 모습을 보면서 있는 그대로의 천성이 고상하다고 느꼈을 뿐이었다. 저녁때면 나는 그 소녀의 모습이 뚜렷하게 마음에 떠오를 때까지 생각에 잠겨 어스름한 황혼 속에 앉아 있었다. 그러고 나면 소년 같은 내 영

⁺ 남독일의 상업도시 아우크스부르크를 거점으로 하여 근대 초기에 번영했던 상인 가문.

혼 위로 비밀스럽고 달콤한 전율이 흘렀다. 그러나 이 즐거운 순간은 곧 우울해지고 쓰디쓴 고통을 안겨 주었다. 나는 소녀를 잘 모르고 소녀도 나를 전혀 알지 못하고 나에 대해 물어본 적도 없다는 사실과, 나의 아름다운 환상은 행복한 소녀의 모습을 도둑질한 것이라는 사실을 문득 깨달았다. 그리고 그런 깨달음이 날카롭고 고통스럽게 느껴질 때마다 그녀의 모습이 순간적으로나마 진짜로 숨 쉬며 살아 있는 듯 눈앞에 보였다. 그러면 어둡고 따뜻한 물결이 내 마음을 채우고 넘쳐흘러 가장 먼 곳에서 뛰는 맥박에까지 기묘한 아픔을 주었다.

낮에는 수업 시간이나 격렬하게 싸움박질하는 도중에 그 물결이 다시 밀려오곤 했다. 그러면 나는 눈을 감고 손을 늘어뜨린 채 미지근한 심연으로 빠져들었다. 그러다가 선생님이 이름을 부르거나 친구가 휘두른 주먹에 얻어맞고서야 다시 제정신으로 돌아왔다. 나는 자리를 빠져나와 밖으로 달려가서 기묘한 몽상에 젖어 세상을 바라보며 경탄했다. 이제 나는 갑자기 모든 것이 얼마나 아름답고 다채로운지, 빛과 공기가 만물 속으로 어떻게 흘러가는지, 강물은 얼마나 맑고 파란지, 지붕은 얼마나 붉고 산은 얼마나 푸른지 보았다. 그러나 나를 둘러싼 이 아름다움 때문에 기분이 밝아지지는 않았고, 오히려 나는 우수에 잠긴 채 조용히 그 아름다움을 향유했다. 모든 것의 아름다움에 전혀 관계없이 바깥에 서 있는 나에게는 더 낯설게 여겨졌다. 나의 우울한 생각은 다시 뢰지에게로 되돌아갔다. 내가 지금 이 시간에 죽는다 해도 뢰지는 모를 것이고 묻지도 않을 것이며 슬퍼하지도 않을 거라는 생각이 들었다.

그럼에도 그 소녀가 나를 알아주기를 열망하지는 않았다. 나는 뢰지를 위해 지금까지 들어 보지 못한 어떤 일을 하거나, 누가 보냈는지 모르게 선물을 보내고 싶었다.

그 소녀를 위해서 한 일이 많았다. 마침 짧은 방학을 맞아서 나는 집으로 돌아왔다. 매일 온갖 힘든 일을 했는데, 모두 마음속에서 뢰지에게 경의를 표하기 위한 것이었다. 험난한 산봉우리를 가장 가파른 쪽에서 올랐고, 호수에서는 멀리 떨어진 곳으로 조각배를 타고 빠듯한 시간 안에 지치도록 노를 저어 가기도 했다. 그렇게 힘들게 배를 타고 나서 기운이 다 빠지고 허기진 채로 돌아왔을 때 저녁때까지 먹지도 마시지도 않겠다고 결심했다. 모든 것이 뢰지 기르타너를 위해서였다. 나는 먼 산등성이와 사람의 발길이 닿지 않았던 깊은 골짜기까지 들어가 그 소녀의 이름을 부르며 찬미했다.

답답한 교실에 있던 내 젊은 육신은 그렇게 하면서 보상을 받았다. 어깨는 떡 벌어지고 얼굴과 목덜미는 갈색으로 그을렸으며 온몸에 근육이 늘어나 부풀어 올랐다.

방학이 끝나기 하루 전 나는 무척 힘들게 꺾은 꽃을 사랑하는 여인에게 제물로 바쳤다. 사실 몇 군데 마음을 끄는 산비탈 좁은 흙길 위에 에델바이스가 피어 있다는 사실을 알고 있었다. 그렇지만 이 향기도 빛깔도 없는 창백한 은색 꽃은 늘 영혼이 없는 것 같아서 나에게는 그다지 아름답게 보이지 않았다. 대신에 나는 몇 그루의 알펜로제✦ 덤불이 위험한 절벽 틈새에서 늦은 꽃을 피우고 유혹하면서, 닿기 어려운 곳에 호젓이 피어 있다는 것을 알고 있었다. 그러니 어떻게든 꺾어야 했다. 청춘과 사랑에 불가능한 일이란 없으므로 나는 상처투성이가 된 두 손과 쥐가 난 다리를 이끌고 마침내 목표에 도달했다. 질긴 가지를 조심스럽게 잘라서 그 노획물을 손에 쥐었을 때, 자세가 불안해서 환호성을 지를 수는 없었지만 마음은 기쁨으로 노래를 부르며 아우성쳤다. 나는 꽃을 입에 물고 뒷걸음쳐서 기어 내려와야 했다. 나처럼 저돌적인 녀석이 어떻게 무사히 절벽 밑으로 내려왔는지는 신밖에 모른다. 온 산에 피었던 알펜로제 꽃은 오래전에 시들었지만 나는 꽃봉오리가 맺히고 부드러운 꽃이 피어 있는, 그해의 마지막 꽃가지를 손에 넣었다.

다음 날 나는 다섯 시간 걸리는 여행 내내 꽃을 손에 들고 있었다. 처음에는 아름다운 뢰지가 있는 도시를 향해 가면서 가슴이 두근거렸다. 그러나 높은 산지가 멀어질수록 고향에 대한 선천적 애정이 나를 더 강하게 끌어당겼다. 그 기차 여행이 지금도 기억에 생생하다! 젠알프 산봉우리는 벌써 오래전에 보이지 않게 되었고 이제 들쭉날쭉한 앞산들도 차례차례 사라졌다. 산들이 하나하나 모두 미세한 고통과 함께 내 마음으로부터 떨어져

✦ 진달래과 석남속의 상록관목. 흔히 알프스 들장미라 불린다.

나갔다. 이제 고향의 산들이 모두 자취를 감추고 넓고 평평한 연녹색 풍경이 나타났다. 처음 여행할 때는 이 풍경에 전혀 감동이 일지 않았다. 그런데 이번에는 동요와 불안과 슬픔에 사로잡혔다. 마치 계속해서 점점 더 평평한 지역으로 들어가 산이나 고향의 시민권을 잃어버리고 돌이킬 수 없게 된 데 대해 유죄판결을 받은 듯했다. 동시에 아름답고 갸름한 뢰지의 얼굴이 계속 눈앞에 어른거렸다. 그 얼굴은 섬세하고 낯설고 냉담하고 나에게 무관심해서, 나는 비탄과 고통으로 숨을 쉬지 못할 정도였다. 창문앞으로는 긴 탑과 하얀 박공이 보이는 밝고 깨끗한 마을이 차례로 스쳐 지나갔다. 사람들이 타고 내리며 대화하고 인사를 나누고 웃고 담배를 피우고 농담을 했다. 순전히 명랑한 저지대 사람들로, 재치 있고 솔직하고 세련된 모습이었다. 덩치 큰 산골 출신인 나는 슬픈 표정으로 그 가운데에 말없이 침울하게 앉아 있었다. 나는 더는 내 고향 사람이 아니고, 산을 영원히 떠났지만 절대로 평지 사람처럼 명랑하고 재치 있고 번드르르하고 자신만만하지는 못할 것 같았다. 이 사람들과 같은 사람이 나를 항상 웃음거리로 만들지도 모른다. 이런 사람들 가운데 누군가가 언젠가 기르타너와 결혼할 것이고, 이런 사람이 항상 내 앞길을 가로막고 나보다 한발 앞서 갈지도 모른다.

그런 생각을 하면서 도시로 왔다. 나는 인사만 하고 다락방으로 올라가서 함을 열고 커다란 전지 한 장을 꺼냈다. 최고급 종이는 아니었다. 알펜로제를 그 종이로 싸고 집에서 일부러 가져

온 끈으로 꽃다발을 묶었지만, 전혀 사랑의 선물처럼 보이지 않았다. 나는 꽃을 소중하게 들고 기르타너 변호사가 사는 거리로 가서 적당한 때를 보아 열려 있는 대문으로 들어갔다. 저녁 무렵이라 어둑어둑한 가운데 현관을 잠깐 둘러보고서 나의 볼품없는 꽃묶음을 넓고 웅장한 계단에 내려놓았다.

보는 사람은 아무도 없었다. 나는 뢰지가 내 꽃 선물을 받아 보았는지의 여부는 끝내 알 수 없었다. 그렇지만 나는 들장미 가지 하나를 소녀의 집 계단에 내려놓기 위해서 목숨을 걸고 절벽을 기어 올라갔다. 나를 기분 좋게 하는 어떤 달콤하고 슬프면서도 즐겁고 시적인 무언가가 깃들어 있는 행동이었다. 지금도 그 행동을 생각하면 기분이 좋아진다. 단지 때때로 신앙심이 없을 때에만, 나중에 일어난 모든 연애 사건과 마찬가지로 들장미를 꺾기 위한 모험이 돈키호테처럼 무모한 짓거리였다고 여겨질 뿐이다.

이러한 나의 첫사랑은 결실을 맺지 못했고 의문과 여운을 남긴 채 내 청춘 시절 속으로 희미하게 사라져 버렸다. 그리고 훗날 내 연애에 마치 다정한 언니처럼 함께 따라다녔다. 여전히 나는, 조용히 응시하는 눈빛을 지닌 저 명문가의 어린 소녀보다 더 고귀하고 순결하고 아름다운 존재를 상상할 수가 없다. 몇 년 후 뮌헨에서 열린 역사 전시회에서 저 무명의 화가가 그린 신비롭고 사랑스러운 푸거 가문 소녀의 초상화를 보았다. 순간, 꿈꾸듯 열광적이었던 내 모든 슬픈 청춘이 눈앞에 서서 깊이를 헤아릴 수 없는 눈으로 생각에 잠겨 그윽하게 바라보고 있는 듯했다.

그러는 사이 나는 조심스럽게 소년티를 벗고 서서히 어엿한 청년이 되었다. 당시에 찍은 사진을 보면 뼈대가 굵고 키가 큰 시골뜨기 젊은이가 볼품없는 학생복을 입은 듯 어딘가 흐릿한 눈을 하고 미숙하고 촌스러운 자세를 취하고 있다. 다만 머리 모양만은 약간 조숙하고 단호해 보였다. 나는 소년 시절의 껍질을 벗어 가는 자신의 모습을 일종의 놀라움 속에서 바라보았고 다가올 일에 대한 막연한 즐거움으로 대학 시절을 기다렸다.

나는 취리히에서 대학을 다닐 예정이었다. 학업성적이 특별히 우수한 경우에는 수학여행을 할 기회도 주겠다고 내 후견인이 말했다. 나에게는 이 모든 것이 아름답고 고전적인 장면처럼 여겨졌다. 호메로스와 플라톤의 흉상이 놓인 엄숙하고도 쾌적한 정자가 있고, 나는 거기에 앉아 커다란 책 위로 몸을 구부리고 있으며, 시야가 넓고 맑아서 사방 어디를 보아도 도시와 호수와 산과 아름다운 먼 경치를 바라볼 수 있는 광경이 떠올랐다. 나의 성품은 더 냉철해졌고 동시에 더 활발해졌다. 그리고 미래의 행복을 즐겁게 기대하면서, 행복에 대한 확신으로 가득했다.

김나지움의 마지막 학년에 나는 이탈리아어 공부와 처음 접하게 된 고전 소설가들에게 매료되었는데, 애독자로서 좀 더 철저하게 공부하는 것은 취리히 대학 첫 학기를 위한 작업으로 남겨두었다. 선생님들과 기숙사 사감 선생님에게 작별 인사를 하는 날이 왔다. 나는 작은 나무 상자에 짐을 꾸려서 못을 박고, 즐거우면서도 애수에 잠겨 뢰지의 집 주변을 돌며 작별을 고했다.

뒤이어 맞이한 방학 때 인생의 쓴맛을 미리 맛보게 되었고, 아름다운 꿈의 날개가 갑자기 거칠게 찢겨 버렸다. 우선 어머니가 아프다는 사실을 알았다. 어머니는 침대에 누운 채 거의 아무 말도 못했고 내가 온 것을 보고도 일어나지 못했다. 나는 우는소리를 하지는 않았지만, 내 기쁨과 젊은 자부심에 대해 호응을 얻을 수 없어서 괴로웠다. 그러자 아버지는 내가 대학에 가고 싶다면 반대하지는 않겠지만 돈을 대줄 형편은 아니며, 장학금이 액수가 적어 충분치 않다면 필요한 돈을 스스로 벌어야 하고, 아버지는 내 나이 때 이미 자신의 힘으로 벌어먹었다는 등의 이야기를 늘어놓았다.

이번에는 이리저리 쏘다니거나 배를 타고 노를 젓거나 산에 오르는 것도 많이 하지 못했다. 집 안과 들에서 함께 일해야 했고 한나절쯤 짬이 나도 아무것도 할 기분이 나지 않았다. 책조차도 읽을 기분이 아니었다. 평범한 하루하루의 생활이 입을 크게 벌리고 자기 권리를 요구하며 내가 지니고 온 넘치는 의욕과 자부심을 모두 삼켜 버리는 과정을 지켜보면서 화가 나고 지쳤다. 한편 아버지는 한번 돈 문제를 마음속에서 털어 내고 나자, 평소 하던 방식대로 거칠고 무뚝뚝하기는 하지만 불친절하지는 않은 태도로 나를 대했다. 그렇지만 나는 전혀 기쁘지 않았다. 내가 받은 학교교육과 책들에 대해 아버지가 절반쯤은 경멸하면서도 은밀히 존경심을 품게 되었다는 사실에도 마음이 아프고 불편했다. 그럴 때면 종종 뢰지를 생각했고, 나는 시골뜨기라서 '세상'에서는 도저히 확실하고 활동적인 남자가 되지 못할 거라고 억지 부리는 못된 기분을 다시 느끼곤 했다. 차라리 시골에 머물며 궁핍한 고향의 우울하고 끈질기게 속박하는 삶 속에서 라틴어와 내 희망들을 잊어버리는 편이 더 낫지 않을까. 그렇게 며칠 동안이나 고민하며 괴롭고 마음이 언짢아서 이리저리 돌아다녔다. 병든 어머니의 침대 곁에서도 위안이나 휴식을 구할 수 없었다. 호메로스의 흉상이 놓인, 꿈같은 정자의 모습이 비웃듯이 다시 떠올랐다. 나는 그것을 깨뜨려 버리고, 괴로움에 시달리는 내 존재의 모든 분노와 모든 적대감을 그 위에 쏟아부었다. 그 몇 주일은 참을 수 없을 만큼 길었다. 이 희망 없는 분노와 분열의 시간 때문에 내 온 청춘을 다 잃어버리게 될 것 같았다.

삶이 나의 행복한 꿈을 그렇게도 빠르고 철저하게 파괴하는 것을 보면서 놀라고 화가 났다면, 이제는 그것을 극복하려는 무언가가 현재의 고통 속에서 갑자기 강력하게 자라나는 상황에 놀라게 되었다. 삶은 나에게 잿빛 일상의 한 단면을 보여 주었는데, 이제는 편견에 사로잡힌 내 눈앞에 갑자기 끝없는 깊이를 지니고 나타나 내 청춘에 단순하면서도 강력한 체험이라는 짐을 실어 주었다.

더운 어느 여름날 아침 일찍 나는 목이 말라서 부엌에 가려고 잠자리에서 일어났다. 부엌에는 항상 신선한 물이 담긴 큰 물통이 놓여 있었다. 부엌에 가려면 부모님의 침실을 지나야 했는데,

어머니의 이상한 신음이 내 주의를 끌었다. 어머니의 침대로 다가갔지만 어머니는 나를 바라보지 않았고 대답도 하지 않았다. 메마른 신음 소리를 내고 겁에 질려 앞만 응시하며 눈꺼풀을 실룩거리고 얼굴은 파랗게 질려 창백했다. 나는 약간 불안감을 느꼈지만 특별히 놀라지는 않았다. 그러나 나는 마치 잠자는 오누이처럼 시트 위에 조용히 놓여 있는 어머니의 두 손을 보았다. 그 손을 보고서 어머니가 죽어 가고 있다는 사실을 알았다. 살아 있는 사람에게서는 볼 수 없는, 이상할 정도로 기력 없고 지친 손이었기 때문이다. 나는 갈증도 잊어버리고 침대 옆에 무릎을 꿇고 앉아, 병든 어머니의 이마에 손을 얹고 눈을 바라보았다. 어머니의 시선이 나를 향했을 때 그 눈빛은 선량하고 고통이 없었으나 거의 꺼져 가고 있었다. 옆에서 거친 숨을 몰아쉬며 자고 있는 아버지를 깨워야 한다는 생각이 들지 않았다. 나는 그렇게 거의 두 시간 동안 무릎을 꿇고 앉아서 어머니의 임종을 지켜보았다. 어머니는 평소에도 그랬듯이 어머니답게 조용하고 엄숙하면서도 용감하게 죽음을 맞았고 나에게 훌륭한 모범을 보여 주었다.

작은 방은 고요했고 서서히 떠오르는 밝은 아침 햇살로 가득 찼다. 집과 마을은 잠들어 있었다. 잠시 마음속으로, 죽어 가는 어머니의 영혼을 배웅하는 시간을 가졌다. 집과 마을과 호수와 눈 덮인 산봉우리를 넘어서 멀리, 맑은 이른 아침 하늘의 시원한 자유 속으로 들어갔다. 나는 고통을 거의 느끼지 않았다. 커다란 수수께끼가 어떻게 풀리는지, 생명의 고리가 가벼운 떨림과 함께 어떻게 잠기는지를 지켜보면서 놀라움과 경외감으로 가득 차 있었기 때문이었다. 한마디 불평 없이 세상을 떠나는 사람의 용기가 너무도 숭고해, 어머니의 쓸쓸한 영광으로부터 흘러나온 서늘하고 맑은 빛이 내 영혼 속으로도 떨어져 내릴 정도였다. 아버지가 옆에서 자고 있고 신부님이 오지 않았다는 것, 고향으로 돌아가는 영혼을 성스럽게 배웅하기 위한 병자성사病者聖事도 기도도 없었다는 것을 나는 깨닫지 못했다. 다만, 밝아 오는 방으로 흘러넘쳐 내 존재와 뒤섞이며 전율을 일으키는 영원의 숨결을 느낄 뿐이었다.

마지막 순간 눈에서 빛이 이미 사라지고 난 뒤에야 처음으로 나는 어머니의 차갑게 시들어 버린 입술에 키스를 했다. 입술이 닿는 순간 낯설고 서늘한 느낌이 엄습해서 갑자기 소름이 끼쳤다. 침대 가장자리에 걸터앉았다. 굵은 눈물방울이 뺨과 턱과 손 위로 천천히 주저하며 흘러내렸다.

곧 잠에서 깬 아버지는 앉아 있는 나를 보고 잠에 취한 채 무슨 일이냐고 물었다. 대답하려고 했지만 아무 말도 할 수가 없었다. 방을 나와서 마치 꿈을 꾸듯이 내 방으로 돌아와 비몽사몽간에 천천히 옷을 입었다. 아버지가 곧 내 방에 들어왔다.

"어머니가 돌아가셨다." 아버지가 말했다. "너는 알고 있었지?"

나는 고개를 끄덕였다.

"왜 나를 깨우지 않았니? 신부님도 부르지 못했잖아. 너를 그냥……" 아버지는 심한 욕설을 퍼부었다.

그때 마치 혈관이 터지는 것처럼 머릿속에서 무엇인가가 통증을 일으켰다. 나는 아버지에게 다가가 두 손을 꽉 붙잡고 얼굴을 바라보았다. 아버지는 내 힘에 비하면 어린아이 같았다. 나는 아무 말도 할 수 없었다. 그렇지만 아버지는 조용해졌고 불안해 했다. 그리고 둘이 함께 어머니에게로 갔을 때 아버지도 죽음의 힘에 사로잡혀 이상하리만치 엄숙해졌다. 아버지는 죽은 어머니에게로 몸을 굽히더니 들릴 듯 말 듯 마치 새처럼 높고 연약한 목소리로 어린아이처럼 울며 나지막하게 탄식하기 시작했다. 나는 밖으로 나가서 이웃 사람들에게 소식을 전했다. 그들은 내 말을 듣고 아무것도 묻지 않았고 나에게 손을 내밀어 어머니가 부재한 우리 집의 일을 도와주겠다고 했다. 어떤 사람은 신부님을 부르러 수도원으로 달려갔다. 집으로 돌아와 보니까 벌써 이웃 아주머니가 우리 집 외양간에서 암소를 돌보고 있었다.

신부님이 도착했고 마을 여인들 거의 모두가 왔다. 모든 일이 마치 저절로 일어나는 양 정확하고 적절하게 진행되었다. 관조차도 우리 수고 없이 마련되었다. 나는 어려운 상황에서 고향에 있다는 것, 작고 안전한 공동체에 속해 있다는 것이 얼마나 다행스러운지 처음으로 확실히 알았다. 어쩌면 다음 날 그 부분에 대해 좀 더 깊게 생각해 봐야 했는지도 모르겠다.

축복 가운데 관이 무덤 속으로 내려지고 애처로울 정도로 시대에 뒤떨어진 뻣뻣한 실크해트를 쓴 희한한 차림새를 한 무리들도 사라졌다. 아버지의 실크해트도 다른 사람들 모자처럼 상자에 담겨 장롱 안으로 들어가자 가엾은 아버지는 갑자기 마음이 약해졌다. 아버지는 돌연 스스로를 불쌍히 여기기 시작했다. 이상스럽게도 대부분 성서에 나오는 어구를 써서 자신의 비참함에 대해 나에게 이야기했다. 아내를 땅에 묻은 지금 아들까지도 잃게 될 것이며 아들이 타향으로 떠나는 모습을 봐야 할지도 모른다는 것이다. 이야기는 그칠 줄 몰랐다. 나는 깜짝 놀라서 귀를 기울여 듣다가 하마터면 아버지에게 고향에 머무르겠다고 약속할 뻔했다.

대답을 하려고 이미 입을 뗀 그 순간, 내게 이상한 일이 일어났다. 갑작스러운 순간이었다. 내가 어렸을 적부터 생각하고 소망하고 동경하며 희망했던 모든 것들이 열린 내면의 눈앞으로 순식간에 밀려왔다. 아름답고 위대한 일과 읽어야 할 책과 써야 할 책들이 나를 기다리고 있었다. 훈 바람이 부는 소리를 들었고, 저 멀리 축복받은 호수와 기슭이 남쪽 나라의 색채로 빛나는 광경을 보았다. 영리하고 지적인 얼굴을 한 사람들과 아름답고 섬세한 여인들이 산책하며 거닐고 있었다. 쭉 뻗은 길과 알프스를 넘는 산길과 나라를 넘나들며 서둘러 달리는 기차를 보았다. 모든 것이 동시에 그리고 각각 하나씩 뚜렷하게 보였고, 흘러가는 구름 때문에 끊기기는 했지만 그 모든 것 뒤 무한히 먼 곳에 맑은 지평선이 보였다. 배우고 창작하고 보고 방랑하는 것과 같은 모든 풍성한 삶이 잠시 스쳐 지나가면서 눈앞에서 빛났다. 그리고 다시 마치 소년 시절에 그랬던 것처럼 마음속 무엇인가가 무의식 중에 넓은 세상을 향해서 강하게 떨려 왔다.

아버지의 이야기를 잠자코 듣기만 하면서 나는 그저 고개를 끄덕이며 아버지의 격한 마음이 가라앉기를 기다렸다. 아버지는 저녁이 되어서야 비로소 진정되었다. 나는 이제 대학에 다닐 것이고 내 미래의 고향을 정신세계에서 찾을 것이지만, 아버지의 뒷받침을 바라지는 않겠다는 굳은 결심을 알렸다. 그러자 아버지도 더는 다그치지 않고 그저 우는소리를 하고 머리를 흔들며 나를 바라볼 뿐이었다. 아버지도 이제부터는 내가 나 자신의 길을 걸어갈 것이며 갑자기 아버지의 삶과는 완전히 멀어지리라는 사실을 깨달았기 때문이다. 오늘 글을 쓰면서 그날을 떠올렸을 때, 나는 아버지가 그날 저녁 창가에 놓인 의자에 앉았던 것처럼 또다시 그렇게 앉아 있는 모습을 보았다. 날카롭고 영리한 농부인 아버지의 머리는 미동도 없이 가느다란 목 위에 얹혀 있고 짧은 머리카락은 희끗희끗해지기 시작했다. 고뇌와 더불어 갑자기 다가온 늙은 모습이 그의 딱딱하고 엄한 표정 속에서 남자다운 투지와 싸우고 있는 것 같았다.

아버지 집에 머물 당시 있었던 작지만 꽤 중요한 사건을 하나 이야기해야겠다. 내가 떠나기 전 마지막 주 어느 날 저녁, 아버지는 모자를 쓰고 문의 손잡이를 잡았다. "어디 가세요?" 내가 물었다. "네가 무슨 상관이야?" 아버지가 대답했다. "나쁜 일이 아니라면 말씀해 주실 수도 있잖아요." 내가 또 말했다. 그러자 아버지는 웃으면서 큰 소리로 말했다. "같이 가도 좋다. 너도 이젠 어린애가 아니니까." 그래서 아버지를 따라갔다. 술집이었다. 농부 몇 명이 할라우 포도주 한 단지를 앞에 놓고 앉아 있었고 낯선 마부 두 명이 압생트를 마시고 있었다. 젊은 청년들이 한가득 둘러앉은 테이블에서는 야스* 카드놀이가 한창이었고 몹시 떠들썩했다.

나는 가끔 포도주 한 잔 정도는 마시곤 했지만 쓸데없이 술집에 들어가기는 처음이었다. 아버지가 진짜 술꾼이라는 정보는 소문으로 들어서 알고 있었다. 아버지는 보통 때는 집안일을 지나치게 소홀히 하거나 내버려 두지 않았을 테지만, 술을 잘 마시고 많이 마셨기 때문에 살림은 나아질 전망 없이 늘 궁색했다. 아버지가 술집 주인과 손님들로부터 얼마나 존경을 받는지 내 눈에 보일 정도였다. 아버지는 바틀란트 포도주 1리터를 가져오게 한 뒤 나더러 술을 따르라고 시키며 어떻게 해야 하는지 가르쳐 주었다. 처음에는 병을 낮춰서 붓고, 그런 다음에는 병을 높여서 흘러나오는 술을 적당히 길게 늘였다가 마지막에는 다시 최대한 병을 낮춰야 한다고 했다. 그러고 나서 아버지는 여러 가지 포도주에 대해 이야기해 주었다. 잘 알고 있는 포도주라든지 어쩌다 도시에 가거나 남쪽 벨슈 지방에 갔을 때가 아니고서는 거의 마셔

---

* 스위스, 리히텐슈타인, 오스트리아의 독일어 사용 지역에서 많이 하는 카드놀이.

볼 기회가 없는 포도주들에 관한 이야기였다. 아버지는 진심에서 우러나온 존경심을 보이며 진한 붉은색 벨틀린 포도주에 대해 얘기했는데, 그 가운데 세 가지 종류를 구별할 줄 안다고 했다. 그다음에는 낮게 파고드는 목소리로 바틀란트 병 포도주에 대해서 이야기했다. 마지막으로, 동화를 들려주는 듯한 표정으로 거의 속삭이듯 뇌샤텔 포도주에 대해 이야기했다. 뇌샤텔 포도주는 생산된 해에 따라서 잔에 술을 따를 때 별모양 거품이 생기기도 한다고 말했다. 그러고는 집게손가락을 적셔서 테이블 위에 별을 그렸다. 그런 다음에는 한 번도 마셔 본 적이 없는 샴페인의 성질과 맛에 대해서 터무니없이 추측하기 시작했는데, 샴페인 한 병이면 남자 두 명이 고주망태가 되도록 취한다고 생각했다.

아버지는 말없이 생각에 잠겨 파이프에 불을 붙이면서 나에게 담배가 없다는 걸 알아차리고 담뱃값으로 10라펜을 주었다. 우리는 마주 앉아서 서로의 얼굴에 담배 연기를 뿜으면서 천천히 땅을 파듯 첫 1리터를 다 비웠다. 노르스름한 빛깔에 자극적인 바틀란트 포도주는 맛이 탁월했다. 점차로 옆 테이블에 앉아 있던 농부들이 우리 대화에 끼어들었다. 그러더니 마침내는 하나둘씩 헛기침을 하며 조심스럽게 우리 자리로 건너와 앉았다. 곧 나도 이야기의 중심이 되었다. 그리고 등산가로서의 내 명성이 아직 잊히지 않았음을 알 수 있었다. 그들은 갖가지 무모한 등산과 어리석은 추락 사건을 신비로운 안개처럼 포장해서 이야기하고 논쟁하고 변호했다. 그러는 동안 우리는 포도주 2리터를 거의 다 마셨다. 나는 눈에 핏발이 섰다. 나는 평소의 내 성격과는 정반대로 큰 소리로 자랑을 늘어놓기 시작했고 저 위 젠알프 절벽을 대담하게 기어올라 뢰지 기르타너를 위해 알펜로제를 꺾어 온 이야기를 했다. 사람들은 믿지 않았다. 맹세까지 했지만 그들이 웃기만 해서 나는 화가 났다. 내 말을 믿지 않는 사람이 있으면 누구에게든 결투를 신청하겠다고, 필요하다면 그들 모두를 억지로라도 싸우게 할 생각이라고 말했다. 그러자 늙고 구부정한 키 작은 농부가 그릇장에서 커다란 사기 술병을 가지고 와서 테이블 위에 길게 눕혀 놓았다.

농부는 웃으며 말했다.

"자네 말이야, 그렇게 힘이 세다면 이 술병을 주먹으로 깨뜨려 보게. 그러면 그 안에 든 포도주 값은 우리가 낼게. 만약 깨지 못하면 자네가 돈을 내야 해."

아버지는 즉시 동의했다. 나는 일어나서 손수건을 손에 휘감고 병을 내리쳤다. 두 번 내리쳤으나 병은 깨지지 않았다. 세 번째 내리치자 병이 산산조각 났다. "계산하시지요!" 기쁨으로 얼굴이 환히 빛나며 아버지가 소리쳤다. "좋아." 노인이 말했다. "병 안에 들어 있는 만큼만 포도주 값을 치르지. 그런데 얼마 들지 않았네." 물론 깨진 병 조각 안에는 술이 채 한 잔만큼도 들어 있지 않았다. 그런데 나는 팔이 무척 아팠고 게다가 웃음거리가 되었다. 이제는 아버지도 나를 놀려 댔다.

"자, 할아버지가 이겼어요." 이렇게 외치면서 나는 깨진 병 조각에 술을 가득 채워 노인의 머리 위로 쏟아부었다. 이제는 우리가 다시 승자가 되어 손님들의 박수갈채를 받았다.

이런 심한 장난이 더 이어졌다. 그러고 나서 아버지는 나를 집으로 끌고 갔다. 우리는 어머니의 관이 놓인 지 불과 3주도 안 된 방을 화가 나고 흥분한 채 쿵쾅거리며 지나갔다. 나는 죽은 듯 잠을 잤고 이튿날 아침에는 완전히 망가져서 꼼짝할 수가 없었다. 아버지는 나를 놀려 댔다. 아버지는 생기가 넘치고 명랑했으며, 우월감에 기뻐하는 것이 분명했다. 나는 다시는 술을 진탕 마시지 않겠다고 마음속으로 맹세했다. 그리고 떠날 날을 간절히 기다렸다.

마침내 그날이 왔고 나는 떠났다. 그러나 그 맹세를 지키지는 못했다. 이후로 노르스름한 바틀란트 포도주와 진한 붉은색의 벨틀린 포도주, 노이엔부르크의 별 모양 거품 포도주를 비롯해 다른 많은 포도주를 알게 되었고, 그들과 좋은 친구가 되었다.

제3장

고향의 무미건조하고 답답한 분위기에서 빠져나오자 나는 기쁨과 자유로 한껏 날아올랐다. 나는 평생 다른 일에서는 줄곧 실패만 되풀이했지만 어린 시절의 독특하고 열광적인 즐거움만은 온전하게 충분히 누렸다. 꽃이 피어 있는 숲 가장자리에서 쉬는 젊은 용사처럼, 싸움과 장난질 사이를 오가며 지극히 행복한 소란 속에서 살았다. 영감이 충만한 예언자처럼 어두운 심연의 가장자리에 서서, 거대한 물결과 폭풍우가 내는 요란한 소리에 귀를 기울이고 사물의 화음과 모든 생명의 조화를 이해하기 위해 마음의 준비를 갖추었다. 청춘으로 가득 찬 잔을 행복하고 깊게 들이마시고, 수줍게 연모하던 아름다운 여인들 때문에 달콤한 고통을 남몰래 맛보기도 했고, 남자들의 유쾌하고 순수한 우정에서 비롯되는 가장 고귀한 청춘의 행복을 바닥까지 철저히 맛보기도 했다.

나는 새 벅스킨 양복을 입고 책과 그 밖의 소지품으로 가득한 작은 상자를 가지고 출발했다. 나는 세상의 일부를 정복하고, 카멘친트 성을 가진 다른 사람들과 뭔가 다르다는 것을 무뚝뚝한 고향 사람들에게 가능한 한 빨리 증명할 준비가 되어 있었다. 멋진 3년 동안 전망 좋고 바람이 잘 불어오는 맨사드* 다락방에서 살면서, 공부하고 시를 쓰고 무언가를 동경하기도 하면서 세상의 모든 아름다움이 가까이에서 따뜻하게 나를 감싸고 있음을 느꼈다. 매일 따뜻한 음식을 먹지는 못했지만 매일 밤낮으로, 매 시간마다 마음은 강렬한 기쁨으로 가득 차 노래하고 울고 웃었으며, 사랑하는 삶을 뜨겁게 갈망하면서 꼭 껴안았다.

취리히는 나 애송이 페터가 처음 본 대도시여서 몇 주 동안 끊임없이 눈이 휘둥그레졌다. 도시에서의 생활을 바로 찬미하고 싶지도 않았고 부럽지도 않았다. 그런 점에서 보면 나는 확실히 농부였다. 그렇지만 다양한 거리와 집과 사람들을 보면 즐거웠다. 나는 마차들이 활기차게 지나다니는 거리와 부둣가, 광장, 정원, 화려한 건축물과 성당을 구경했다. 무리 지어 일하러 가는 부지런한 사람들, 이리저리 배회하는 대학생들, 마차를 타고 가는 상

---

* 이중 물매의 지붕 또는 그 지붕 밑의 다락방. 프랑스의 건축가 Mansard(1646-1708)의 이름에서 유래.

류층 사람들, 가슴을 펴고 뻐기는 멋쟁이들, 어슬렁거리는 이방인들을 바라보았다. 우아하게 유행을 따른 교만하고 부유한 부인들은 마치 닭장 속의 공작새처럼 보였다. 예쁘고 당당하지만 약간 우스꽝스러웠다. 나는 원래 수줍어하지는 않았다. 다만 단호하고 고집스러웠을 뿐이다. 나는 도시의 이런 활기찬 삶을 철저히 알고 나면 나중에는 스스로 도시에서 안정적으로 살 수 있는 장소를 찾을 수 있고, 그러기에 적합하다는 사실을 믿어 의심치 않았다.

청춘은 내게 젊고 아름다운 남자의 모습으로 찾아왔다. 그 청년은 나와 같은 도시에서 대학을 다니고 내가 사는 집 2층에 예쁜 방 두 개를 얻어 살고 있었다. 나는 매일 그 청년이 아래층에서 피아노 치는 소리를 들으며, 가장 여성스럽고 감미로운 예술인 음악이 지닌 어떤 마력을 처음으로 느꼈다. 그러던 어느 날 그 아름다운 청년이 집을 나서는 것을 보았다. 왼손에는 책이나 악보를 들고 오른손에는 담배를 들고 있었는데, 담배 연기가 그의 유연하고 나긋나긋한 발걸음 뒤에서 감돌았다. 그에 대한 수줍은 애정이 나를 끌어당겼다. 그렇지만 나는 홀로 외롭게 지냈고 다른 사람과의 교제에 두려움을 느꼈다. 경쾌하고 자유롭고 유복한 존재인 그의 옆에서 가난하고 예절이 부족한 나는 자존심만 상하게 될 것이기 때문이었다. 그런데 그 청년이 직접 나를 찾아왔다. 어느 날 저녁 누군가 방문을 두드렸고 나는 조금 놀랐다. 그때까지 누구도 찾아온 적이 없었기 때문이었다. 그 잘생긴 학생은 방으로 들어와 나에게 손을 내밀며 이름을 밝히고 마치 우리가 옛 친구이기라도 한 것처럼 편하고 명랑하게 행동했다.

"혹시 나와 함께 음악을 해볼 생각이 있는지 물어보고 싶었어요." 그가 친절하게 말했다. 그러나 나는 살아오면서 한 번도 악기를 만져 본 적이 없었다. 그에게 그렇게 말한 뒤, 요들을 부르는 것 말고는 어떤 예술도 이해하지 못하지만 그가 치는 피아노 소리는 종종 아름답고 매혹적으로 들린다고 덧붙였다.

"사람이란 얼마나 쉽게 착각을 하는지!" 그가 재미있다는 듯이 외쳤다. "겉모습을 보고 나는 당신이 음악가라고 확신하고 있었습니다. 이상하군요! 그렇지만 요들을 부를 줄 안다고요? 한 번 불러 주세요! 정말 꼭 듣고 싶군요."

나는 완전히 당황해서, 부탁을 받는다고 해서 요들을 부를 수 있는 것도 아니고 더구나 방 안에서는 절대로 부를 수 없다고 대답했다. 산에서라든지 최소한 바깥에서 불러야 하고 정말로 기분이 내켜야만 노래가 나온다고 말했다.

"그러면 산에 가서 부르죠! 내일은 어때요? 꼭 부탁합니다. 저녁때쯤 같이 나가면 좋을 것 같군요. 산책하면서 이야기를 좀 나누고, 산 위에 올라가면 요들을 불러 주세요. 그런 다음 마을에서 저녁 식사를 합시다. 시간 있으시죠?"

그렇다. 시간은 충분했다. 나는 서둘러 동의한 다음 그에게 무엇이라도 좀 연주해 달라고 부탁했다. 그래서 아름답고 넓은 그의 집으로 함께 내려갔다. 현대적인 액자에 넣은 그림 몇 점, 피아노, 귀여울 정도의 어수선함과 미세한 담배 향은 그 예쁜 공간에 일종의 자유롭고 쾌적한 우아함과 아늑한 분위기를 자아냈다. 나에게는 완전히 새로운 것이었다. 리하르트는 피아노 앞에 앉아서 몇 소절을 쳤다.

"이 곡 아시죠?" 그는 나를 바라보며 고개를 끄덕였다. 연주를 하다가 아름다운 얼굴을 돌리고 눈을 빛내며 나를 바라보는 모습이 무척 근사했다.

"아니오." 내가 말했다. "아무것도 모릅니다."

"이건 바그너예요." 그가 다시 말했다. "〈마이스터징어〉의 한 소절이지요." 그는 계속해서 피아노를 쳤다. 그 소리는 경쾌하면서 힘차고, 그리운 듯하면서도 명랑하게 울렸고, 마치 따뜻하게 자극하는 목욕물처럼 나를 휘감아 흘렀다. 동시에 나는 연주하는 그의 날씬한 목과 등과 음악가다운 하얀 손을 은밀한 즐거움 속에서 바라보았다. 그때, 예전에 그 검은 머리의 학생을 바라보았을 때 느꼈던 것과 똑같이 수줍으면서도 감탄해 마지않는 애정과 존경의 감정이 밀려왔다. 이 아름답고 우아한 사람이 어쩌면 진짜 내 친구가 되어, 그런 우정을 바라던 내 소망, 잊히지 않는 내 오래된 소원이 이루어질지도 모르겠다고 조심스럽게 예감했다.

다음 날 그가 나를 데리러 왔다. 천천히 대화를 나누면서 우리는 적당히 경사진 언덕으로 올라가 시내와 호수와 정원을 내려다보고 초저녁의 충만한 아름다움을 즐겼다.

"자, 이제 요들을 불러 보세요!" 리하르트가 소리쳤다. "아직도 쑥스러우면 돌아서서 불러요. 어서요, 큰 소리로!"

그는 만족했을 것이다. 나는 장밋빛으로 물든 저녁 하늘을 향해 기뻐 환호하고 큰 소리로 발악하며 온갖 조성과 꺾임을 섞어 노래했다. 내가 노래를 마쳤을 때 그는 무어라 말하려 했으나 곧 그만두고 귀를 기울이며 산을 가리켰다. 먼 산으로부터 대답이 왔다. 나직하고 길게 울리다가 커지는 소리였다. 양치기나 방랑자의 인사였을지도 모른다. 우리는 기쁜 마음으로 조용히 귀를 기울였다. 이렇게 함께 서서 귀를 기울이는 동안, 처음으로 친구와 나란히 단둘이 서서 아름다운 장밋빛 구름에 싸인 넓은 인생을 바라본다는 기분에 감미로운 전율이 흘렀다. 저녁 호수는 부드러운 색채의 유희를 벌이기 시작했다. 나는 해가 지기 바로 전 사라지는 안개 사이로 고집스럽고 당당하게 뾰족뾰족 솟아 드러나 있는 알프스 산봉우리들을 보았다.

"저기가 내 고향이에요." 내가 말했다. "저기 한가운데 있는 절벽이 로테플루이고 오른쪽이 가이스호른, 왼쪽 저 멀리 떨어져 있는 둥근 봉우리들이 젠알프 산맥이죠. 열 번째 생일이 지난 지 3주 되었을 때 저 넓고 둥근 봉우리 위에 처음으로 올라섰어요." 나는 더 남쪽에 있는 봉우리들 가운데 하나를 더 찾아보려고 눈을 가늘게 떴다. 얼마쯤 지난 후 리하르트가 무슨 말을 했는데 듣지 못했다.

"뭐라고 했어요?" 내가 물었다.

"당신이 무슨 예술을 하는지 이제 알겠다고 말했어요."

"무슨 예술인데요?"

"당신은 시인이에요."

그 말을 듣자 나는 얼굴이 붉어지고 화가 났지만 동시에 그가 어떻게 알아맞혔는지 놀랍기도 했다.

"아뇨." 내가 소리쳤다. "나는 시인이 아니에요. 고등학교 다닐 때 시를 써보기는 했지만 벌써 오래전부터 더는 쓰지 않아요."

"언제 한번 봐도 될까요?"

"태워 버렸어요. 가지고 있다고 해도 보여 주지 않을 거예요."

"틀림없이 매우 현대적인 시였겠지요. 니체의 사상을 많이 담고 있었겠군요."

"그게 뭔데요?"

"니체요. 맙소사, 니체를 모르세요?"

"몰라요. 내가 어떻게 알 수 있겠어요?"

이제 그는 내가 니체를 모른다는 사실을 재미있어 했다. 그렇지만 나는 화가 나서, 그에게 지금까지 몇 번이나 빙하를 건너가 보았는지 물었다. 그가 한 번도 건넌 적이 없다고 대답하자 나는, 그가 조금 전 나를 비웃은 것과 똑같이 조롱하며 놀라는 표정을 지었다. 그러자 그는 내 팔에 손을 얹고 아주 진지하게 말했다. "당신은 예민하군요. 그렇지만 자신이 얼마나 부러울 정도로 때 묻지 않은 사람인지, 그리고 그런 사람이 얼마나 드문지 전혀 모르고 있어요. 들어 보세요. 한두 해쯤 지나고 나면 당신은 니체뿐 아니라 다른 모든 잡다한 것들까지도 다 알게 될 겁니다. 당신은 나보다 더 철저하고 똑똑하니까 훨씬 더 잘 알게 될 거예요. 그렇지만 바로 지금 모습 그대로의 당신이 나는 참 좋아요. 당신은 니체와 바그너를 모르지만 눈 덮인 산에 많이 올라갔었고 고산지대 사람의 강인한 얼굴을 하고 있어요. 그리고 확실히 시인이기도 합니다. 눈빛과 이마를 보면 알 수 있어요."

그가 그렇듯 솔직하고 거리낌 없이 나를 관찰하고 의견을 말하는 것도 놀랍고 이상한 일이었다.

그렇지만 그가 일주일 후 손님이 많은 야외 맥줏집에서 나와 의형제를 맺고 모든 사람들 앞에서 뛰어올라 나에게 키스를 하고 나를 껴안고 미친 듯 테이블 주위를 돌며 춤을 추었을 때, 나는 더욱더 놀라고 행복했다.

"사람들이 어떻게 생각하겠어?" 나는 민망해서 그에게 주의를 주었다.

"저 두 사람은 무척 행복하거나 아니면 완전히 술에 취한 모양이라고 생각하겠지. 하지만 대부분의 사람들은 아무 생각도 하지 않을 거야."

리하르트는 나보다 나이도 많고 더 영리하고 더 좋은 교육을 받았으며 다방면으로 아는 게 많고 세련되었지만, 나에 비하면 순진한 어린아이처럼 여겨질 때가 많았다. 길거리에서 만난 아직 어린 여학생들에게 정중하면서도 놀리듯 인사하며 환심을 사려 애쓰기도 하고, 매우 진지하게 피아노를 연주하다가 갑자기 아주 유치한 농담을 하면서 중단하기도 했다. 한번은 재미 삼아 성당에 간 적이 있었는데, 강론을 듣다가 갑자기 생각에 잠기더니 중요한 일인 듯 나에게 말하는 것이었다. "저 신부님은 꼭 늙은 토끼 같아 보이지 않니?" 그 비유는 꼭 들어맞았지만 나는 그런 말은 나중에 하는 편이 더 좋았을 거라고 말했다.

"그렇지만 그게 맞다니까!" 그는 뾰로통해졌다. "나중에 말하려면 아마도 그때는 다 잊어버리고 말걸."

그가 하는 농담은 늘 재치 있지는 않았고 빈번이 부슈*의 시구를 인용하는 데 그칠 때가 많았지만, 그렇다고 해서 나를 비롯한 다른 사람들을 불쾌하게 하지는 않았다. 우리가 그를 사랑하고 그에게 경탄하는 이유는 유머감각이나 지성 때문이 아니라 밝고 어린아이 같은 성격에서 드러나는 명랑함 때문이었다. 매 순간 드러나는 쾌활함이 밝고 즐거운 분위기로 그를 감쌌다. 태도와 나지막한 웃음소리와 유쾌한 눈빛 속에서도 그 명랑함이 쉴 새 없이 엿보였다. 나는 그가 잠을 자면서도 때때로 웃거나 명랑한 몸짓을 할 것이라고 확신한다.

리하르트는 나를 다른 청년들, 즉 학생, 음악가, 화가, 작가, 다양한 외국 사람들에게 자주 소개시켰다. 그 도시에 돌아다니는 흥미롭고 예술을 사랑하는 약간 색다른 사람들이 그와 교제하고 있었기 때문이다. 그 가운데에는 진지하고 격렬하게 토론하는 철학자나 미학자, 사회주의자들도 몇 있었다. 나는 많은 사람들

* Wilhelm Busch(1832~1908). 독일의 유명한 경구 시인이자 화가.

로부터 상당한 것들을 배울 수 있었다. 다양한 영역의 지식들을 단편적으로 습득한 나는 점차 무엇이 그 시대의 활발한 두뇌들을 괴롭히고 사로잡는지에 대해 어떤 관념을 얻게 되었다. 그리고 그 국제적인 지성인들의 모임에 대해서도 유익하며 고무적인 통찰력을 갖게 되었다. 그들의 소원, 예감, 일, 이상에 나도 관심이 갔다. 찬성하거나 반대하면서 함께 논쟁하고 싶다는 개인적인 충동이 강하게 일지 않아도 수월히 이해할 수는 있었다. 대다수 사람들의 생각과 열정의 모든 에너지가 사회, 국가, 학문, 예술, 교육 방법의 현실과 제도로 향하고 있다는 사실을 발견했다. 그러나 외적인 목적을 갖기보다는 자기 자신을 정립하고 시대와 영원에 대한 개인적인 관계를 밝히려는 욕구를 지닌 사람은 거의 없는 듯했다. 나 자신도 이러한 경향 면에서는 아직 대체로 모호한 상태였다.

오로지 리하르트만 사랑하고 질투했기 때문에 다른 친구들은 사귀지 않았다. 나는 리하르트와 친하게 교제하는 여인들에게서도 그를 떼어 놓으려고 했다. 그와 만나기로 한 약속이 아무리 사소한 것일지라도 지나칠 만큼 정확하게 지켰고, 그가 나를 기다리게 하면 신경질을 냈다. 한번은 함께 보트를 타러 가기로 했는데 그가 나에게 데리러 오라고 부탁을 했다. 데리러 갔더니 그는 집에 없었고 세 시간이나 기다렸지만 오지 않았다. 다음 날 나는 그의 무심한 태도를 심하게 비난했다.

"그러면 왜 그냥 혼자서 배 타러 가지 않았니?" 그는 의아해 하면서 웃었다. "나는 그 약속을 까맣게 잊고 있었어. 그렇지만 어차피 크게 잘못된 일도 없잖아."

"난 약속은 정확하게 지키는 습관이 있어." 나는 격한 어조로 대답했다. "그렇지만 물론 어딘가에서 내가 너를 기다린다는 걸 알면서도 네가 아무렇지 않게 생각하는 데에도 익숙해. 너처럼 친구가 많다 보면 뭐 그럴 수도 있겠지!"

그는 기가 막힌다는 표정으로 나를 바라보았다.

"그래, 너는 사소한 일도 다 그렇게 진지하게 받아들이니?"

"나한테 우정은 사소한 일이 아니야."

"'이 말이 마음속으로 파고들자 그는 서둘러 나아지겠다고 약속했다네.'"

리하르트는 장중하게 시구 하나를 인용하고는 내 머리를 감싸더니, 동양식 애정 표현을 따라 코끝을 내 코끝에 대고 비비며 나를 어루만졌다. 나는 언짢게 웃으면서 몸을 뒤로 뺐다. 그렇지만 우정은 다시 회복되었다.

지붕 밑 내 다락방에는 빌린 것이지만 매우 귀중한 책들이 놓여 있곤 했다. 현대 철학자와 시인과 비평가의 책, 독일과 프랑스의 문학평론지, 신간 희곡집, 파리의 문예지와 빈에서 유행하는 유미주의자들의 책이었다. 나는 쉽사리 읽을 수 있는 이런 책들보다 이탈리아 고전소설 작가들과 역사 연구에 더 진지하게 애정을 담아 몰두했다. 내 소원은 되도록 빨리 문헌학을 옆으로 치워 놓고 오로지 역사 연구에만 집중하는 것이었다. 전체 역사와 역사 방법론에 관한 저서 이외에도 이탈리아와 프랑스의 중세 후기에 관한 문헌과 연구서를 읽었다. 그러면서 처음으로, 내가 가장 좋아하는 사람이자 모든 성인 가운데 가장 복되고 성스러운 인물인 아시시의 성 프란체스코를 더 정확히 알게 되었다. 그때까지 나는 내 앞에 펼쳐지는 삶과 정신의 충만함을 꿈속에서만 보았는데, 내 꿈은 이제 날마다 그렇게 현실이 되었고 야망과 기쁨과 청년기의 자만심을 불러일으키며 마음을 뜨겁게 달구었다. 강의실에서는 진지하지만 다소 까다롭고 때로는 다소 지루한 학문을 공부해야 했다. 집에서는 경건하면서도 소름 끼치는 친숙한 중세의 이야기나 편안한 고전소설가들에게로 되돌아왔다. 그들의 아름답고 쾌적한 세계는 마치 그늘지고 어스름한 동화 속 한 귀퉁이처럼 나를 감쌌다. 또한 나는 머리 위를 지나 밀려가는 현대의 이상과 정열의 거친 파도를 느꼈다. 그사이에 음악을 듣고 리하르트와 함께 웃고 그의 친구들 모임에 참석했다. 프랑스 사람, 독일 사람, 러시아 사람들과 교제하고 독특한 현대 서적 낭독을 듣기도 했다. 이런저런 화가의 아틀리에에 가보기도 하고, 정체가 모호한 젊은 사상가들이 과열된 채 꽤 많이 나타나는 저녁 모임에 참석해 환상적인 카니발처럼 둘러싸이기도 했다.

어느 일요일에 리하르트는 나와 함께, 새로운 그림들이 진열된 작은 전시회에 갔다. 내 친구는 몇 마리의 염소가 있는 고산지대의 목장을 그린 그림 앞에 멈춰 섰다. 정성껏 말끔하게 그려졌지만 약간 시대에 뒤떨어진 느낌이었고, 엄밀히 말하면 진정한 예술다운 핵심이 없었다. 어느 살롱에서나 늘 볼 수 있는, 아름답지만 별로 의미가 없는 작은 그림이었다. 어쨌든 고향의 목장을 상당히 사실적으로 묘사했다는 점이 나를 기쁘게 했다. 나는 리하르트에게 그 그림의 어떤 면이 마음에 드는지 물어보았다.

"여기, 이거." 그가 말하면서 귀퉁이에 쓰인 화가의 이름을 가리켰다. 나는 붉은 갈색으로 쓰인 그 철자를 해독할 수가 없었다. "이 그림은 대단한 작품은 아니야. 더 아름다운 그림들이 있지. 그렇지만 이 그림을 그린 화가보다 더 아름다운 화가는 없어. 그 여자의 이름은 에르미니아 알리에티야. 원한다면 우리는 내일 그 여자에게 가서 훌륭한 화가라고 칭찬해 줄 수 있어."

"그 여자를 알아?"

"물론이지. 그녀의 그림이 그 자신처럼 아름다웠다면, 그녀는 벌써 부자가 되어서 더는 그림을 그리지 않아도 괜찮았을 텐데. 말하자면 그 여자는 좋아하지도 않으면서 그림을 그리는 거야. 먹고살 수 있는 다른 걸 배운 게 없으니까."

리하르트는 다시 그 일을 잊어버렸고 몇 주일이 지난 뒤에야 비로소 다시 생각해 냈다.

"어제 알리에티를 만났어. 원래 얼마 전에 우리가 그 여자를 찾아가기로 했었잖아. 그러니까 가자! 네 셔츠 깃 깨끗하지? 그녀는 그걸 본단 말이야."

셔츠 깃은 깨끗했다. 그래서 우리는 함께 알리에티에게로 갔는데, 그다지 내키지는 않았다. 리하르트와 그의 동료들이 여류 화가나 여대생들과 자유분방하고 약간 무분별하게 교제하는 것이 전혀 마음에 들지 않았기 때문이다. 그런 교제에서 남자들은 대체로 제멋대로 행동했고 금방 무례하게 굴었다가 금방 비아냥거리기도 했다. 반면에 여자들은 현실적이고 영리했으며 약삭빠르게 행동했다. 조금이라도 빛을 발하는 향기를 어디에서도 맡을 수가 없었다. 그러한 향기 속에서 여인들을 바라보고 숭배하고 싶었다.

나는 약간 머뭇거리면서 아틀리에로 들어섰다. 화가들의 작업실 분위기에 꽤 익숙했지만 여성의 아틀리에는 그때 처음 들어가 보았다. 장식이 거의 없이 썰렁하고 잘 정돈된 방이었다. 완성된 그림 서너 점이 액자에 걸려 있었고 그림 중 하나는 밑칠도 제대로 하지 않은 채 이젤 위에 놓여 있었다. 벽의 나머지 부분은 매우 깨끗하고 시선을 끄는 연필 스케치와 반쯤 비어 있는 책장이 덮고 있었다. 여류 화가는 붓을 내려놓고 작업용 앞치마를 입은 채 책장에 기대어 서서 우리의 인사를 냉랭하게 받았다. 우리 때문에 시간을 허비하고 싶지 않은 것처럼 보였다.

리하르트는 전시된 그림에 대해 엄청난 찬사를 늘어놓았다. 그 여자는 그의 말을 웃어넘기고 칭찬 같은 건 그만두라고 했다.

"그렇지만 알리에티 양, 난 그 그림을 살까 하고 생각하기도 했어요. 어쨌든 거기 그려진 암소는 진짜 같아요."

"그건 염소인데요." 그녀가 조용히 말했다.

"염소? 물론 염소이지요! 나를 깜짝 놀라게 했던 어떤 연구에 대해서 말하려고 했던 거였어요. 그건 살아 있는 듯한 염소이지요. 정말 염소다운 염소예요. 내 친구 카멘친트에게 물어보세요. 산에서 살았던 사람이니까 내 말이 옳다고 인정할 겁니다."

당황하면서도 즐겁게 그 잡담에 귀를 기울이는 동안 나는 여류 화가의 시선이 나에게로 날아와 찬찬히 탐색하는 것을 느꼈다. 그 여자는 나를 오랫동안 거리낌 없이 바라보았다.

"고산지대 출신이신가요?"

"네, 알리에티 양"

"그렇게 보이네요. 그런데 제가 그린 염소를 어떻게 생각하시나요?"

"아, 물론 아주 좋습니다. 최소한 저는 리하르트처럼 암소로 착각하지는 않았어요."

"아주 친절하시군요. 당신은 음악가이신가요?"

"아뇨, 학생입니다."

그 여자는 나에게 더는 아무 말도 하지 않았다. 그래서 나는 이제 그 여자를 관찰할 여유를 갖게 되었다. 긴 작업용 앞치마에 덮여 몸매는 흉하게 일그러져 있었고 얼굴도 그다지 아름답지 않아 보였다. 날카롭고 좁은 얼굴에 약간 매서운 눈매와 풍성하고 부드러운 검은 머리카락을 가지고 있었다. 내 눈에 거슬리다 못해서 거의 거부감을 들게 한 것은 얼굴빛이었다. 마치 고르곤졸라 치즈를 연상시켰다. 얼굴에서 푸른 균열을 발견한다고 해도 아마 나는 놀라지 않았을 것이다. 지금까지 남쪽 나라 사람 얼굴이 이렇게 창백한 것을 단 한 번도 본 적이 없다. 게다가 지금은 아틀리에에 비치는 아침 햇살 때문에 상황이 더 나빠서 얼굴이 놀라울 정도로 돌처럼 굳어 보였다. 그것도 대리석이 아니라 비바람에 시달려 색이 몹시 바랜 돌 같았다. 나는 여자의 얼굴을 그 형태를 살펴서 따지는 데 익숙하지 않았다. 오히려 아직 약간 소년 같은 방식으로, 얼굴에 감도는 윤기나 분홍빛 혈색이나 애교스러움을 찾으려고 했다.

리하르트도 오늘의 방문에 대해서 기분이 상했다. 얼마 후 알리에티가 나를 그리고 싶어 한다는 말을 그가 전했을 때 나는 더더욱 깜짝 놀라서 사실 어리둥절했다. 그저 몇 장의 스케치를 하고 싶은데 얼굴을 그릴 필요는 없고 떡 벌어진 내 체격에는 어떤 전형적인 것이 있다고 말했다는 것이다.

이 이야기가 계속되기 전에 다른 작은 사건이 하나 일어났다. 내 인생 전체를 바꿔 놓고 몇 년 동안 내 미래를 규정한 사건이었다. 어느 날 아침 눈을 떠보니 나는 작가가 되어 있었다.

리하르트의 성화 때문에, 나는 순전히 문체를 연습하는 셈치고 때때로 우리 모임에서 독특한 유형의 인물이나 작은 체험, 대화, 그 밖의 다른 것들을 스케치하듯 가능한 한 충실하게 묘사했다. 또 문학과 역사에 관한 에세이 몇 편을 쓰기도 했다.

어느 날 아침 내가 아직 침대에 누워 있는데 리하르트가 방으로 들어오더니 35프랑켄을 내 침대 시트 위에 올려놓았다. "네 거야." 그는 사무적인 어조로 말했다. 내가 온갖 질문을 퍼부으며 추측하느라 지쳤을 때 마침내 그가 주머니에서 신문 한 장을 꺼내 보여 주었다. 내가 쓴 짧은 단편이 인쇄되어 있었다. 그가 내 원고 여러 편을 베껴서 친분 있는 편집자에게 가져가 나를 위해 몰래 팔았던 것이다. 지금 나는 인쇄된 첫 번째 글을 원고료와 더불어 손에 쥔 것이었다.

그때처럼 기분이 이상한 적은 없었다. 사실 리하르트의 지나친 배려에 화가 났지만 결국은 작가로서 처음 느끼는 달콤한 자부심과 기분 좋은 돈과 작가로서 약간의 명성을 얻을지도 모른다는 생각이 더 강하고 우세했다.

어느 카페에서 내 친구가 나와 편집자를 소개시켜 주었다. 그는 리하르트가 보여 준 다른 원고들도 받아 두어도 되겠냐고 묻고 때때로 새로운 원고를 보내 달라고 요청했다. 내 원고에는 어떤 독특한 어조가 있는데, 특히 역사적인 부분이 그렇기 때문에 글을 기꺼이 더 받고 싶고 규칙적으로 고료를 지불하겠다고 했다. 나는 그제야 비로소 그 일의 중요성을 깨달았다. 매일 규칙적으로 식사할 수 있고 소소하게 진 빚을 갚을 수 있게 될 뿐만 아니라, 의무적으로 해야 하는 공부를 내던져 버리고 아마도 머지않아 좋아하는 분야에서 일하면서 완전히 내 힘으로 번 돈으로 살아갈 수 있을지도 모르는 일이었다.

그러는 동안 그 편집자는 서평을 부탁하며 새로 나온 책 한 무더기를 집으로 보냈다. 나는 그 책들을 붙들고 몇 주 동안 씨름했다. 원고료는 3개월마다 한 번씩 월말에 지불되는데 나는 고료를 믿고 전보다 더 풍족하게 생활했기 때문에, 어느 날 마지막 남은 돈이 다 떨어졌다는 사실을 깨닫고 어쩔 수 없이 다시 한 번 단식을 해야만 했다. 며칠 동안은 방에서 빵과 커피로 버텼지만 배고픔에 음식점으로 내몰렸다. 나는 음식 값 대신 담보로 맡기려고 서평을 써야 하는 책 세 권을 들고 갔다. 이미 헌책방에 팔려고 가져갔지만 헛수고였다. 음식은 훌륭했으나 블랙커피를 마실 때쯤에는 어쩐지 불안해졌다. 나는 여종업원에게 돈이 없지만 책들을 담보로 맡겨 두고 싶다고 소심하게 고백했다. 여자는 그 가운데 시집 한 권을 손에 들고 호기심에 차서 책장을 들춰 보며 읽어도 되냐고 물었다. 책 읽는 걸 좋아하지만 도무지 책을 구할 수가 없다고 했다. 구원을 받은 기분이었다. 그래서 음식 값을 책 세 권으로 대신 지불하겠으니 받아 달라고 제안했다. 여종업원은 동의했고 같은 방식으로 다시 15프랑켄어치의 책을 받아 주었다. 작은 시집 한 권으로는 치즈와 빵을 요구하고 장편소설로는 치즈와 빵에다가 포도주까지 요청했다. 단편 하나하나는 빵과 커피 한 잔의 가치밖에 없었다. 기억하기로는 대부분, 새로 유행하는 문체를 따르려고 안간힘을 쓰는 가치 없는 책들이었다. 그러니 그 마음씨 좋은 아가씨는 현대 독일문학에 대해서 이상한 인상을 받았을지도 모르겠다. 나는 얼굴에 땀을 뻘뻘 흘리면서 책 한 권을 끝까지 후딱 읽고 몇 줄 비평을 썼던 아침나절들을 아주 유쾌하게 기억한다. 점심때까지 글을 완성한 다음 그 책을 무언가 먹을 것과 바꾸기 위해 서두른 것이었다. 리하르트 앞에서는 내가 돈이 궁하다는 사실을 조심스럽게 숨겼다. 나는 쓸데없이 그 일을 부끄러워했고 그의 도움을 받고 싶지 않았으며, 받더라도 항상 아주 짧은 기간 동안이었다.

나는 나 스스로를 시인으로 여기지 않았다. 내가 때때로 쓰는 글은 문예비평일 뿐 시가 아니었다. 그러나 나는 언젠가 시를 쓰게 되는 날이 올 것이고 위대하고 독특한 삶과 동경의 노래를 쓸 날이 오리라는 은밀한 희망을 마음에 품고 있었다.

명랑하고 맑은 내 영혼의 거울은 가끔 일종의 우울증으로 흐려졌지만 그러는 동안에도 심하게 불쾌하지는 않았다. 우울한 기분은 때로는 하루 동안 또는 하룻밤 사이 마치 꿈꾸는 은둔자의 슬픔처럼 찾아왔다가 흔적도 없이 사라지고, 몇 주일이나 몇 달이 지난 뒤 다시 찾아오곤 했다. 나는 친숙한 여자 친구를 대하듯 점차 익숙해져서 그런 우울한 기분을 고통스럽게 느끼지 않았고, 오히려 독특한 감미로움을 지닌 불안한 피로감으로 여겼다. 한밤중에 그런 기분이 엄습해 오면 잠 자는 대신 몇 시간이고 창가에 누워, 검은 호수와 창백한 하늘 위에 그려진 산들의 어렴풋한 윤곽과 그 위에 빛나는 아름다운 별들을 바라보았다. 그러면 마치 이 모든 밤의 아름다움이 나를 비난하면서 바라보는 듯한 불안하고 달콤하고 강렬한 느낌에 사로잡히곤 했다. 별과 산과 호수가 그들의 아름다움과 침묵하는 존재로서의 고민을 이해하고 말로 표현해 줄 누군가를 찾는 듯했다. 마치 내가 그들이 찾는 사람이며, 말 없는 자연을 시로 표현해 내는 것이 내 진정한 소명 같았다. 어떻게 하면 실현이 가능할지에 대해서는 한 번도 생각해 본 적이 없었고, 그저 그 아름답고 진지한 밤이 말 없는 소원을 품고 초조하게 나를 기다린다고 느낄 뿐이었다. 그런 기분으로 무언가를 써본 적도 없었다. 그렇지만 나는 이 어두운 소리에 대해 책임감을 느끼고, 그런 밤들을 지내고 나면 보통 여러 날 동안 혼자 도보 여행을 떠나곤 했다. 말없이 간청하며 내 앞에 나타나는 대지를 향해 그런 식으로 조금이나마 나의 사랑을 증명할 수 있을 것 같았지만, 그러고 나서는 이런 상상에 대해 나 스스로 다시 웃음을 금치 못했다. 이런 방랑은 그 후 내 삶의 토대가 되었다. 그 이후 대부분의 세월을 방랑으로 보냈고 몇 주나 몇 달 동안 여러 나라들을 여행했다. 적은 돈과 빵 한 조각을 주머니에 넣고 며칠 동안이나 혼자 먼 길을 가고 바깥에서 잠을 자는 데 익숙해졌다.

글 쓰는 일을 시작하면서 그 여류 화가는 완전히 잊어버리고 있었다. 그런데 그 여자에게서 쪽지가 왔다. '남녀 친구들 몇 명이 목요일에 저의 집에 차를 마시러 오기로 했습니다. 당신과 친구분도 함께 와주시길 바랍니다.'

우리는 그리로 갔다. 소규모의 예술가 그룹이 모여 있었다. 거의 대부분 명성도 없고 잊히고 실패한 사람들뿐이었다. 모두들 아주 만족하고 유쾌해 보였는데도 불구하고 나에게는 어떤 연민을 불러일으켰다. 차와 버터 바른 빵과 햄과 샐러드가 나왔다. 아는 사람도 없고 원래 대화를 즐기지도 않았기 때문에, 다른 사람들이 그저 차만 홀짝홀짝 마시며 잡담하는 동안 나는 배고픔을 달래려고 약 반 시간 정도 말없이 계속 먹기만 했다. 이제 다른 사람들도 하나둘씩 음식을 먹으려고 했을 때 내가 혼자서 햄을 거의 다 먹어치웠다는 사실이 드러났다. 최소한 한 접시는 더 여유분이 있을 거라고 믿었는데, 내가 잘못 생각한 것이었다. 사람들이 나지막하게 웃어 대고 약간 비웃는 시선을 보냈기 때문에 화가 나서 그 이탈리아 여자와 햄을 저주했다. 나는 일어나서 그 여자에게 사과한 뒤 다음번에는 저녁 식사를 가져오겠다고 말하고 모자를 집어 들었다.

그러자 알리에티는 내 손에서 모자를 뺏고서 놀란 눈으로 조용히 바라보며 가지 말아 달라고 진심으로 부탁했다. 스탠드 램프의 불빛이 얇은 천으로 된 갓으로 스며 나와 그녀의 얼굴 위로 온화하게 드리웠다. 그때 나는 화를 내면서도 갑자기 눈이 열려 그 여인의 놀랍도록 성숙한 아름다움을 보았다. 불현듯 나 자신이 매우 무례하고 어리석게 여겨져 벌 받는 어린 학생처럼 외딴 구석에 자리를 잡고 앉았다. 그리고 코모 호수의 사진이 든 앨범을 들춰 보았다. 다른 사람들은 차를 마시고 이리저리 걸어 다니기도 하고 떠들썩하게 웃고 이야기를 나누었다. 뒤쪽 어디선가 바이올린과 첼로의 음을 고르는 소리가 들렸다. 커튼이 걷히자 젊은 사람 네 명이 즉석에서 마련한 악보대 앞에 앉아 현악사중주 연주를 준비하는 광경이 보였다. 그 순간 여류 화가가 오더니 차 한 잔을 내 앞 탁자 위에 놓고 상냥하게 고개를 끄덕이며 옆에 앉았다. 사중주가 시작되었고 오래도록 계속되었다. 그러나 나는 아무것도 듣지 않고 눈을 크게 뜬 채 아름다운 옷을 입은 그 날씬하고 섬세한 숙녀를 정신없이 바라보았다. 그 전까지만 해도 그녀의 아름다움을 의심했고 준비된 햄을 다 먹어치웠는데 말이다. 그녀가 나를 스케치하고 싶다고 한 말을 기억해 내고 즐겁기도 했고 두렵기도 했다. 그러고 나서 뢰지 기르타너와 알펜로제가 핀 절벽을 기어오르던 일과 눈의 공주 이야기가 떠올랐다. 그런데 지금은 그 모든 것이 단지 오늘 이 순간을 위한 준비였던 것처럼 느껴졌다.

음악이 끝났을 때 염려했던 대로 여류 화가는 다른 데로 가지 않고 조용히 앉아서 나와 대화를 시작했다. 그녀는 신문에 실린 내 단편을 보았다면서 축하해 주었다. 그리고 몇몇 젊은 아가씨들에게 둘러싸여 있는 리하르트에 대해 농담을 했는데, 그의 경박한 웃음소리가 때때로 다른 모든 소리를 누르고 크게 들려왔다. 그러고 나서 그녀는 나를 그려도 괜찮겠냐고 다시 한 번 물었다. 그때 머리에 아이디어가 떠올랐다. 돌연 나는 이탈리아어로 이야기를 계속했다. 그 대가로 명랑한 남쪽 나라 사람다운 그녀의 눈에서 기뻐하고 놀라는 시선을 보았을 뿐만 아니라 그녀가 모국어로 말하는 것을 듣는 즐거움도 누렸다. 그 여자의 입과 눈과 외모에 어울리는 그 언어는 듣기 좋고 우아하고 빠른 어조의 토스카나 지방 말이었는데 매력적인 테신 지방 말의 흔적이 가볍게 묻어났다. 나 자신은 아름답게 말하지도 유창하게 말하지도 못했지만 그리 신경 쓰이지 않았다. 스케치의 모델이 되기 위해서 나는 다음 날 오기로 했다.

"아 리베데를라(안녕히 계세요)." 나는 작별인사를 할 때 이렇게 말하면서 가능한 한 몸을 깊이 숙였다.

"아 리베데르치 도마니(안녕히 가세요. 내일 만나요)." 그녀는 미소 지으며 고개를 끄덕였다.

그녀의 집에서 나와서 계속 걸어가자 길이 언덕 꼭대기에 이르렀는데, 갑자기 아름답고 조용한 어둠의 나라가 눈앞에 펼쳐졌다. 붉은 등을 켠 보트 한 척이 호수 위를 스쳐 지나가면서 검은 수면 위로 흔들거리는 진홍색 불빛 몇 줄기를 던졌다. 그 밖에는 호수 여기저기에서 가느다란 물결이 얇고 희미한 은빛 윤곽을 드러낼 뿐이었다. 가까운 정원에서 만돌린 연주 소리와 웃음소리가 들려왔다. 하늘은 거의 반쯤 구름에 덮여 있었고 언덕 위로는 따뜻하고 강한 바람이 불었다.

바람이 과일나무 가지와 밤나무의 검은 우듬지를 쓰다듬고 휘몰아치고 구부려 나무들이 신음하고 웃고 흔들리듯, 열정이 나를 희롱했다. 나는 언덕 꼭대기에서 무릎을 꿇었다가 땅 위에 누워도 보고, 뛰어오르고 신음하고 쿵쿵 발을 구르기도 하고 모자를 집어 던지고 얼굴을 풀에 파묻기도 하고 나무줄기를 흔들고 울고 웃고 흐느끼고 미쳐 날뛰면서, 부끄럽기도 하고 행복하기도 하고 죽도록 답답하기도 했다. 한 시간이 지나자 맥이 다 풀렸는데, 날은 흐리고 후덥지근해서 숨이 막힐 지경이었다. 나는 아무 생각도 하지 않았고 아무런 결정도 하지 않았으며 아무것도 느끼지 않았다. 꿈속을 헤매듯 언덕을 내려가서 온 시내를 방황하다가 어느 외진 길거리에서 아직 문이 열려 있는 작은 술집을 보았다. 아무 생각 없이 들어가서 바틀란트 포도주 2리터를 마시고 끔찍하게 취해서 아침 무렵에야 집으로 돌아왔다.

이튿날 오후 알리에티 양을 찾아가자 그녀는 깜짝 놀랐다.

"무슨 일이에요? 어디 아프세요? 얼굴이 무척 안돼 보이네요."

"별일 아니에요." 내가 말했다. "어젯밤에 몹시 취한 것 같아요. 그뿐이에요. 그냥 시작하시죠!"

그녀는 나를 의자에 앉히더니 꼼짝하지 말라고 부탁했다. 나는 시키는 대로 할 수 있었다. 얼마 후 잠이 들어 오후 내내 아틀리에서 자면서 시간을 보냈기 때문이다. 우리 집 작은 보트를 새로 칠하는 꿈을 꾼 까닭은 아마도 화가의 작업실에서 나는 테레빈유 냄새 때문이었는지도 모른다. 나는 그 옆 자갈밭에 누워, 양동이와 붓을 들고 바쁘게 일하는 아버지를 보았다. 어머니도 거기 있었다. 내가 어머니는 돌아가시지 않았냐고 물었더니 어머니는 나지막하게 말했다. "아니야. 내가 여기 있지 않으면 너도 결국은 네 아빠와 똑같이 룸펜이 되고 말 거다."

깨어났을 때 나는 의자에서 떨어졌다. 그리고 에르미니아 알리에티의 작업실에 있다는 사실을 알고는 깜짝 놀랐다. 그녀는 보이지 않지만 옆방에서 찻잔과 식기가 달그락거리는 소리가 들렸기 때문에 저녁 식사 시간이 된 모양이라고 생각했다.

"일어났어요?" 그녀가 내 쪽을 향해 소리쳤다.

"네. 내가 오랫동안 잤습니까?"

"네 시간 동안요. 부끄럽지 않으세요?"

"부끄럽군요. 하지만 아주 근사한 꿈을 꾸었어요."

"말해 보세요!"

"네. 당신이 이쪽으로 나와서 나를 용서해 준다면 얘기하지요."

그녀는 나왔지만, 내가 꿈 이야기를 다 들려줄 때까지 용서는 미루겠다고 말했다. 그래서 나는 이야기를 시작했다. 그리고 꿈 이야기를 넘어서 잊어버린 어린 시절로 깊이 빠져들었다. 말을 마쳤을 때는 이미 완전히 어두워졌고 나는 그녀와 나 스스로에게 어린 시절 이야기를 남김없이 모두 들려주었다. 그녀는 내 손을 잡고 구겨진 재킷을 매만져 주름을 펴주면서 내일 다시 와달라고 했다. 나는 그녀가 오늘 내가 한 무례한 행동을 이해하고 용서했다고 느꼈다.

그다음 며칠 동안 나는 그 여자를 위해 몇 시간씩 앉아 있었다. 그러면서 거의 대화도 하지 않았다. 나는 조용히 마치 마법에 걸린 것처럼 앉거나 선 채 목탄으로 부드럽게 스케치하는 소리를 듣고 희미한 유화물감 냄새를 들이마셨다. 사랑하는 여인 가까이에 있고 나에게 끊임없이 머무는 그 여인의 시선을 의식하는 것 이외에는 어떤 다른 감정도 느끼지 않았다. 하얀 아틀리에 불빛이 벽으로 흐르고 졸린 듯한 파리 몇 마리가 유리창에 붙어서

윙윙거리고 옆방에서는 알코올램프 불꽃이 노래하고 있었다. 모델로 앉아 있고 나면 항상 커피 한 잔을 대접 받았기 때문이다.

나는 집에서도 종종 에르미니아를 생각했다. 그녀의 예술을 존경할 수 없다는 사실은 전혀 내 정열을 휘젓거나 약하게 만들지 못했다. 그녀 자신이 그토록 아름답고 친절하고 명랑하고 확고한데 그녀의 그림이 무슨 상관인가? 나는 오히려 부지런히 일하는 그녀의 면모에 어떤 숭고함을 느꼈다. 에르미니아는 삶과 싸우며 조용히 참고 견디는 용감한 여자였다. 어쨌든, 사랑하는 사람에 대해 곰곰이 생각하는 것보다 더 부질없는 짓은 없다. 그런 생각을 하는 과정은 마치 민요나 군가를 부르는 것과 같다. 노래 안에서 온갖 일들이 다 일어나는데, 후렴구는 전혀 걸맞지 않은 내용이라 할지라도 끈덕지게 반복된다.

내가 기억 속에 간직하고 있는 그 아름다운 이탈리아 여자의 이미지도 그렇다. 불분명하지는 않지만, 가까이 있는 사람보다도 오히려 낯선 사람에게서 훨씬 더 잘 볼 수 있는 가느다란 선들과 특징들이 모두 다 선명하게 생각나는 것은 아니다. 머리 모양이 어땠는지 어떤 옷을 입었는지 등은 더는 생각나지 않는다. 체구가 컸는지 작았는지조차도 모르겠다. 그녀를 생각하면 어두운 머리색과 품위 있는 머리 모양과 창백하면서도 생기 있는 얼굴과 알맞게 커다란 한 쌍의 눈과 예리한 시선 그리고 싸늘한 성숙함을 지닌, 완벽하고 아름답게 활모양을 그리는 얇은 입술이 떠오른다. 그녀를 생각하면, 그녀에게 반해 있던 그 시절을 생각할 때면 늘, 따스한 바람이 호수 위로 넘실거리는데 언덕 위에서 울고 환호성을 지르고 광포하게 날뛰었던 그날 저녁만이 떠오를 뿐이다. 이제 또 다른 어느 날 저녁의 일을 이야기하려고 한다.

이 여류 화가에게 어떻게든 고백하고 구애해야겠다는 생각이 점점 더 확고해졌다. 그녀가 멀리 떨어져 있었다면 그저 그녀를 계속 연모하면서 말없이 고통을 감내했을 것이다. 그러나 거의 매일 만나고 이야기를 나누고 악수를 하고 집에 드나들면서 마음은 늘 상처받는 것을 더는 참고 견딜 수가 없었다.

예술가들과 친구들이 작은 여름 축제를 열었다. 호숫가에 있는 예쁜 정원이었고, 계절이 무르익어 나른하고 무더운 한여름 밤이었다. 우리는 포도주와 얼음물을 마시면서 음악을 듣기도 하고 긴 꽃 장식 줄에 엮여 나무들 사이에 매달린 붉은 초롱불을 바라보기도 했다. 잡담을 하고 농담도 하고 웃다가 마침내는 노래를 부르기도 했다. 옷차림이 허름한 어떤 젊은 화가가 낭만주의자인 체하며 독특한 베레모를 쓰고 난간에 길게 드러누워 목이 긴 기타로 장난을 치고 있었다. 나름대로 유명한 예술가들은 참석하지 않았거나, 나이 든 사람들 사이에 끼어 한쪽에 앉아 눈에 띄지 않았다. 젊은 여자들은 얇은 여름옷을 입고 나타났지만 다른 여자들은 늘 입던 편안한 옷차림으로 이리저리 돌아다녔다. 나이 들고 못난 여대생 한 명이 특히 내 눈에 거슬렸다. 그 여자는 보기 싫게 자른 머리에 남자들이 쓰는 밀짚모자를 쓰고 담배를 피며 연거푸 포도주를 마시고 큰 목소리로 줄곧 떠들어 댔다.

리하르트는 늘 그렇듯 젊은 아가씨들과 함께 있었다. 나는 마음속으로 매우 흥분하고 있었지만 냉정을 유지하고 거의 술도 마시지 않은 채 알리에티를 기다렸다. 그녀는 오늘 나와 함께 보트를 타기로 약속되어 있었다. 도착하자마자 그녀는 나에게 꽃 몇 송이를 선물하고는 함께 작은 배에 올랐다.

호수는 기름처럼 매끈하고 밤처럼 검은빛이었다. 나는 가벼운 보트를 빠르게 저어 조용한 호수 한가운데로 나아갔다. 그러면서 건너편 키 잡는 자리에 편안하고 만족스럽게 기대어 앉아 있는 날씬한 여인을 줄곧 바라보았다. 아직도 푸르스름한 빛을 띠고 있는 높은 하늘에 희미하게 빛나는 별이 하나둘씩 나타났다. 호수 기슭 여기저기에서 음악 소리와 정원에서 열리는 파티의 떠들썩한 소리가 들려왔다. 잔잔한 물결이 노에 부딪혀 나지막하게 찰싹찰싹 소리를 냈다. 다른 보트들은 저쪽 어둠 속으로 헤쳐 나가서 조용한 수면에 더는 아무것도 보이지 않게 되었다. 그렇지만 나는 그런 것에는 거의 주의를 기울이지 않았다. 그저 키를 잡고 있는 그녀만을 꼼짝 않고 바라보면서 마음먹었던 사랑 고백을 불안한 가슴에 마치 무거운 쇠고리처럼 매달고 있었다. 저녁 풍경의 아름다움과 시적인 느낌, 보트에 앉아 있다는 것, 별들, 따뜻하고 잔잔한 호수, 그 모든 것이 나를 불안하게 했다. 마치 아름다운 무대 장식 같은 그 한가운데에서 내가 낭만적인 한 장면을 연기해야 하기 때문이었다. 불안한 마음과 깊은 정적으로 숨이 막힐 지경이었다. 둘 다 아무 말이 없었기 때문에 나는 무작정 앞으로 힘껏 노를 저었다.

"힘이 세군요!" 여류 화가가 신중하게 말했다.

"뚱뚱하다는 말인가요?" 내가 물었다.

"아뇨. 근육을 말하는 거예요." 그녀가 웃었다.

"네. 물론 힘이 세지요."

적절한 시작은 아니었다. 나는 슬프고 화가 나서 계속 노를 저었다. 얼마 후 나는 그녀의 인생 이야기를 좀 해달라고 부탁했다.

"그런데 무슨 이야기를 듣고 싶으세요?"

"전부 다요." 내가 말했다. "연애 이야기를 가장 듣고 싶네요. 그러면 나중에 내 연애 경험도 들려줄게요. 유일한 연애 이야기이지요. 아주 짧지만 아름다운 이야기이고 당신도 재미있게 들을 겁니다."

"그래요! 그럼 이야기해 주세요."

"아뇨. 당신 먼저요! 어쨌든 이미 내가 당신에 대해 아는 것보다, 당신이 나에 대해 훨씬 더 많이 알고 있잖아요. 당신이 제대로 사랑에 빠져 본 적이 있는지 아니면 내가 염려하는 것처럼 사랑을 하기에는 너무 영리하고 자존심이 센 건 아닌지 알고 싶어요."

에르미니아는 잠시 생각에 잠겼다.

"이건 또다시 당신의 낭만적인 생각에서 나온 거로군요." 그녀가 말했다. "한밤중에 여기 이 컴컴한 물 위에서 여자에게 이야기를 하라고 하다니 말이에요. 미안하지만 못하겠어요. 당신네 시인들은 모든 것을 아름다운 언어로 표현하는 데 익숙해서, 느낌을 말로 잘 표현하지 않는 사람들은 감정이 없는 사람이라고 곧장 단정 짓곤 하잖아요. 당신이 잘못 보셨어요. 나보다 더 격렬하고 더 강하게 사랑을 할 수 있는 사람은 없다고 생각해요. 나는 다른 여자에게 매인 남자를 사랑하고 있는데, 그 남자도 나 못지않게 나를 사랑해요. 그렇지만 언젠가 함께 살 수 있을지 없을지는 우리 둘 다 몰라요. 우리는 편지를 주고받고 가끔은 만나기도 해요……"

"그 사랑이 당신을 행복하게 만드는지 불행하게 하는지, 아니면 둘 다인지 물어봐도 될까요?"

"아아, 사랑은 우리를 행복하게 만들기 위해 존재하는 게 아니에요. 사랑은 우리가 고통을 당하고 그것을 견디면서도 얼마나 굳건할 수 있는지를 우리에게 보여 주기 위해 존재한다고 생각해요."

나는 그 말을 이해했고, 대답 대신 입에서 낮게 흘러나오는 탄식을 억누를 수 없었다.

그녀는 그 소리를 들었다.

"아아," 그녀가 말했다. "당신도 이미 그 의미를 아세요? 아직 어린데 말이에요! 이제 당신도 나한테 고백하시겠어요? 정말 이야기하고 싶다면 말씀하세요."

"다음에 하지요, 알리에티 양. 오늘은 어쩐지 마음이 허전하네요. 당신 기분까지 우울하게 했다면 미안합니다. 돌아갈까요?"

"좋으실 대로 하세요. 그런데 우리가 대체 얼마나 멀리 나온 거죠?"

나는 대답하지 않고 요란한 소리를 내며 물살을 헤치고 노를 저어 방향을 바꾸었다. 마치 북동풍이 다가오기라도 한 것처럼 노를 끌어당겼다. 보트는 쏜살같이 수면을 스치고 지나갔다. 마음속에서 끓어오르는 서글픔과 부끄러움이 소용돌이치는 가운데 얼굴 위로 흐르는 굵은 땀방울과 한기가 동시에 느껴졌다. 무릎을 꿇고 애원하는 남자, 그녀가 어머니처럼 자상하게 거절하는 구애자 역할을 연기할 뻔했다는 사실을 오롯이 생각하니 등줄기로 전율이 흘렀다. 최소한 그런 상황은 모면했지만 남아 있는 서글픔은 그저 감내해야 했다. 나는 미친 듯이 집을 향해 노를 저었다.

기슭에서 간단히 작별 인사를 하고 혼자 남겨 두고 떠났을 때 그 아름다운 아가씨는 다소 놀란 것 같았다.

호수는 매끄럽고 음악은 명랑하고 초롱불은 여전히 화려했지만 이제 나에게는 그 모든 것이 어리석고 우습게만 여겨졌다. 특히 음악이 그랬다. 아직도 넓적한 비단 띠로 기타를 자랑스럽게 맨 벨벳 재킷을 입은 남자를 흠씬 두들겨 패주고 싶었다. 불꽃놀이도 곧 시작될 것이다. 얼마나 유치한 짓인지!

나는 리하르트에게 돈을 조금 빌린 다음 모자를 뒤로 젖혀 쓰고 길을 걷기 시작했다. 교외로 나와서도 계속 걸어서, 한 시간 또 한 시간을 졸음이 올 때까지 걸었다. 그리고 풀밭에 몸을 눕혔다. 한 시간 후 몸이 이슬로 축축해지고 뻣뻣하고 오한이 나서 다시 잠에서 깼다. 가까운 마을로 갔을 때는 이른 아침이었다. 토끼풀을 베는 사람들이 먼저 나는 골목길을 걸어가고 있었다. 잠이 덜 깬 하인들은 외양간 문으로 내다보고, 여름철 농부들의 부지런한 모습이 곳곳에서 보였다. 농부가 되었어야 했다고 나 스스로에게 말하며 부끄러운 마음으로 마을을 지나 지치도록 계속 달렸다. 따뜻한 아침 햇살이 비치자 쉬려고 멈추었다. 어린 너도 밤나무 숲가에서 두렁 위 시든 풀밭에 몸을 던지고 따뜻한 햇볕을 받으며 오후 늦게까지 잤다. 깨어났을 때는 머리에 풀냄새가 가득했고 팔다리는 기분 좋게 묵직했다. 신의 사랑스러운 대지에 오래 누운 뒤에만 느낄 수 있는 무게였다. 그리고 축제와 보트를 탔던 일과 그 모든 것이 마치 몇 달 전에 읽은 소설처럼 아득하고 슬프고 반쯤 희미해진 듯했다.

나는 사흘 동안 집을 떠나 있었다. 햇볕에 피부를 그을리면서 그길로 단숨에 고향으로 돌아가 아버지의 풀 베는 작업을 도와야 하지 않을까 하고 생각했다.

물론 그렇다고 해서 고통이 금방 사라지지는 않았다. 도시로 돌아온 후 처음에는 마치 페스트를 피해 달아나듯 그 여류 화가의 시선을 피했다. 그렇지만 그리 오래가지는 않았다. 나중에는 그녀가 나를 바라보고 말을 걸 때마다 비참한 기분이 목구멍까지 치밀어 올라왔다.

제4장

예전에 아버지가 성공하지 못한 일을 이제 이 사랑의 고통이 해냈다. 나를 술꾼으로 만든 것이다.

술은 지금까지 내가 얘기했던 그 무엇보다도 나의 삶과 존재를 위해 훨씬 더 중요했다. 힘세고 감미로운 술의 신은 나에게 충실한 친구였고 오늘날까지도 그러하다. 누가 그만큼 강력한가? 누가 그렇게 아름답고 환상적이고 열정적이고 명랑하면서도 우울할 수 있을까? 그는 영웅이자 마술사이다. 유혹하는 자이자 에로스의 형제이다. 그는 불가능한 것을 가능하게 할 수 있다. 가련한 인간의 마음을 아름답고 놀라운 시로 채운다. 그는 은둔자이자 농부인 나를 왕으로, 시인으로, 현자로 만들었다. 텅 비어 버린 삶의 배에 그는 새로운 운명을 실어 넣고 난파당한 자를 거대한 삶의 급류 속으로 몰아넣는다.

포도주는 이러한 것이다. 그러나 술도 모든 귀중한 재능이나 예술과 마찬가지다. 사랑하고 구하고 이해해야 하며, 공을 들여 얻어야 하는 것이다. 그렇게 할 수 있는 사람들은 많지 않다. 술은 수많은 사람들을 죽이기도 한다. 술은 사람들을 늙게 하고, 죽이고, 그들 내면에 있는 정신의 불꽃을 꺼뜨린다. 그러나 사랑하는 사람들을 축제에 초대하고 축복의 섬으로 가는 무지개다리를 놓는다. 그들이 피곤해 하면 머리 밑에 베개를 놓아 주고, 슬픔이 그들을 집어삼키려 하면 친구처럼 또는 위로하는 어머니처럼 살포시 온화하게 안아 준다. 그는 삶의 소용돌이를 위대한 신화로 바꾸어 놓고 커다란 하프로 창조의 노래를 연주한다.

그는 또한 어린아이이기도 하다. 비단 같은 긴 곱슬머리와 좁은 어깨와 섬세한 팔다리를 지니고 있다. 그는 네 품에 기대어 갸름한 얼굴을 치켜들고 네 얼굴을 바라본다. 사랑스러운 커다란 눈으로 꿈꾸듯 경이롭게 너를 바라본다. 그 눈 속 깊은 곳에는 낙원의 기억과 잃어버리지 않은 신의 아들다운 면모가 마치 숲에서 새로 솟아오르는 샘물처럼 촉촉이 빛나며 흔들리고 있다.

감미로운 술의 신은 쏴쏴 소리와 함께 봄밤을 깊숙이 방랑하며 지나가는 물결과도 같다. 또 서늘한 파도 위에 태양과 폭풍우를 싣고 흔드는 바다와도 같다.

그가 사랑하는 사람들과 이야기를 나눌 때면, 비밀과 기억과 시와 예감으로 폭풍우 치는 바다는 소나기를 내리게 하고 큰 물결을 일으켜 그들을 놀라게 한다. 익숙했던 세계는 점점 작아져 사라져 버리고, 영혼은 불안한 기쁨을 느끼며 길도 없는 미지의 넓은 세계로 달려간다. 모든 것이 낯설고도 친숙하며 음악과 시인과 꿈의 언어로 말을 하는 곳이다.

이제 먼저 이야기를 해야겠다.

나는 몇 시간 동안이나 나 자신을 잊어버리고 명랑한 기분을 유지하며 공부도 하고 글도 쓰고 리하르트의 음악을 듣기도 했다. 그러나 고통 없이 지나가는 날은 단 하루도 없었다. 때때로 밤중에 침대에서 신음하기도 하고 자다가 벌떡 일어나기도 하다가 눈물에 젖어 늦게 잠들기도 했다. 또 알리에티를 만나면 고통이 되살아났다. 대개는 늦은 오후에, 아름답고 따뜻하고 나른하게 만드는 여름 저녁이 시작될 무렵 고통이 찾아왔다. 그럴 때면 나는 호수로 가서 보트에 올라 열이 나고 지치도록 노를 저었다. 그러고 나면 집으로 돌아가는 것이 불가능하다는 생각이 들었다. 그래서 술집이나 음식점 안뜰로 들어갔다. 그런 뒤 온갖 종류의 포도주를 맛보고 마시고 곰곰이 생각에 잠기곤 했는데, 가끔은 다음 날까지 거의 병든 것처럼 혼미한 적도 있었다. 그럴 때면 끔찍한 비애와 구역질이 엄습해 다시는 술을 마시지 않겠다고 수십 번씩 결심하곤 했다. 그러고 나면 또다시 술집에 가서 술을 마셨다. 점차 다양한 포도주와 그 효과를 구별할 줄 알게 되었고, 물론 아직 소박하고 거친 수준이었지만 일종의 자의식을 가지고 술을 즐겼다. 마침내 나는 진한 적색의 벨틀린 포도주에서

의지할 곳을 찾았다. 첫 잔을 마실 때는 떫고 자극적인 맛이지만, 그다음부터는 잔잔하고 끊임없는 몽상에 이를 때까지 내 생각을 흐릿하게 만들었다. 그러고 나면 술이 마법을 부리고 창조하며 스스로 시를 짓기 시작했다. 내 마음에 들었던 모든 풍경이 근사한 조명을 받으며 주위를 둘러쌌다. 그리고 나 스스로가 그 안으로 걸어 들어가 노래하고 꿈꾸며, 몸 안에 도는 따스하고 고양된 생기를 느꼈다. 그것은 마치 바이올린으로 연주하는 민요를 듣는 것처럼, 스쳐 지나가서 놓쳐 버렸을지도 모르는 큰 행복을 어디선가 알게 된 것처럼 무척 기분 좋은 슬픔으로 끝을 맺었다.

자연스럽게 나는 점차 혼자 술을 마시는 때가 줄고 다양한 친구들과 어울리게 되었다. 사람들에 둘러싸이자 포도주는 달리 작용했다. 나는 말이 많아졌지만 흥분하지는 않았고 오히려 냉정하고 독특한 열기를 느꼈다. 지금까지 나 스스로 거의 알지 못했던 본성의 일면이 밤사이 활짝 꽃을 피웠다. 정원에 핀 꽃이나 장식용 꽃이라기보다는 엉겅퀴나 쐐기풀 같은 꽃이었다. 말이 많아지는 것과 더불어 날카롭고 냉정한 정신이 다가와 나를 확신에 차고 우월하고 비판적이고 재치 있게 만들었다. 방해하는 사람들이 있다면 때로는 섬세하고 교활하게 때로는 무례하고 고집스럽게 접근한 뒤 그들이 나갈 때까지 화를 돋웠다. 어렸을 때부터 도대체 사람들을 특별히 좋아하지도 않았고 필요로 하지도 않았지만 이제는 그들을 비판적이고 반어적으로 관찰하기 시작했다. 짧은 이야기를 지어내 들려주는 것이 특히 즐거웠다. 그런 이야기에서 인간들의 관계를 겉보기에는 객관적이지만 냉혹하게 묘사해 풍자하고 씁쓸하게 조롱했다. 어디에서 이런 경멸적인 어조가 나오는지 나 스스로도 알지 못했다. 마치 농익은 종기처럼 내 본성으로부터 터져 나온 그것을 긴 세월 동안 떨쳐 버리지 못했다.

그러던 어느 날 저녁 한번은 혼자 앉아 있다가 다시 산과 별과 슬픈 음악에 대한 꿈을 꾸었다.

그 몇 주 동안 우리 시대의 사회와 문화와 예술에 대한 고찰을 일련의 글로 써보았다. 독설을 담은 작은 책자였는데, 발단은 음식점에서 나눈 대화들이었다. 꽤 부지런히 확장시킨 나의 역사 연구로부터 첨가한 여러 가지 역사적인 자료들이 내 풍자적인 글에 일종의 견고한 배경을 만들어 주었다.

이 일을 토대로 상당한 규모의 신문에 고정 기고를 하게 되어 생계를 꾸려 나갈 수 있었다. 신문에 기고한 글들도 곧바로 독자적인 단행본으로 출간되어 어느 정도 성공을 거두었다. 그 이후 나는 문헌학을 완전히 내던져 버렸다. 그때 이미 고학년이었고 독일 신문사들과 관계를 맺게 되었다. 그러면서 이전까지의 은둔 상태와 빈곤에서 벗어나 인정받는 사람들의 영역으로 들어갔다. 밥벌이를 하고 성가신 장학금을 포기한 채, 보잘것없는 문필가라는 직업을 지닌 경멸스러운 삶을 향해 순풍에 돛을 올리고 달렸다.

성공과 허영심, 풍자와 사랑의 고통에도 불구하고 즐거울 때

나 우울할 때나 내 머리 위에는 청춘의 따스한 광채가 비치고 있었다. 나는 빈정대기도 하고 아주 해롭지는 않은 소소한 권태감을 느끼기도 했지만, 꿈속에서는 여전히 늘 하나의 목표와 행복과 완성이 내 앞에 놓여 있었다. 도대체 무엇인지는 알지 못했지만, 삶이 언젠가는 특별히 환한 웃음이 가득한 행복을 내 발 앞에 밀어 놓을 것이라고 느끼고 있었다. 그것은 명성, 어쩌면 사랑, 동경의 실현, 내 본성의 고양일지도 몰랐다. 나는 아직 귀부인과 기사와 커다란 명예를 꿈꾸는 시동侍童이었다.

나는 위로 오르려고 노력하는 길의 출발점에 서 있다고 생각했다. 지금껏 체험한 모든 것이 단지 우연이었으며 내 존재와 삶에 아직 깊고 고유한 기본이 다져지지 않았다는 사실을 알지 못했다. 사랑이나 명예를 얻는다고 동경이 충족되거나 끝에 이르는 것이 아니며, 그런 동경 때문에 고뇌하고 있다는 사실을 아직 깨닫지 못하고 있었다.

그래서 나는 약간 떨떠름한 작은 명성을 청춘의 온갖 기쁨과 함께 즐겼다. 영리하고 지적인 사람들과 함께 앉아 좋은 포도주를 마시며 이야기를 시작하면 그들이 호기심을 품은 얼굴로 주의 깊게 나를 바라보는 것이 무척 기분 좋았다.

그러는 사이 오늘날 모든 사람들의 영혼 안에서는 작건 크건 어떤 동경이 구원을 얻고자 외친다는 것이, 그리고 그 동경이 그들을 어떤 기이한 길로 이끌어 가는지가 눈에 들어왔다. 그들은 신을 믿는 것을 어리석거나 거의 부끄러운 일로 여겼지만, 그 밖에는 쇼펜하우어나 부처, 차라투스트라 등 숱한 가르침과 이름들을 믿었다. 품위 있는 집에서 입상이나 그림 앞에 엄숙히 예배를 드리는 젊은 무명 시인들이 있었다. 그들은 신 앞에 드리는 절을 부끄러워했겠지만, 오트리콜리의 제우스 상 앞에서는 무릎을 꿇었다. 절제로 스스로를 괴롭히며, 참을 수 없을 만큼 행색이 불쾌한 금욕주의자들도 있었다. 그들의 신은 톨스토이거나 부처였다. 그런가 하면 조화를 고려해 심사숙고해서 고른 벽지와 음악, 음식, 포도주, 향수 또는 담배 같은 것들을 통해 특별한 기분을 불러일으키는 예술가들도 있었다. 그들은 유창하게 말하고, 음악적인 선이라든가 색깔의 화음이라든가 그와 비슷한 내용의 말들을 마치 당연한 듯 이야기하며 어디서든 '개성'을 드러내려고 벼른다. 그러한 행동들은 대체로 어떤 사소하고 악의 없는 자기기만이나 광기에서 비롯된 것이었다. 근본적으로 나는 마치 발작처럼 안간힘을 다하는 이 코미디가 재미있고 우스웠지만, 얼마나 많은 진지한 동경과 참된 영혼의 힘이 그 안에서 타오르다가 꺼져 버리는지를 생각하면 때로 기묘한 전율이 느껴졌다.

당시 나는 환상적으로 성큼성큼 다가오는 새로운 유행을 따르는 시인과 예술가와 철학자들을 알게 되어 놀랍고 기뻤지만, 그들 가운데 어느 누구도 명성을 얻지 못했다. 그중 나와 동갑인 북부 독일 사람이 있었다. 온화하고 친절하고 호감 가는 사람이었는데, 어떤 예술적인 부분이 문제가 되면 섬세하고 민감하게 반응했다. 사람들은 그를 미래에 대시인이 될 인물이라고 여겼다.

그의 시 낭송을 몇 번 들은 적이 있는데 아직도 어떤 진기한 향기를 지닌, 영혼이 가득 담긴 아름다운 기억으로 아른거린다. 어쩌면 그가 우리 모두 가운데 유일하게 진정한 시인이 될 수 있는 사람이었는지도 모른다. 나중에 우연히 그에 대한 짧은 소식을 들었다. 문학적인 실패를 겪자 겁을 먹어 극도로 예민해진 그는 세상 사람들을 기피하고 어떤 사기꾼 같은 예술 후견인의 수중에 떨어졌다. 그 후견인은 시인을 격려하고 이성을 되찾게 하는 대신 순식간에 완전히 망쳐 놓고 말았다. 부유한 신사의 별장에서 신경질적인 부인들과 함께 유미주의자의 진부한 허풍을 늘어놓고, 스스로 진가를 인정받지 못하는 영웅이라고 상상하며 애처롭게도 잘못된 길로 인도되어 그저 쇼팽의 음악만 듣고 라파엘 전파 화가들 같은 황홀경에 빠져 점차 이성을 잃게 된 것이다.

특이한 옷을 입거나 이상한 머리 모양을 한 풋내기 시인들과 아름다운 영혼을 지닌 애송이들을 떠올릴 때면 그저 전율하고 동정을 느낄 뿐이다. 그들과의 교제가 위험했다는 사실을 나중에야 비로소 깨달았기 때문이다. 나의 산골 농부 기질이 그때 그 소란에 관여하지 않도록 지켜 준 것이었다.

그렇지만 명성과 포도주와 사랑과 지혜보다 더 고귀하고 나를 행복으로 이끈 것은 우정이었다. 우정은 내가 타고난 우울한 성향을 누그러뜨리고, 내 젊은 시절을 붉은 아침노을처럼 싱싱하게 유지시킨 유일한 것이었다. 오늘에도 나는 세상에서 남자들 사이의 우직하고 강한 우정보다 더 귀중한 것은 없다고 생각한다.

언젠가 상념에 사로잡히는 날, 젊은 시절에 대한 향수 같은 것이 나를 엄습한다면 오로지 학창 시절의 우정 때문이다.

나는 에르미니아에게 빠져들면서부터 리하르트에게 조금 소홀했다. 처음에는 의식하지 못했지만 몇 주가 지나자 양심의 가책을 느꼈다. 그래서 그에게 자백했다. 그는 그 모든 불행이 다가와 커져 가는 과정을 보면서 유감스럽게 생각했다고 털어놓았고, 나는 진심으로 열렬히 그와 새롭게 관계를 맺어 갔다. 당시에 익힌 명랑하고 자유로운, 자질구레한 처세술은 모두 그에게서 배운 것이었다. 그는 몸과 마음이 아름답고 명랑했고, 삶의 그늘이란 그에게 존재하지 않는 듯했다. 영리하고 민첩한 그는 시대의 격정과 오류를 잘 알고 있었다. 그러나 그것은 그에게 전혀 해를 끼치지 않고 미끄러져 지나갔다. 그의 걸음걸이와 그가 쓰는 말과 그의 모든 태도는 부드럽고 듣기 좋게 울렸고 사랑스러웠다. 오! 그의 웃음소리는 얼마나 매력적인지!

나의 포도주 탐닉에 대해 그는 거의 이해하지 못했다. 가끔은 그도 함께 갔지만 두 잔만 마시면 충분했고, 엄청나게 술을 많이 마시는 나를 천진스럽게 감탄하며 지켜보았다. 그러나 내가 괴로워하며 어찌할 바를 모르고 우울한 기분에 잠겨 있으면 그는 음악을 연주해 주고 책을 읽어 주고 산책에 데려가기도 했다. 잠깐 소풍을 나가면 우리는 어린 소년처럼 기분이 들뜨곤 했다. 한번은 따뜻한 한낮에 나무가 우거진 골짜기에 누워 쉬면서 서로 솔방울을 던지기도 하고 〈경건한 헬레네〉의 구절을 정감 넘치는 멜

로디로 부르기도 했다. 세차게 흐르는 맑은 시냇물이 귓가에서 오랫동안 시원하게 찰랑거리며 유혹해, 우리는 옷을 다 벗고 차가운 물속으로 들어갔다. 그러자 코미디를 연기하고 싶어진 그는 이끼 낀 바위 위에 앉아 로렐라이가 되었고, 나는 아래쪽에서 작은 배에 앉은 뱃사공이 되어 돛을 달고 그 옆을 지나갔다. 그때 나는 뱃사공의 미칠 듯한 고통을 강조해야 했지만, 그가 무척 순진하고 수줍은 표정을 지으며 인상을 찌푸렸기 때문에 웃음을 거의 참을 수가 없었다. 갑자기 사람 소리가 크게 들렸고 한 무리의 여행자 일행이 길에 모습을 드러냈다. 우리는 물에 씻겨 툭 튀어나온 바위 기슭 아래 발가벗은 몸을 급히 숨겼다. 아무것도 모르는 여행자 일행이 우리 옆을 지나갈 때면 리하르트는 온갖 이상한 소리를 냈다. 꿀꿀거리기도 하고 길고 날카로운 소리를 내기도 하고 쉭쉭거리기도 했다. 사람들은 깜짝 놀라 멈칫하며 주위를 둘러보고 물속을 들여다보기도 했다. 우리는 거의 발각될 뻔했다. 그러자 내 친구는 불쾌감을 느끼는 여행자들을 빤히 바라보며, 숨어 있던 곳에서 상반신만 내놓은 채 목소리를 내리깔고 신부님 같은 태도로 말했다. "평안히 가라!"* 그러고는 즉시 다시 몸을 숨기고 내 팔을 꼬집으며 말했다. "이것도 몸동작으로 알아맞히는 수수께끼 놀이였어."

"뭐였는데?" 내가 물었다.

* 성서에 여러 번 나오는 표현을 인용한 것이다.

"판*이 갑자기 나타나 목동들을 놀라게 한 거지." 그가 웃었다. "그런데 유감스럽게도 그 가운데 여자들이 끼어 있었군."

그는 내 역사 연구에 관해 거의 주목하지 않았다. 그러나 내가 거의 사랑에 빠진 것처럼 좋아하는 아시시의 성 프란체스코에 대해서는 그도 곧 관심을 갖게 되었다. 가끔 내 화를 돋우기 위해서 성 프란체스코에 대해 농담을 하곤 했지만 말이다. 우리는 이 인내심 깊고 축복받은 성자가, 마치 다 자란 사랑스러운 아이처럼 친절하고 한없이 명랑하게 그가 섬기는 신을 기뻐하며 모든 이에 대한 겸허한 사랑이 가득 담긴 모습으로 움브리아** 지방을 방랑하는 모습을 그려 보았다. 우리는 함께 그의 불후의 명작 〈태양의 노래〉를 읽었고 그 노래를 거의 암송할 수 있었다. 언젠가 산책 삼아 증기선을 타고 호수를 건너갔다 돌아올 때 저녁 바람이 금빛 물결을 흔들고 있는 광경을 보자 그는 낮은 목소리로 물었다. "여기에서 그 성자가 뭐라고 말했지?" 나는 〈태양의 노래〉 한 구절을 이탈리아어로 인용했다.

"주여, 내 형제인 바람과 공기를 통하여 찬미를 받으소서.

---

* 그리스신화에 나오는 목신牧神. 허리에서 위쪽은 사람의 모습이고 염소의 다리와 뿔을 가지고 있으며, 산과 들에 살면서 가축을 지킨다고 생각되었다. 춤과 음악을 좋아하는 명랑한 성격의 소유자인 동시에, 잠들어 있는 인간에게 악몽을 불어넣기도 하고 나그네에게 갑자기 공포를 안겨주기도 한다. '당황'과 '공황'을 의미하는 '패닉panic'이라는 말은 이 신에게서 유래한다.

** 이탈리아 중부에 있는 주. 역사적으로 유서 깊은 도시로는 페루자, 스폴레토, 아시시 등이 있으며, 로마 시대와 중세 초기의 기념물이 많다. 성 프란체스코 성당이 아시시에 위치해 있다.

구름과 폭풍우와 아름다운 날씨를 통하여 찬미를 받으소서.'"

우리가 싸우거나 서로 모욕적인 말을 할 때면 그는 항상 반쯤 농담으로 마치 초등학생처럼 온갖 우스꽝스러운 별명을 잔뜩 퍼부어 댔기 때문에, 나는 곧 웃음을 터뜨리지 않을 수 없었고 가시 돋친 화를 누그러뜨렸다. 내 사랑하는 친구는 좋아하는 음악가의 음악을 듣거나 연주할 때만 비교적 진지했다. 그럴 때에도 뭔가 농담을 하려고 연주를 중단하기도 했다. 그러나 예술에 대한 그의 사랑은 온전히 순수하고 진심에서 우러나오는 헌신이었다. 진정한 것과 의미 있는 것에 대한 그의 감정은 확실해 보였다.

그는 친구들 가운데 누군가가 곤경에 처해 있으면 부드럽고 세심하게 위로하고 자기 일처럼 여기며 함께하거나 기운을 북돋아 주곤 했다. 내 기분이 좋지 않다는 사실을 알아차리면 짤막한 일화들을 익살스럽고 재미있게 잔뜩 들려주었다. 그의 어조에는 어쩐지 마음을 진정시키고 기분을 밝게 하는 뭔가가 담겨 있어서 나는 거의 저항할 수가 없었다.

그는 나에게 약간의 존경심을 가지고 있었다. 내가 그보다 더 진지했기 때문이다. 또한 그는 내 체력에 훨씬 더 경외심을 가지고 있었다. 그는 다른 사람들 앞에서 그 점을 자랑했고 자기를 한 손으로 눌러 죽일 수 있는 친구가 있다는 사실을 의기양양하게 뽐냈다. 그는 육체적인 능력과 민첩함을 중시해 나에게 테니스를 가르쳐 주고 함께 노를 젓고 수영도 하고 승마에 데려가기도 했다. 그리고 내가 거의 본인의 수준만큼 당구를 잘 치게 될 때까지 쉬지 않았다. 당구는 그가 제일 좋아하는 운동이었는데, 그는 당구의 대가답게 기술적으로 능숙했을 뿐만 아니라 당구를 칠 때는 언제나 매우 생기발랄하고 재미있어 하며 즐거워했다. 그는 세 개의 공에 번번이 우리가 아는 사람들의 이름을 붙였다. 그런 뒤 매번 공을 칠 때마다 공의 위치와 거리에 따라 우스갯소리를 하고 빈정거리며 희화하는 비교를 잔뜩 늘어놓는 등 소설을 엮었다. 그러면서도 침착하고 가볍고 매우 우아하게 공을 쳤다. 그런 그를 바라보는 것은 즐거운 일이었다.

그는 내가 쓴 글들을 나라는 사람보다 더 높게 평가하지는 않았다. 한번은 그가 말했다. "이봐, 나는 항상 널 시인이라고 생각했고 지금도 그렇게 여기고 있어. 그렇지만 그 이유는 네가 신문 문예란에 쓴 글 때문이 아니야. 네 안에 어떤 아름다움과 깊이가 살아 있다고 느껴지는데, 그것이 빠르든 늦든 언젠가는 한번 터져 나올 거라고 생각하기 때문이야. 그것이야말로 진짜 문학이 될 거야."

그러는 사이 마치 손가락 사이로 작은 동전들이 빠져나가듯 학기가 그렇게 미끄러져 지나갔다. 불현듯 리하르트가 집으로 돌아가는 것을 생각해야 할 시간이 다가왔다. 우리는 사라져 가는 몇 주를 짐짓 태연한 척하며 즐겼다. 그리고 마침내는 마음 아픈 이별을 하기 전에 화려하게 빛나는 어떤 사건을 벌여서 이 아름다운 시절을 명랑하고 희망차게 마무리하자는 데 의견이 일치되었다. 나는 베른의 알프스로 휴가 여행을 가자고 제안했다. 물론 아직 이른 봄이라서 등산은 사실 너무 일렀다. 내가 다른 제안을 생각하느라 머리를 쥐어짜는 동안 리하르트는 자기 아버지에게 편지를 썼고, 나에게 큰 기쁨을 안겨 줄 깜짝 선물을 몰래 준비하고 있었다. 어느 날 그는 상당한 액수의 수표를 들고 와 북부 이탈리아 여행에 안내자로 동행해 달라고 청했다.

나는 초조함과 기쁨으로 가슴이 뛰었다. 소년 시절부터 가슴에 품고 수없이 꿈꾸며 동경하던 소원이 이루어지게 된 것이다. 나는 마치 열병에 걸린 것처럼 약간의 준비를 하고 친구에게 이탈리아어를 몇 마디 가르쳤다. 마지막 날까지도 혹시 여행에 차질이 생기지 않을까 걱정했다.

짐은 먼저 보내고 우리는 차에 올라앉았다. 푸른 들과 언덕이 흔들리며 지나갔다. 우른 호수와 고트하르트 고개가 다가왔다. 그리고 테신의 산골 마을과 시냇물과 돌투성이 산비탈과 눈 덮인 산봉우리가 나타났다. 그 뒤로는 평평한 포도밭 가운데 검은 돌집들이 처음으로 보였다. 호수를 따라 비옥한 롬바르디아 평야를 가로질러, 소란스럽게 활기차고 이상하게 마음을 끌면서도 거부감이 드는 밀라노를 향해 기대감에 가득 차 달려갔다.

리하르트는 밀라노 대성당에 대해 전혀 생각해 본 적이 없었고 그저 유명하고 커다란 건물이라고만 알고 있을 뿐이었다. 성당을 보고 실망해 화를 내는 그를 보자 웃음이 나왔다. 첫 번째 충격을 극복하고 다시 유머를 되찾자, 그는 지붕으로 올라가 그 위에 어지럽게 여기저기 흩어져 있는 석상들 사이를 이리저리 돌아다녀 보자고 제안했다. 우리는 고딕식 첨탑 위에 있는 수많은 불행한 성자들의 석상이 너무 안쓰러워 보이지는 않아서 조금 안심했다. 그 석상들이 대체로, 최소한 새로 만들어진 것은 모두 공장에서 만든 제품이라는 사실을 알아냈기 때문이다. 우리는 4월의 햇볕을 받아 약간 달구어진 넓고 경사진 대리석판 위에 거의 두 시간 동안이나 누워 있었다. 리하르트가 편안하게 고백했다. "너 알아? 사실 나는 저 엉터리 같은 대성당에서와 같은 그런 실망을 앞으로도 더 자주 느끼게 될 거라고 생각해. 여행하는 내내 보게 될 멋진 것들이 우리를 압도하지 않을까 하고 조금 걱정했어. 그런데 이렇게 유쾌하고 인간적이고 우스꽝스럽게 시작되다니!" 그러고 나서 그는 우리 주변에 어수선하게 늘어서 있는 석상들에 자극을 받아 온갖 괴상한 공상을 시작했다.

그가 말했다. "저 제단 위로 솟은 탑은 제일 높은 뾰족탑이니까 그 위에는 아마도 제일 신분이 높고 고귀한 성자가 서 있을 거야. 돌로 만들어진 줄타기 곡예사에게는 이 뾰족탑 위에서 영원히 균형을 잡고 서 있는 게 전혀 즐겁지 않을 테니까, 때때로 가장 서열이 높은 성인이 구원을 받아 하늘로 자리를 옮기는 게 당연해. 그럴 때마다 얼마나 요란한 소동이 일어날지 생각해 봐! 이제 남아 있는 다른 성인들이 모두 서열에 따라 정확히 한 자리씩 앞으로 자리를 옮기는데, 각자 전임자의 탑으로 단숨에 풀쩍 뛰어올라야 하니까 말이야. 다들 무척 서두르면서 아직 자신 앞에 있는 모든 성인들을 질투할 거야."

그 이후로 밀라노에 갈 때마다 그날 오후가 머릿속에 다시 떠올랐다. 나는 애수를 느낀 채 웃으며, 수많은 대리석 성인들이 용감하게 껑충 뛰어오르는 광경을 바라보았다.

제노바에서 커다란 사랑이 한 번 더 나를 찾아왔다. 바람 부는 어느 맑은 날, 정오가 막 지나서였다. 나는 폭이 넓고 낮은 담장에 팔을 기대고 있었다. 뒤로는 알록달록한 제노바 시가지가 있고 아래로는 밀물이 차올라 커다랗고 푸른 물결이 넘실대고 있었다. 바다였다. 영원하며 변치 않는 바다가 음울한 포효와 이해할 수 없는 욕망을 안고 나를 향해 밀려왔다. 그리고 나는 내 안에 있는 무언가가 생과 사를 가르는, 푸르고 거품 이는 이 밀물과 친밀하다고 느꼈다.

아득한 수평선도 마찬가지로 내 마음을 강하게 사로잡았다. 어렸을 때처럼 푸르스름한 아지랑이가 가물거리는 저 먼 곳, 마치 활짝 열린 문처럼 나를 기다리고 있는 그곳도 다시 보았다. 내가 도시와 집에서 사람들 사이에 섞여 터를 잡고 살도록 태어난 것이 아니라 낯선 타향에서 방황하고 바다를 떠도는 운명으로 태어났다는 느낌에 사로잡혔다. 신의 품에 뛰어들어 무한과 영원을 내 작은 삶과 형제 삼고 싶다는, 전부터 품었던 슬픈 소망이 내 안에서 어렴풋한 충동으로 솟아올랐다.

라팔로에서는 처음으로 헤엄을 치며 바다와 씨름했고 떨떠름한 바닷물을 맛보고 파도의 위력을 느꼈다. 맑고 푸른 물결과 노란 갈색을 띠는 바닷가의 바위 그리고 낮고 고요한 하늘과 끊임없이 들려오는 큰 파도 소리에 둘러싸였다. 멀리서 미끄러져 가는 배와 검은 돛대와 하얀 돛, 저 멀리 떠나가는 증기선에서 연기가 깃발처럼 나부끼는 모습은 언제나 새로이 내 마음을 사로잡았다. 내가 좋아하는 섬 없이 흘러가는 구름 말고는, 저 멀리 지나가면서 점점 작아지다가 열린 수평선 안으로 사라져 버리는 배보다 더 아름답고 진지한 동경과 방랑의 모습을 나는 모른다.

우리는 피렌체에 왔다. 수많은 그림에서 보고 수없이 꿈꾸어 잘 알고 있는 그 도시가 거기에 있었다. 밝고 넓고 사람들은 친절하며, 다리가 놓인 푸른 강이 가로질러 흐르고 선명한 언덕들이 띠처럼 둘러싼 도시였다. 베키오 궁전의 멋진 탑은 밝은 하늘을 찌를 듯 대담하게 솟아 있었다. 언덕에는 아름다운 피에솔레 마을이 따뜻한 햇볕을 받으며 하얗게 놓여 있었고, 과일나무 꽃이 활짝 핀 언덕들은 모두 하얀색과 분홍색으로 뒤덮여 있었다. 활기차고 즐겁고 천진난만한 토스카나 지방의 삶이 마치 기적처럼 눈앞에 펼쳐졌다. 나는 곧 예전에 집에 있을 때보다도 더 편안해졌다. 낮에는 성당과 광장, 골목골목과 아케이드와 시장을 돌아다녔고 저녁에는 농익은 레몬 향기가 가득한 언덕의 정원에서 꿈을 꾸거나 작고 소박한 키안티 포도주를 파는 술집에서 술을 마시거나 잡담하며 시간을 보냈다. 그사이에 화랑이나 바르젤로 미술관, 수도원, 도서관, 성구실聖具室을 구경하며 행복하고 풍요로운 시간을 보냈고 오후에는 피에솔레, 산 미니아토, 세티냐노, 프라토를 찾아갔다.

집에서 이미 약속한 대로 나는 일주일 동안 리하르트를 혼자 남겨 두고 푸르고 윤택한 움브리아 구릉지를 걸으며 내 청춘 시절에서 가장 고귀하고 값진 여행을 즐겼다. 성 프란체스코의 길을 걷는 동안은 때때로 그가 내 옆에서 걷고 있는 느낌이었다. 헤아릴 수 없는 사랑의 감정으로 가득 차 새들과 샘물과 들장미 덤불에 감사와 기쁨의 인사를 보냈다. 햇볕을 받아 빛나는 산비탈에서 레몬을 따 먹고 작은 마을에서 밤을 보내며 마음속으로 노래하고 시를 짓기도 했다. 그리고 아시시에 있는 내 성인의 성당, 성 프란체스코 성당에서 부활절을 기념했다.

움브리아 지방을 걸었던 이 일주일간의 여행이 내게는 항상 청춘 시절의 정점이자 아름다운 저녁놀처럼 여겨진다. 매일 마음속에서 샘이 솟았고, 나는 신의 자비로운 눈을 들여다보듯 밝고 화사한 봄날의 풍경을 바라보았다.

움브리아에서는 '신의 악사'인 성 프란체스코에게 경의를 표하며 그의 발자취를 따라갔고 피렌체에서는 줄곧 15세기의 삶을 상상하며 즐겼다. 집에 있을 때 이미 오늘날 우리 삶의 형식에 대해 풍자하는 글을 쓴 적이 있지만, 피렌체에서 처음으로 현대 문화가 얼마나 보잘것없고 가소로운지 느끼게 되었다. 처음으로 내가 우리 사회에서 영원히 이방인으로 살아가게 되리라는 예감에 사로잡혔다. 그리고 처음으로 우리 사회를 떠나 가능하다면 남쪽 나라에서 계속 살고 싶다는 소망이 싹텄다. 이곳 이탈리아에서 나는 사람들과 어울릴 수 있었다. 솔직하고 자연스러운 삶을 지속적으로 즐길 수 있었다. 그 자연스러운 삶 위에 고전 문화와 역사의 전통이 존재하면서, 자연스러운 삶을 고결하고 세련되게 가꾸어 주었다.

행복하게 빛난 아름다운 몇 주가 쏜살같이 지나갔다. 그토록 열광적으로 도취되어 황홀해 하는 리하르트의 모습을 전에는 한 번도 본 적이 없었다. 우리는 오만한 태도와 즐거운 기분으로 아름다움과 향락의 술잔을 비웠다. 뜨거운 언덕 위에 외따로 떨어진 마을에 가서 음식점 주인, 수도사, 시골 마을의 아가씨, 늘 만족스러워하는 작은 체구의 마을 신부님과 친하게 지내며 사람들이 서서 주고받는 소소한 잡담에 귀를 기울이기도 하고, 갈색으로 볕에 그을린 귀여운 아이들에게 빵과 과일을 나눠 주기도 했다. 햇빛이 비치는 산꼭대기에서 봄의 광휘 속에 빛나는 토스카나를 바라보며 멀리 아른거리는 리구리아 바다를 바라보기도 했다. 우리 둘 다 이 행복에 걸맞게 새롭고 풍요로운 삶을 향해 나아간다는 기분을 강하게 느꼈다. 일, 투쟁, 즐거움, 명예가 가까이에서 빛나며 우리 앞에 확실히 놓여 있었기 때문에 서두르지 않고 행복한 나날을 즐겼다. 얼마 남지 않은 이별도 대수롭지 않고 일시적인 듯했다. 우리는 서로에게 없어서는 안 되는 꼭 필요한 존재이고 평생 서로 변치 않으리라는 사실을 그 어느 때보다도 더 확실히 알게 되었기 때문이다.

여기까지가 내 청춘 시절의 이야기이다. 곰곰이 생각해 보면 마치 여름밤처럼 짧았던 것 같다. 약간의 음악, 약간의 지성, 약간의 사랑, 약간의 허영심이었다. 그렇지만 아름답고 풍요롭고 엘레우시스*의 축제처럼 다채로웠다.

그리고 바람 앞의 가련한 등불처럼 순식간에 꺼지고 말았다.

리하르트와는 취리히에서 작별했다. 그는 두 번이나 기차에서 내려서 나에게 키스했고, 창문 너머로 오래도록 나를 바라보며 정답게 고개를 끄덕였다.

그는 2주 후 어처구니없게도 남부 독일의 어느 작은 강에서 헤엄을 치다가 물에 빠져 죽었다. 나는 그를 더는 보지 못했다. 나는 그의 장례식에도 가지 못했다. 이미 그가 관 속에 누워 땅에 묻히고 난 다음 며칠 뒤에야 비로소 그 모든 소식을 들었다. 나는 방바닥에 드러누워 천하고 상스러운 욕지거리를 내뱉으며 신과 삶을 저주하고 울부짖었다. 그때까지는 단 한 번도 그 시절에 내가 얻은 유일하고 확실한 재산이 우정이었다고 생각해 본 적이 없었다. 이제는 그것조차 사라져 버렸다.

매일매일 많은 추억들이 따라다니며 숨 막히게 하는 이 도시에서 더는 견딜 수가 없었다. 무슨 일이 일어나든 아무래도 상관없었다. 내 영혼의 심장은 병들었고 살아 있는 모든 것에 공포

---

* 그리스 아티카 지방 엘레우시스만 연안에 있는 도시. BC 7세기까지는 독립국이었으나 아테네와 합병했다고 전해진다. 여신 데메테르와 그의 딸 페르세포네의 성지이며, 신성한 밀의가 이루어졌다. 봄·가을 두 번에 걸친 축제에는 그리스 전체에서 신자들이 모였다.

를 느꼈다. 다 망가진 내 존재가 다시 일어나 새로 팽팽히 부풀린 돛을 달고서 더 떫고 쓰라린 장년의 행복을 향해 나아갈 전망은 당분간 거의 보이지 않는 듯했다. 신은 내가 존재의 가장 훌륭한 부분을 순수하고 즐거운 우정에 바치기를 원했다. 우리는 빠르게 달리는 두 척의 작은 조각배처럼 함께 앞으로 내달렸다. 리하르트의 조각배는 알록달록하고 가볍고 행복하고 사랑스러워서 나는 눈으로 그 배를 좇으며, 그것이 나를 아름다운 목적지로 함께 데려가리라 믿고 있었다. 그런데 이제 그 배는 짧게 비명을 지르며 가라앉아 버렸고, 나는 어두워진 물 위에서 갑자기 키 없이 방황하게 되었다.

가혹한 시련을 이겨 내고 별을 보며 방향을 찾아 새로운 여정에 올라, 삶의 영광을 얻고자 투쟁하고 방황하는 운명이 내게 달려 있었는지도 모른다. 나는 우정을 믿었고 여인의 사랑을 믿었고 청춘을 믿었다. 이제 그것들이 하나씩 차례로 떠나가 버렸다. 왜 나는 신을 믿고 더 강한 그의 손에 나를 맡기지 않았을까? 그러나 나는 평생 어린아이처럼 겁을 집어먹으면서도 고집스러웠다. 본래의 삶이 폭풍우 속에서 다가와, 나를 지혜롭고 부유하게 만들며 커다란 날개에 태워 행복이 무르익은 곳으로 데려다 주기를 항상 기다리고 있었다.

그러나 현명하고 경제적인 삶은 나를 잠자코 흘러가도록 내버려 두었다. 삶은 나에게 폭풍우도 별도 보내지 않았다. 오히려 내가 다시 작아지고 꾹 참으며 고집을 꺾기를 기다렸다. 삶은 나로

하여금 교만하고 아는 체하는 희극을 연기하도록 만들고는 지나가며 슬쩍 바라보았다. 그리고 길 잃은 어린아이가 엄마를 다시 찾을 때까지 기다렸던 것이다.

제5장

이제 내 삶에서 지금까지보다 더 역동적이고 다채로운, 어쩌면 그 자체로 짤막한 통속소설 한 권이 나올 법한 시기가 시작된다. 이제 어떻게 다음과 같은 사건들이 일어났는지 이야기하지 않을 수 없다. 나는 한 독일 신문사에 편집자로 초빙되었다. 그런데 펜과 험한 입에 지나치게 자유를 허락하는 바람에 트집을 잡혀 괴롭힘을 당하고 훈계를 받았다. 게다가 술고래라는 명성까지 얻어 결국은 한바탕 싸운 후 그 자리를 내놓고 파리 통신원으로 파견되었다. 그 지긋지긋한 도시에서 집시처럼 떠돌아다니며 하는 일 없이 시간을 보내고 다양한 지역에서 못된 짓을 일삼았다.

혹시 독자들 가운데 있을지도 모르는 험담꾼을 내가 이 자리에서 조롱하며 이 짧은 시기를 생략하고 건너뛴다면, 그것은 비겁해서가 아니다. 나는 계속해서 나쁜 길로 빠졌고 온갖 더러운 것을 다 보았으며 그 안에 박혀 살았음을 고백한다. 그 뒤로 보헤미안의 낭만성에 대한 감각을 상실했다. 그렇지만 내 삶에 아직 남아 있던 순수하고 선한 것에 애착을 지니고 있었으며, 잃어버린 시간은 잃어버린 채로, 다 지나간 것으로 놓아두려 한다는 것을 여러분은 이해해야 한다.

어느 날 저녁 혼자 숲에 앉아서 파리를 떠날지 아니면 차라리 내 삶 자체를 버리고 떠날 것인지 곰곰이 생각해 보았다. 그러다가 무척 오랜만에 내 삶을 죽 돌이켜 생각해 보았고, 죽는다 해도 별로 잃을 것이 없다는 계산이 나왔다.

그때 갑자기 오래전에 지나갔고 잊어버렸던 어느 날이 기억 속에 선명히 떠올랐다. 어느 초여름 아침 고향의 산골 마을이 보였다. 나는 침대 옆에 무릎을 꿇고 있었고 침대에는 어머니가 누워서 죽음을 맞고 있었다.

그날 아침을 그렇게 오랫동안 잊고 지냈다는 게 놀랍고 부끄러웠다. 죽어 버릴까 했던 어리석은 생각은 사라져 버렸다. 진지하고 완전히 탈선하지는 않은 사람이라면, 건강하고 선량한 생명이 사라지는 모습을 한 번이라도 본 사람이라면 자살을 할 수 없다고 생각했기 때문이다. 나는 어머니가 죽는 모습을 다시 보았다. 죽음이 조용하고 진지하게 일하며 어머니의 얼굴에 품위 있는 표정을 싣는 것을 보았다. 죽음은 가혹한 듯했으나 길 잃은 아이를 집으로 데리고 가는 신중한 아버지처럼 강하고 친절하기도 했다.

죽음은 영리하고 선량한 우리 형제이며, 적절한 때를 알고 있으니 우리는 믿고 기다려도 된다는 사실을 문득 다시 깨달았다. 고통과 실망과 우울은 우리를 언짢게 하거나 우리의 가치와 품위를 떨어뜨리기 위해서가 아니라, 우리를 성숙하게 만들고 변화시키기 위해 온다는 사실도 이해하기 시작했다.

일주일 후 짐을 바젤로 부치고 나서 아름다운 남부 프랑스 지방을 도보로 여행했다. 역겨운 냄새처럼 따라다니던 파리 체류 시절의 불행한 기억이 날이 갈수록 퇴색하고 희미해 갔다. 나는 연애 사건이 얽힌 재판에 참석하기도 하고 고성이나 물방앗간, 헛간에서 잠을 자며 갈색 피부의 수다스러운 청년들과 따뜻한 포도주를 나눠 마시기도 했다.

나는 두 달 후 지치고 여위고 햇볕에 그을리고 마음까지 달라져 바젤에 도착했다. 도보 여행을 많이 해왔지만 그렇게 긴 여행은 처음이었다. 로카르노와 베로나 사이, 바젤과 브리그 사이, 피렌체와 페루자 부근은 먼지투성이 장화를 신고 두세 번에 걸쳐 자주 여행했다. 꿈들을 좇아 걸었지만 그 꿈들은 여전히, 전혀 이루어지지 않았다.

바젤에서는 교외에 방 하나를 세내어 짐을 풀고 일을 시작했다. 아는 사람이 전혀 없는 조용한 도시에서 사는 것은 즐거웠다. 몇몇 신문사나 비평지와는 관계를 지속하고 있었다. 일을 계속하고 살아가야 했기 때문이다. 첫 몇 주는 차분하고 좋았다. 그러나 점차 예전의 슬픔이 다시 밀려와 며칠 동안, 몇 주 동안 나를 떠나지 않았다. 일하는 동안에도 사라지지 않았다. 우울증을 스스로 느껴 보지 못한 사람은 절대 이해하지 못한다. 어떻게 표현하면 좋을까? 나는 사무치게 외로웠다. 사람들, 도시의 삶, 광장과 집들과 거리들과 나 사이에는 늘 커다란 간격이 있었다. 아주 큰 사고가 일어나고 중요한 일들이 신문에 났다. 나와는 전혀 상관없는 일이었다. 축제가 벌어지고 죽은 사람들이 묻히고 장이 서고 음악회가 열렸다. 그 이유에는 관심이 없었다. 밖으로 나가 숲 속을 쏘다니고 언덕에 오르고 시골길을 돌아다녔다. 풀밭과 나무와 밭이 신음 소리를 내지 않은 채 슬퍼하며 조용히 주위를 둘러싸고 애원하듯 말없이 쳐다보았다. 무언가를 말해 주고 다가와서 인사를 건네고 싶어 하는 듯했다. 그러나 그들은 그저 그 자리에 있으면서 아무 말도 할 수가 없었다. 나는 그들의 고통을 이해했고 함께 아파했다. 나는 그들을 구원할 수 없었기 때문이다.

나는 상태를 상세히 적어 의사를 찾아가 내 고통을 설명해 보려고 했다. 그는 읽고 질문하고 나를 진찰했다.

"부러울 정도로 건강하시군요." 그가 칭찬했다. "몸은 아픈 데가 전혀 없어요. 책을 읽거나 음악을 듣고 기분을 밝게 해보세요."

"직업상 매일매일 새 책들을 상당히 많이 읽습니다."

"어쨌든 밖으로 나가서 몸도 좀 움직이셔야겠어요."

"매일 서너 시간씩 걷습니다. 휴가 동안에는 최소한 그 두 배는 건고요."

"그렇다면 억지로라도 사람들 사이에 섞여 보세요. 대인 기피
증이 심히 우려됩니다."

"그게 뭐가 중요한가요?"

"아주 중요한 문제입니다. 교제하고 싶지 않은 마음이 크면 클
수록 억지로라도 사람들을 더 많이 만나야 합니다. 선생님의 상
태는 아직 병이라고는 할 수 없고 염려할 정도는 아닙니다. 그렇
지만 그렇게 소극적으로 혼자서 돌아다니는 것을 그만두지 않으
면 결국 언젠가는 균형을 잃게 될 수도 있지요."

의사는 이해심 많고 호의적인 사람이었다. 그는 내가 안됐다고
생각했는지 학자 한 명을 소개해 주었는데, 그의 집에는 사람들
이 많이 드나들었고 어떤 지적이고 문학적인 삶이 있었다. 사람
들은 내 이름을 알고 있었고 대개 진심으로 친절히 맞아 주었다.
나는 가끔 그곳에 들렀다.

한번은 어느 추운 늦가을 저녁에 그 집을 찾아갔다. 젊은 역사
학자와 머리가 검고 아주 날씬한 소녀가 와 있었고 그 외에는 손
님이 없었다. 소녀는 차를 끓이면서 이야기를 많이 했는데, 그 역
사학자에 대해 냉소적인 태도를 보였다. 나중에 그 소녀는 잠시
피아노를 쳤다. 그러고 나서 나에게 내 풍자적인 글을 읽었지만
전혀 재미있지 않았다고 말했다. 소녀는 영리해 보였다. 그렇지만
지나치게 영리한 듯했다. 나는 곧 집으로 돌아왔다.

그러는 사이 사람들은 차츰 내가 술집에 자주 간다는 것과 실

은 숨은 술꾼이라는 사실을 알아냈다. 전혀 놀랍지 않았다. 바로 이 지식인들의 사회에서는 남자들 사이에서건 여자들 사이에서 건 소문이라는 것이 가장 풍성하게 꽃을 피우기 때문이다. 내 부끄러운 면이 드러났다 해도 그들과 교제하는 데 전혀 지장은 없었고, 오히려 사람들은 나에게 더 관심을 갖게 되었다. 바로 그때 사람들이 금주운동에 열광하고 있었기 때문이다. 신사 숙녀라면 모두 금주협회의 회원들이었고 술꾼이라는 이름의 죄인이 그들의 손바닥 안에 들어오면 매우 즐거워했다. 어느 날 첫 번째 공격이 정중하게 시작되었다. 술집을 전전하는 생활의 수치스러움, 알코올중독의 저주 그리고 그 모든 것을 위생, 윤리, 사회적인 관점에서 관찰해 보라는 권고가 있었다. 그리고 협회에서 주관하는 행사에 참석하라고 초대를 받았다. 그러한 협회와 금주 운동에 대해 전혀 몰랐기 때문에 나는 몹시 놀랐다. 음악과 종교적인 분위기로 연출된 금주협회의 집회는 곤혹스러울 정도로 우스웠다. 나는 이러한 인상을 숨기지 않았다. 몇 주일 동안 귀찮고 성가신 친절이 쏟아졌지만 나는 극도로 지겨워졌다. 그래서 어느 날 사람들이 다시 똑같은 노래를 부르며 내가 개심하기를 목 빠지게 기다리고 있을 때, 될 대로 되라는 심정으로 그런 헛소리는 그만두라고 강하게 거절했다. 그 어린 소녀가 그 자리에 있었다. 소녀는 내 이야기를 귀 기울여 듣더니 진심에서 우러나오는 목소리로 말했다. "브라보!" 그러나 나는 너무나 불쾌했기 때문에 그 말에 주의를 기울이지 않았다.

나는 금주가들의 성대한 축제 행사에서 발생한 우스꽝스럽고 불행하고 사소한 사건을 더욱더 즐거운 기분으로 구경했다. 그 커다란 협회는 협회 건물에서 수많은 손님들과 함께 식사를 하고 회의를 했다. 연설을 하고, 친분을 맺고, 합창대가 노래하고, 바람직한 일이 진척을 보인다고 크게 환호하며 축하했다. 술도 마시지 않고 진행하는 연설이 너무 오래 걸리자 기수로 고용된 사람은 가까운 술집으로 들어갔다. 그리고 거리로 나서는 화려한 축제와 시위 행렬이 시작되었다. 심술궂은 술꾼들은 열광하는 무리의 맨 앞에 선 인도자가 얼큰하게 술에 취한 채 푸른 십자가가 새겨진 깃발을 들고 마치 난파선의 돛대처럼 기우뚱거리는 모습을 보며 그 유쾌한 연극을 즐겼다.

술 취한 고용인은 쫓겨났다. 그렇지만 항상 개별 경쟁 단체나 위원회 내부에서 일어나 즐거운 꽃을 풍성하게 피우는 인간적인 허영과 질투와 음모의 혼란은 몰아낼 수 없었다. 운동은 분열되었다. 몇몇 야심가들이 모든 영예를 자신에게 돌리고 싶어 그들의 이름으로 개심하지 않는 모든 술꾼들을 비난했다. 고결하고 이타적인 협력자들도 있었지만, 그들은 비열하게 이용당했다. 가까이에서 지켜보던 사람들은, 머지않아 이곳에서도 이상적으로 예의범절을 지키는 가운데 온갖 지저분한 인간성이 얼마나 지독한 악취를 풍기는지를 확인할 기회가 있었다. 나는 이런 모든 코미디를 이따금 제삼자를 통해서 듣고 은근히 희열을 느꼈다. 그리고 가끔 밤에 술을 마시고 취해서 집으로 돌아갈 때면 생각했

다. '봐라, 우리 야만인들이 훨씬 더 나은 인간이다.'

라인 강 위쪽 높고 탁 트인 곳에 위치한 작은 방에서 연구를 하고 많은 생각을 했다. 삶이 스쳐 지나가기만 할 뿐, 거센 물결이 나를 휩쓸어 가지도 않고, 격렬한 열정이나 관심이 달아오르지도 않고 막연한 꿈에서 벗어나지도 못하는 상황에 절망을 느꼈다. 사실 나는 매일 꼭 처리해야 하는 일 이외에도 초기 프란체스코 교단 수도사들의 생활을 묘사하는 작품을 하나 준비하고 있었다. 그러나 그것은 창작이 아니라 얼마 안 되는 자료들을 그저 끊임없이 수집하는 데 그쳤고 내 동경의 충동을 충족시키지 못했다. 나는 취리히와 베를린과 파리를 회상하며 동시대 사람들의 본질적인 소원과 열정과 이상을 밝혀 보려 했다. 어떤 이는 지금까지의 가구나 벽지, 의상들을 다 없애 버리고 인간을 보다 자유스럽고 아름다운 환경에서 살도록 하려고 연구했다. 다른 이는 헤겔의 일원론을 대중적인 글과 강연을 통해서 보급하려고 노력했다. 또 다른 이들은 세계 평화를 영원히 유지하고자 애쓰는 데 가치가 있다고 여겼다. 또 어떤 사람은 굶주린 하급 계층을 위해 투쟁하거나 민중을 위한 극장과 박물관을 지어서 개관할 수 있도록 모금을 하고 강연을 했다.

이러한 모든 노력에는 삶과 충동과 움직임이 있었다. 그런데 나에게는 그 가운데 어떤 것도 중요하지도 필요하지도 않았다. 오늘날 그 모든 목표가 달성되었다고 할지라도 나와 내 삶은 전혀 달라지지 않았을 것이다. 나는 절망적으로 의자에 몸을 깊이

파묻고 책과 종이들을 밀쳐 버린 뒤 깊이 생각에 잠겼다. 그러자 창 앞에서 라인 강이 흐르고 바람이 살랑거리는 소리가 들렸다. 숙연해진 나는 어디서든 틈을 엿보고 있는 커다란 우울과 동경의 언어에 귀를 기울였다. 마치 놀란 새처럼 퍼덕거리며 밤하늘로 세차게 날아오르는 창백한 구름을 보았고, 라인 강이 유유히 흐르는 소리를 들었다. 그리고 어머니의 죽음과 성 프란체스코와 눈 덮인 산속 내 고향과 물에 빠져 죽은 리하르트를 생각했다. 뢰지 기르타너에게 줄 알펜로제를 꺾으려고 절벽을 기어오르던 모습, 취리히에서 책과 음악과 대화에 흥분하던 모습, 알리에티와 함께 밤의 호수에서 보트 타던 모습, 리하르트의 죽음에 절망하고 여행을 떠났다 다시 돌아왔고 상처가 아물었는데 다시 비참해진 내 모습을 보았다. 무엇 때문에? 무엇을 위해서? 오, 신이여, 이 모든 것이 그저 놀이이고 우연이고 그림에 지나지 않았던가? 지혜와 우정과 아름다움과 진실과 사랑을 갈망하는 욕구로 인한 고통과 싸우고, 그 고통에 시달리지 않았던가? 사랑과 그리움의 숨 막히는 파도가 여전히 내 안에서 끓어오르지 않았던가? 그런데 이 모든 것이 아무 소용이 없고, 나에게 고통을 주며 누구도 즐겁게 하지 못한다니!

그러고 나자 술집에 가고 싶어졌다. 나는 등불을 끄고 낡고 가파른 나선형 계단을 더듬거리며 내려가 벨틀린을 파는 술집이나 바틀란트 주점으로 갔다. 그곳에서 나는 항상 반항적이고 때때로 거칠게 굴기는 했지만, 좋은 손님으로 존경받고 환영받았다.

매번 나를 화나게 하는 〈짐플리치시무스〉*를 읽었고 포도주를 마시며 술이 나를 위로해 줄 때까지 기다렸다. 그러면 그 달콤한 신은 여성스럽고 부드러운 손으로 나를 어루만졌고 내 몸을 기분 좋고 노곤하게 만들며, 방황하는 내 영혼을 이끌어 아름다운 꿈의 나라에 손님으로 데려갔다.

때때로 나는 사람들을 거칠게 대하고 호통을 치면서 일종의 즐거움을 느낀다는 사실에 스스로 놀라곤 했다. 가끔 들르는 음식점의 여종업원들은 나를 두고 끊임없이 불평불만을 늘어놓는 시골뜨기 불평가라며 무서워하고 싫어했다. 손님들과 대화할 때마다 나는 빈정대기 일쑤였고 무례했다. 물론 그들도 나를 그렇게 대했다. 그런데도 몇몇 술친구가 생겼다. 모두 다 이미 늙고 나아질 가망이 전혀 없는 술꾼들이었다. 이따금씩 그들과 같이 앉아 저녁 시간을 보내며 그럭저럭 잘 지내게 되었다. 특히 그들 가운데 꽤 나이가 든 무뚝뚝한 사람이 있었는데, 직업은 데생 화가이고 여자를 싫어하고 음담패설의 대가이자 검증된 일급 술고래였다. 저녁에 어느 술집에서 혼자 그와 마주치면 나는 매번 지나치게 과음하곤 했다. 우선 잡담을 하고 농담을 주고받으면서 작은 적포도주 병 하나를 틈틈이 마셔 비웠다. 그런 다음에는 점차 술 마시는 것이 중심이 되고 이야기는 잠잠해지고 말았다. 우리는 말없이 서로 마주 보고 쭈그리고 앉아 브리사고** 담배를 피우며 각자의 술병을 비웠다. 그렇게 술을 마실 때면 주량이 서로 엇비슷해서 언제나 동시에 술병을 다시 채웠고, 그러면 반쯤은 존경심을 가지고 또 반쯤은 심술궂은 즐거움을 안고 서로를 지켜보았다. 늦가을에 새 포도주가 나올 때 우리는 함께 마르크그라프에 있는 몇몇 포도주 산지를 돌아다닌 적이 있었다. 히르셴주 키르헨 마을에서 그 늙은 남자는 자신의 인생 이야기를 들려주었다. 흥미롭고 독특한 얘기였는데, 유감스럽게도 그만 완전히 다 잊어버리고 말았다. 기억에 남아 있는 것이라고는 언젠가 그가 이미 꽤 나이가 들고 나서 술에 만취했을 때의 이야기뿐이다. 어떤 시골 마을 축제에서의 일이었다. 지방 유지들의 식탁에 손님으로 초대된 그는 신부님과 촌장에게 너무 일찍 술을 잔뜩 먹여 취하게 했다. 그런데 신부님에게는 아직 해야 할 연설이 남아 있었다. 사람들이 간신히 단상으로 끌고 갔지만 그가 터무니없는 얘기를 횡설수설 늘어놓았기 때문에 다시 끌어내려야 했다. 그 틈을 메우기 위해 촌장이 연단에 뛰어 올라갔다. 그는 열정적으로 즉흥 연설을 시작했지만, 심하게 움직이는 바람에 갑자기 속이 메스꺼워져 괴상하고 무례한 방식으로 축사를 끝냈다.

나중에 이런저런 이야기를 다시 한 번 들려 달라고 할 수도 있었을 것이다. 그러나 어느 사격 클럽 축제가 있던 밤, 우리 사이에 도저히 화해할 수 없을 만큼 심한 싸움이 벌어졌다. 우리는

✦ 1896-1944년까지 뮌헨에서 발행된 시사 주간지.
✦✦ Brissago. 스위스 테신 주에 있는 도시. 19세기에 시가를 만드는 담배공장이 설립되어 현재까지도 브리사고 오리지널Brissago Originale이라는, 약간 굽은 모양의 버지니아 시가를 생산한다.

서로 수염을 잡아 뜯었고 화를 내며 헤어졌고, 그 뒤로도 술집에
서 몇 번 마주쳤지만 당연히 원수처럼 각자 다른 식탁에 앉았다.
그렇지만 예전 습관대로 서로 말없이 지켜보며 같은 속도로 술
을 마셨고, 주인이 나가 달라고 청할 때까지 오랫동안 마지막 손
님으로 버티고 앉아 있었다. 결코 화해는 하지 않았다.

　나의 슬픔과 무능한 생활의 원인에 대해 줄곧 생각하면 보람
도 없고 피곤하기만 했다. 그렇지만 녹초가 되어 진이 빠졌다고
느끼지는 않았다. 오히려 막연한 충동으로 가득 차 있었고, 적당
한 때가 되면 어떤 깊이 있는 것, 훌륭한 것을 창작할 것이며, 거
친 삶으로부터 최소한 한 줌의 행복은 건져 낼 수 있을 것이라
고 믿었다. 그런데 과연 그 적당한 때라는 것이 언젠가 올 수 있
을까? 내 안에 강한 능력들이 아직 쓰지 않은 채로 놓여 있는데,
신경이 예민한 현대 예술가들이 수많은 인위적인 자극들을 통해
예술적인 작업을 하도록 스스로를 격려하는 것을 생각하면 마음
이 씁쓸했다. 또다시 어떤 장해물이나 악마가 건강한 내 육체 안
에서 보란 듯 영혼을 침체시켜 점점 더 무겁게 만드는 것일까 하
고 이리저리 생각해 보았다. 그러면서 나 스스로를 특이한 매력
을 지녔지만 어쩐지 홀대받는 사람이라고 여기고, 그런 나의 고
통은 아무도 모르고 이해하거나 동정할 수도 없다는 이상한 생
각도 했다. 우울증은 사람을 병들게 할 뿐만 아니라 자만하게 하
며 근시안이 되게 하고, 십중팔구 교만하게 만든다. 그들은 마치
혼자서 세상의 모든 고통과 수수께끼를 어깨에 짊어지고 있는,

하이네의 시에 등장하는 혐오스러운 아틀라스라도 된 것처럼 느낀다. 다른 수많은 사람들은 똑같은 고통을 감당하고 있지 않고 같은 미로 속에서 헤매고 있지 않다고 생각한다. 고향에서 멀리 떨어져 고립된 생활을 하고 있는 나는 내 특성과 버릇의 대부분이 나 개인의 것이라기보다는 카멘친트 집안의 내력이거나 해악이라는 사실도 완전히 잊어버리고 있었다.

나는 손님을 환대하는 그 학자의 집에 몇 주에 한 번씩 다시 찾아갔고 점차 그 집에 드나드는 사람들을 거의 다 알게 되었다. 대부분 젊은 대학생들이었는데, 독일 사람들이 가장 많았고 전공 분야가 다양했으며 그 외에도 화가와 음악가 몇 명 그리고 부인과 딸을 데리고 온 시민들도 있었다. 나는 이 사람들이 나를 진귀한 손님으로 맞으며 환영하는 것을 보고, 그리고 한 주에도 몇 번씩 두루두루 만난다는 사실을 알고는 종종 감탄하며 그들을 바라보았다. 항상 만나서 도대체 무슨 대화를 하고 무슨 일을 하는 것일까? 그들 대부분은 똑같이 사회적 인간이라는 틀에 박힌 유형에 속해 있었다. 그런 면에서 그들 모두는 서로 약간 닮아 보였다. 나에게만 결여된 사교성과, 균형 잡힌 정신력 때문이었다. 주목할 만한 훌륭한 인물들이 몇 명 있었는데, 그들은 끊임없이 사교 모임에 참석하면서도 원기와 개인적인 에너지를 전혀 빼앗기지 않았다. 그들 가운데 몇 사람하고는 오래도록 흥미 있게 이야기할 수 있었다. 그러나 이리저리 옮겨 다니며 각 사람 앞에서 1분 동안 머물고, 여자들에게는 여하간 공손히 말하고, 주제가 다른 대화와 차 한 잔과 피아노 연주에 동시다발로 주의를 기울이며 흥분하고 만족스러운 표정을 지어 보이는 것을 나는 할 수 없었다. 문학이나 예술에 대해 이야기해야 한다는 게 끔찍했다. 그 분야에 관해서는 사람들이 거의 생각을 하지 않으면서도 무척 거짓말을 많이 하고, 어쨌든 이루 말할 수 없이 잡담을 많이 한다는 사실을 알았다. 그래서 나도 함께 거짓말을 했지만 전혀 즐겁지 않았고 쓸모없고 자질구레한 수다가 지루하고 품위를 떨어뜨린다고 생각했다. 차라리 어떤 부인이 자기 아이들에 대해서 하는 이야기를 듣거나, 여행이나 그날그날 경험한 소소한 일들이나 다른 현실적인 일들에 대해 이야기하곤 했다. 그러면서 나는 때때로 친밀함을 느끼고 거의 만족하기도 했다. 그러나 결국 그러한 저녁이면 또 술집을 찾았고 갈증으로 타는 목과 냄새나는 지루함을 벨틀린 포도주로 씻어 버리곤 했다.

이런 모임들 가운데 한 곳에서 그 검은 머리의 어린 소녀를 다시 보았다. 꽤 많은 사람들이 모여 있었다. 그들은 음악을 연주했고, 여느 때처럼 큰 목소리로 떠들어 댔다. 나는 화집을 들고 구석의 불빛 아래 앉아 있었다. 토스카나의 경치를 그린 그림들이었다. 늘 봐서 익숙한, 효과를 살린 인상적인 그림이 아니라 개인적으로 친밀하게 스케치한 풍경화로, 대부분 집주인의 친구나 여행에 동반한 사람이 그려 준 선물들이었다. 나는 때마침 산 클레멘테의 한적한 골짜기에 있는, 좁은 창문이 달린 작은 돌집의 스케치를 발견했다. 그곳으로 여러 번 산책을 가곤 했기 때문에 나는 그 집을 알아보았다. 그 골짜기는 피에솔레와 아주 가까웠지만 오래된 유적이 하나도 없었기 때문에 대다수 여행자들은 찾지 않는다. 그곳은 독특하고 서늘한 아름다움을 지닌 골짜기다. 메마르고 사람이 거의 살지 않으며, 높고 황량한 험준한 산 사이에 끼어 있고 세상과 동떨어져 있다. 우수에 차 있고 사람이 발을 들이지 않는 골짜기였다.

소녀가 다가오더니 내 어깨 너머로 바라보았다.

"왜 항상 그렇게 혼자 앉아 계시나요, 카멘친트 선생님?"

나는 화가 났다. 다른 남자들이 소녀에게 관심을 보이지 않아 이제 나에게로 왔나 싶었다.

"저, 대답 안 하실 건가요?"

"미안합니다. 아가씨. 그런데 뭐라고 대답해야 할까요? 혼자 있는 게 즐겁기 때문에 혼자 앉아 있는 건데요."

"그렇다면 제가 선생님을 방해하고 있는 거네요?"

"아가씨는 참 재미있는 사람이군요."

"고맙습니다. 하지만 재미있기는 선생님도 마찬가지이신데요."

그리고 소녀가 앉았다. 나는 계속 종이를 손으로 꼭 잡고 있었다.

"고산지대에서 오셨죠?" 그 소녀가 말했다. "그곳에 대한 이야기를 한번 듣고 싶어요. 오빠가 그러는데, 선생님네 마을에는 카멘친트라는 성 하나밖에 없다면서요. 정말이에요?"

"거의 그렇죠." 나는 퉁명스럽게 말했다. "그렇지만 뮈슬리라는 이름을 가진 빵집 주인도 있어요. 음식점 주인 이름은 뉘데거이고요."

"그 밖에는 카멘친트 말고는 없다는 말이군요! 그러면 모두 서로 친척인가요?"

"멀든 가깝든 대체로 그렇죠."

나는 스케치를 소녀에게 건넸다. 소녀는 종이를 꽉 잡았다. 나는 소녀가 그런 그림을 제대로 잡는 법을 알고 있다는 사실을 알아차리고 그 말을 했다.

"저를 칭찬하시는군요." 소녀가 웃었다. "그런데 꼭 학교 선생님 같으세요."

"그림을 보지 않을 건가요?" 나는 거칠게 물었다. "그러면 다시 갖다 놓을게요."

"이건 도대체 어디를 그린 건가요?"

"산 클레멘테입니다."

"어디요?"

"피에솔레 근처요."

"거기에 가보셨어요?"

"네. 여러 번."

"그 골짜기는 어떤가요? 여기는 한 부분밖에 그려 있지 않네요."

나는 생각에 잠겼다. 엄숙하고 황량하고 아름다운 경치가 눈앞에 펼쳐졌다. 나는 그 풍경을 붙잡으려고 눈을 반쯤 감았다. 내가 말을 시작하기까지 한참 시간이 흘렀는데, 소녀가 조용히 앉아서 기다려 주어 기분이 좋았다. 소녀는 내가 생각에 잠겨 있다는 것을 알아차렸던 것이다.

나는 산 클레멘테를 묘사했다. 한여름 오후의 뙤약볕 아래서 메말랐지만 고요하고 당당하게 자리한 곳이다. 그 옆 피에솔레에서는 사람들이 장사를 한다. 밀짚모자와 바구니를 엮고 기념품과 오렌지를 팔며 여행객을 속이거나 구걸을 한다. 좀 더 아래쪽에 있는 피렌체에서는 오래된 삶과 새로운 삶이 큰 물결을 이루며 어우러진다. 그렇지만 클레멘테에서는 그 두 장소가 보이지 않는다. 그곳에서 그림을 그린 화가는 한 명도 없었고 로마 시대의 건축물도 없다. 역사는 그 가련한 골짜기를 잊어버렸다. 그러나 그곳에서는 태양과 비가 대지와 싸우고, 기울어진 소나무가 어렵게 목숨을 부지하고, 몇 그루의 측백나무가 앙상한 우듬지로 대기를 더듬으며 원수 같은 폭풍우가 가까이에 와 있는지 감지한다. 목마른 뿌리로 간신히 지탱하고 있는 그들의 빈약한 목숨이 폭풍우가 오면 더욱 짧아지기 때문이다. 때때로 근처에 있는 큰 농장에서 온 소달구지가 지나가거나 농부 가족이 피에솔레를 향해 순례의 길을 떠난다. 그러나 그들은 그저 우연히 지나가는 손님일 뿐이다. 다른 곳에서는 그토록 예쁘고 발랄해 보이는 농부 아내의 붉은 치마가 여기에서는 방해가 될 뿐이어서, 사람들은 그 붉은 치마가 없으면 좋겠다고 생각하게 된다.

나는 젊은 시절 친구와 그곳을 돌아다니며 측백나무 아래 눕기도 하고 야윈 나무줄기에 기대고 서 있기도 했던 일들을 들려주었다. 그 기이한 골짜기의 슬프도록 아름다운 고독의 마력이 내 고향 골짜기를 떠오르게 했다는 이야기도 했다.

우리는 한동안 말이 없었다.

"선생님은 시인이군요." 소녀가 말했다.

나는 얼굴을 찡그렸다.

"다른 뜻으로 말한 거예요." 소녀가 계속 말을 이었다. "단편소설이나 뭐 그 비슷한 것들을 쓰기 때문에 시인이라고 한 게 아니에요. 선생님이 자연을 이해하고 사랑하기 때문에 그렇게 말한 거예요. 나무가 살랑살랑 소리를 내거나 산이 햇볕을 받아 달아오르는 것이 다른 사람들에게 무슨 중요한 일이겠어요? 그렇지만 선생님에게는 삶이 그 안에 있고, 선생님은 그것과 함께 살아갈 수 있어요."

나는 아무도 '자연을 이해'할 수 없으며 사람이 아무리 찾고 파악하려고 해도 그저 수수께끼만 발견하고 슬퍼질 뿐이라고 대답했다. 햇빛 속에 서 있는 나무, 비바람에 씻긴 돌, 동물, 산들에게는 생명이 있고 역사가 있다. 그들은 살고 고통받고 반항하고 즐기고 죽어 가지만, 우리는 그것을 알지 못한다.

내가 말하는 동안 소녀가 참을성 있게 나를 조용히 주목하는 것을 기쁘게 여기면서 나는 소녀를 관찰하기 시작했다. 소녀의 시선은 내 얼굴에 꽂혀 있었고 내 시선을 피하지 않았다. 무척 차분히 몰두하고 있었으며 주의를 집중하느라 얼굴은 약간

긴장된 표정이었다. 마치 어린아이가 내 이야기에 귀를 기울이는 것 같았다. 아니, 어른이 귀 기울여 이야기를 들으며 스스로를 잊어버리고 저도 모르는 사이 어린아이의 눈을 갖게 된 듯했다. 살펴보는 동안 나는 차츰 소녀가 매우 아름답다는 사실을 발견하고는, 새로운 것을 발견하는 사람들이 그렇듯 소박한 기쁨을 느꼈다.

내가 말을 마치자 소녀도 잠자코 있었다. 그러다가 놀라서 벌떡 일어나더니 불빛을 보고 눈을 깜박거렸다.

"그런데 이름이 뭐죠, 아가씨?" 내가 물어보았다. 별다른 생각은 없었다.

"엘리자베트예요."

소녀는 가버렸다. 그리고 곧 피아노를 쳐달라는 부탁을 받았고 소녀는 훌륭하게 연주했다. 그러나 가까이 다가갔을 때 나는 그 소녀가 더는 그렇게 아름답지 않다는 사실을 깨달았다.

집으로 가려고 고풍스러운 계단을 기분 좋게 내려왔을 때 나는 화가 두 사람이 현관에서 외투를 입으며 주고받는 몇 마디 대화를 듣게 되었다.

"나 원, 그 남자는 저녁 내내 예쁜 리스베트에게 열중해 있더군." 한 남자가 말하며 웃었다.

"그 속을 누가 알겠나!" 다른 남자가 말했다. "여자 보는 눈은 있던데."

그러니까 이 원숭이 같은 사내들이 벌써 그 이야기를 하고 있었던 것이다. 갑자기 그 낯설고 어린 소녀에게 무심코 내 개인적인 추억과 내면의 삶 한 부분을 내맡겼다는 생각이 들었다. 어쩌다 그랬을까? 그런데 벌써 그런 험담을 해대다니! 나쁜 놈들!

나는 그 집을 떠났고 몇 달 동안 더는 그 집에 가지 않았다. 바로 그 두 명의 화가 중 한 사람을 길거리에서 우연히 만나, 나는 그날 일에 대해 말하게 되었다.

"왜 요즘 거기에 안 가십니까?"

"지겨운 수다들을 더는 견딜 수가 없어서요." 내가 말했다.

"그렇죠, 여자들이란!" 그 녀석이 웃었다.

"아니오." 내가 대답했다. "전 남자들을 말하는 겁니다. 특히 화가들이오."

그 몇 달간 엘리자베트를 길에서 아주 가끔 보았다. 한번은 상점에서였고 한번은 미술관에서였다. 평소에 그 소녀는 예쁘장했지만 아름답지는 않았다. 지나치게 마른 몸의 움직임은 어딘지 독특했다. 대체로 그 독특함이 소녀를 치장하고 눈에 띄게 했지만, 때로는 너무 과장되거나 자연스럽지 않게 보일 수도 있었다. 그런데 당시 미술관에서 보았을 때 소녀는 아름다웠다. 지나칠 정도로 아름다웠다. 소녀는 나를 보지 못했다. 나는 옆에 앉아 쉬면서 카탈로그를 들척이고 있었고, 소녀는 내 가까이에 걸려 있는 세간티니의 대형 작품 앞에 서서 그림에 완전히 빠져 있었다. 메마른 풀밭에서 일하고 있는 시골 처녀 몇 명을 그린 그림이었다. 뒤에는 슈톡호른 봉우리들을 연상시키는 톱니 모양의 가파른 산들이 있고 그 위로는 이루 말로 표현할 수 없을 만큼 천재적으로 그려진 상앗빛 구름이 서늘하고 밝은 하늘에 떠 있었다. 기이하게 뒤엉키고 서로 비틀리고 꼬인 덩어리 모양의 구름은 첫눈에도 사람을 놀라게 했다. 그 구름은 지금 막 바람에 의해서 둥글리고 뭉쳐지고 반죽되어 이제 위로 올라가 천천히 앞으로 날아가려는 것처럼 보였다. 엘리자베트는 이 구름들을 이해하고 있는 것이 분명했다. 그림에 완전히 몰입해 있었기 때문이다. 평소에는 숨어 있던 소녀의 영혼이 다시 얼굴에 드러났고 크게 뜬 눈으로 조용히 웃고 있었다. 지나치게 얇은 입술도 어린아이처럼 부드러워지고, 나이에 걸맞지 않은 퉁명스러운 이마의 주름도 눈썹 사이에서 펴져 있었다. 위대한 예술 작품의 아름다움과 진실성이 소녀의 영혼을 불러내어 스스로 아름답고 진실하게 숨김없이 드러나도록 한 것이다.

나는 그 옆에 조용히 앉아 아름다운 세간티니의 구름과 그 구름에 매혹된 아름다운 소녀를 바라보았다. 그러다가 소녀가 몸을 돌려 나를 알아보고 말을 걸면 그 아름다움을 다시 잃어버리게 될까 봐 두려웠다. 나는 전시관에서 재빠르게, 조용히 빠져나왔다.

그때부터 말 없는 자연에 대한 기쁨과 자연에 대한 태도가 변하기 시작했다. 나는 아름다운 도시 주변을 끊임없이 돌아다녔다. 쥐라 산맥에 갈 때가 가장 좋았다. 무엇인가를 기다리며 서 있는 숲과 산과 초원과 과일나무와 관목들을 보았다. 어쩌면 나를 기다렸는지도 모른다. 아마도 사랑을 기다렸을 것이다.

나는 그런 식으로 이 사물들을 사랑하기 시작했다. 그들의 고요한 아름다움을 향하고 갈망하는 강한 욕구가 솟아났다. 내 안에서도 깊은 생명과 동경이 어둡게 밀려 올라와 인식되고 이해받고 사랑받고 싶어 했다.

많은 사람들이 '자연을 사랑한다'라고 말한다. 그들이 눈앞에 나타나는 자연의 아름다움을 즐기며 달가워한다는 뜻이다. 그들은 밖으로 나가 대지의 아름다움을 만끽하면서 풀밭을 짓밟고 마침내는 꽃과 나뭇가지를 잔뜩 꺾고서, 곧 다시 내던져 버리거나 집에 가져가 시들어 가는 광경을 본다. 사람들은 자연을 그런 식으로 사랑한다. 그들은 일요일에 날씨가 좋으면 이 사랑을 기억해 내고 자신들의 선한 마음에 감동한다. 어쩌면 그럴 필요조차 없을지도 모른다. '인간은 자연 가운데 최고의 것'이니까. 그래, 만물의 영장이니까!

그래서 나는 항상 호기심을 가지고 사물의 심연을 들여다보았다. 바람이 나무 꼭대기에서 다양하게 내는 수많은 소리를 들었고, 시냇물이 협곡을 따라 좔좔 소리를 내며 흐르다가 평야에서는 잔잔하고 고요한 강물을 이루어 흘러가는 소리를 들었다. 나는 이 소리들이 신의 언어임을 알았다. 이 어둡고 태고의 아름다움을 지닌 언어를 이해한다면 낙원을 되찾을 수 있으리라는 사실을 알았다. 책들은 그 부분에 대해 거의 알려 주지 않는다. 단지 성경에만 피조물의 '말할 수 없는 탄식'이라는 놀라운 말이

써 있을 뿐이다. 그렇지만 나는 어렴풋이 깨달았다. 어떤 시대든 사람들이 나처럼 이 이해할 수 없는 것에 사로잡혀 피조물들의 노래에 귀 기울이고, 흘러가는 구름을 바라보고, 영원한 것에 대한 끊임없는 동경 속에서 기도하는 팔을 높이 펼쳐 들기 위해 일상을 떠나 고요함을 찾았다는 것을. 은둔자, 참회하는 자, 성자들이 바로 그런 사람들이다.

피사에 있는 캄포산토*에 가보았는가? 지나간 세기에 그려진 퇴색된 그림들이 그곳의 벽을 장식하고 있는데, 그 가운데 하나는 테바이 사막에 사는 은둔자의 삶을 보여 준다. 그 소박한 그림은 오늘날에도 여전히 빛바랜 색채로 축복받은 평화의 마력을 내뿜어, 보고 있노라면 갑자기 괴로워진다. 어딘가 세상과는 동떨어진 성스러운 곳에 가 더러운 죄악을 울음으로 씻어 낸 뒤 다시는 되돌아오고 싶지 않다는 생각이 들 정도이다. 수많은 예술가들이 자신의 향수를 축복받은 그림에 담아내려고 애썼다. 루트비히 리히터가 사랑스러운 작은 아이를 그린 어떤 그림은 피사의 프레스코 화와 같은 노래를 불러 준다. 현세적인 것, 구체적인 것의 친구였던 화가 티치아노가 왜 그의 분명하고 객관적인 톤의 그림에 때때로 감미롭고 어렴풋한 푸른빛 배경을 그려 넣었을까? 그 배경은 그저 따뜻하고 깊은 푸른색을 단 한 번의 붓질로 채

---

* camposanto. 성역聖域. 특히 교회 근처의 공동묘지나 납골당을 의미하며 이탈리아 피사 지방의 캄포산토가 유명하다.

색했기에 멀리 있는 산인지 아니면 무한한 공간을 의미하는 것인지 분명하지 않다. 사실주의자인 티치아노 스스로도 알지 못했다. 그는 예술사 연구가들이 주장하는 것처럼 색채의 조화를 위해 그렇게 한 것이 아니었다. 이 즐겁고 행복했던 화가의 영혼 속에도 숨어 살았던, 충족시키기 어려운 그 무엇인가에 봉헌된 것이었다. 예술은 어느 시대에든 우리 안에 있는 신적인 부분의 말 없는 갈망에 어떤 언어를 부여하려고 노력해 왔다.

성 프란체스코는 더 성숙하고 더 아름답지만 훨씬 더 천진난만하게 표현했다. 나는 그 당시에야 비로소 그를 완전히 이해했다. 온 땅과 식물, 별, 동물, 바람, 물을 신에 대한 그의 사랑 안에 포함시키며 그는 중세를 넘어서고 단테조차 넘어서서 시대를 초월한 인간적인 언어를 발견했다. 그는 자연의 모든 힘과 현상들을 사랑하는 형제자매라고 불렀다. 그가 말년에 의사들로부터 불에 달군 쇠로 이마를 지지라는 선고를 받았을 때, 그는 고문받는 중환자로서의 불안 속에서도 그 끔찍한 쇠를 '사랑하는 형제, 불이여'라며 반갑게 맞이했다.

이제 홀로 자연을 사랑하고 친구와 대화하듯이, 혹은 외국어로 말하는 여행 동반자의 이야기를 듣듯이 자연에 귀를 기울이면서, 비록 우울증이 완전히 치료되지는 않았지만 내 정신은 보다 고결하고 깨끗해졌다. 귀와 눈은 예민해지고 미묘한 소리들의 차이점을 파악하는 법을 배웠다. 모든 생명체의 심장이 뛰는 소리를 더 가까이에서 더 명료하게 들으며 어쩌면 언젠가 한번은 그 소리를 이해하게 되기를 바랐다. 또 언젠가는 그것을 시인의 언어로 표현할 수 있는 재능을 얻어, 다른 사람들도 그에 더 가까이 다가오고 더 잘 이해하면서 그 모든 신선함과 깨끗함, 순진무구함의 원천을 찾을 수 있기를 바랐다. 당분간은 그저 소망이고 꿈이었다. 나는 그 바람이 언제 이루어질 수 있을지 알지 못했다. 눈앞에 보이는 모든 것을 사랑하고 어떤 사물에도 더는 무관심하거나 경멸하는 시선으로 보지 않으려 애쓰며 가장 가까운 것에서부터 시작했다.

이로 인해 내 어두운 삶이 얼마나 새로이 거듭나고 위로를 받았는지 말로 다할 수 없다! 세상에서 말 없고 꾸준하며 차분한 사랑보다 더 고귀하고 행복한 것은 없다. 내 글을 읽는 사람들 가운데 몇 사람만이라도, 그저 한두 사람만이라도 내 글에 자극을 받아 이 순수하고 행복한 기술을 배우려 하기를 그 무엇보다도 진심으로, 간절히 바란다. 꽤 많은 사람들이 선천적으로 그런 기술을 가지고 태어나며 의식하지 못하는 사이 평생에 걸쳐 연습한다. 그들은 사람 가운데 신이 총애하는 자들, 즉 선량한 이들과 어린아이들이다. 어떤 사람들은 어려운 고난을 겪으며 그러한 기술을 배운다. 불구자나 불행한 사람들 가운데 유난히 차분하게 빛나는 눈을 가진 사람을 본 적이 없는가? 내 빈약한 말을 듣고 싶지 않다면, 욕망이 배제된 사랑을 통해 고통을 극복하고 밝게 변화한 그들에게로 가기 바란다.

나는 많은 가난한 순교자들이 이룬 완성의 경지를 흠모하지만 오늘날에도 여전히 그와는 비참할 정도로 멀리 떨어져 있다. 그러나 최근 몇 년 동안, 그 완성으로 가는 올바른 길을 알고 있다는 위안과 믿음이 흔들린 적은 거의 없었다.

내가 항상 그 길을 가고 있었다고는 말할 수 없다. 오히려 가는 길에 있는 모든 벤치에 앉아 보았고 때로는 빙 돌아가는 나쁜 길로 빠지기도 했다. 이기적이고 강력한 두 가지 성향이 내 안에서 진정한 사랑과 싸웠다. 나는 술꾼이었고 사람을 싫어했다. 술 마시는 양을 상당히 많이 줄였지만 몇 주에 한 번씩은 여전히 술의 신이 아첨하며 나를 구슬려 팔에 안았다. 그렇지만 길거리에 드러눕거나 밤에 그와 비슷한 술주정을 부리는 일은 거의 없었다. 나를 사랑한 포도주가 그의 영혼과 내 영혼이 정다운 대화를 나눌 수 있을 정도까지만 나를 유혹했기 때문이다. 어쨌든 술을 마시고 나면 번번이 양심의 가책이 오랫동안 나를 따라다니며 괴롭혔다. 그러나 결국 나는 아버지로부터 물려받은, 포도주에 대한 강한 애착 때문에 술에 대한 사랑을 끊을 수가 없었다. 나는 오래도록 이 유산을 조심스럽고 경건하게 보살펴 철저히 내 것으로 만들었다. 그래서 자구책으로 충동과 양심 사이에서 반은 진지하게 반은 장난삼아 계약을 맺었다. 나는 아시시의 성 프란체스코의 송가 안에 '나의 사랑하는 형제, 포도주여'를 함께 끼워 넣었다.

제6장

　다른 악습이 훨씬 더 심각했다. 나는 사람들을 만나는 것이 전혀 즐겁지 않았고 은둔자로 살았으며 남들이 하는 일을 끊임없이 조롱하고 경멸했다.

　새로운 삶을 시작하면서도 그러한 부분에 대해서는 전혀 고려하지 않았다. 사람들을 서로에게 맡겨 두고 나의 애정과 헌신과 관심은 오로지 말 없는 자연의 생명에 쏟아야 옳다고 생각했다. 처음에는 자연도 내 마음을 완전히 충족해 주었다.

　밤에 잠자리에 들 때면 문득 오랫동안 찾아가 보지 못했던 어떤 언덕, 숲의 가장자리, 사랑하는 나무 하나하나가 떠올랐다. 지금 나무는 아마도 밤바람을 맞으며 서서 잠을 자고 꿈을 꾸고 신음하고 가지를 움직일 것이다. 그 나무는 어떤 모습을 하고 있을까? 나는 집을 나서서 나무를 찾아갔고 어둠 속에 서 있는 불분명한 형상을 보았다. 나는 놀랄 만큼의 애정을 품고 나무를 지켜보며 희미하게 빛나는 그 모습을 마음속에 새겨 넣었다.

사람들은 비웃을지도 모른다. 어쩌면 이러한 사랑은 잘못된 것일지도 모르지만 헛된 것은 아니다. 그러나 내가 여기에서부터 인간에 대한 사랑으로 이어지는 길을 어떻게 찾을 수 있을까?

일단 시작하면 최선의 것은 저절로 뒤따라오는 법이다. 위대한 작품을 쓰려는 나의 구상이 점점 더 가까이 떠올랐다. 나의 사랑 덕분에, 언젠가 내가 시인으로서 숲과 강물의 언어를 말할 수 있게 된다면 그것은 도대체 누구를 위한 일일까? 내가 사랑하는 것들뿐만 아니라 무엇보다도 사람들을 위한 것이기도 하다. 나는 그들에게 사랑을 가르치는 선생이자 지도자가 되고 싶다. 그런데 나는 사람들을 거칠게 대하고 조롱했으며 애정이 없었다. 나는 이 쓰라린 낯설음과 싸우는 동시에 사람들에게도 형제애를 보여야 한다는 데 대해 갈등하고 강박에 휩싸였다. 쉽지 않았다. 바로 이 시점에 고독과 운명이 나를 완고하고 심술궂게 만들었기 때문이다. 집이나 음식점에서 조금이라도 덜 거칠게 굴려고 애쓰고, 길 가다가 마주치는 사람에게 친절하게 고개를 끄덕여 인사하는 것만으로는 충분치 않았다. 게다가 내가 그동안 얼마나 철저히 사람들과의 관계를 망쳐 버렸는지 충분히 알 수 있었다. 내가 친절하게 대하려고 노력하면 사람들은 미심쩍어 하면서 차갑게 대하거나 조롱으로 받아들였기 때문이다. 가장 심각한 것은 유일하게 알고 지냈던 그 학자의 집을 거의 1년 동안이나 방문하지 않았다는 것이었다. 무엇보다도 그 집 문을 다시 두드리고 그곳에서 적용되는 교제 방식으로 들어가는 어떤 길을 찾아야 한다는 사실을 깨달았다.

그 점에서, 내가 비웃던 나 자신의 인간성이 상당히 큰 도움이 되었다. 그 집을 다시 생각하자마자 마음속에서 엘리자베트도 보였다. 세간티니의 구름 앞에 서 있던 모습 그대로 아름다웠다. 갑자기 그녀가 나의 동경과 우울함에 얼마나 깊이 관계되어 있는지 깨달았다. 그리고 여자와의 결혼에 대해 처음으로 진지하게 생각해 보게 되었다. 그때까지 나는 결혼에는 완전히 무능하다고 확신하고 있었기 때문에 신랄히 냉소하면서 결혼을 포기한 상태였다. 나는 시인이고 방랑자이고 술꾼이며 독신이다! 그러나 이제는 내 운명이 사랑하는 사람과 결혼할 가능성을 열어 주며 인간 세계로 다리를 놓으려는 참이라고 생각했다. 모든 것이 매혹적이고 확실해 보였다! 엘리자베트가 나에게 보인 관심을 느꼈고 알아챘다. 또한 그 소녀가 지닌 예민한 감수성과 고결한 성품까지 깨달았다. 산 클레멘테에 대해 이야기를 나눌 때, 그리고 세간티니의 그림 앞에서 그 소녀가 얼마나 싱그럽고 아름다웠는지 기억해 냈다. 나는 몇 년 전부터 예술과 자연으로부터 풍부한 내면의 재산을 모았다. 소녀는 나에게서 곳곳에 잠들어 있는 아름다움을 보는 법을 배우게 될지도 모른다. 내가 소녀를 아름다움과 진실로 둘러싸서, 소녀는 얼굴과 영혼에서 근심 걱정을 모두 거두고 능력을 꽃피울 수 있을지도 모른다. 기이하게도 나는 나의 갑작스러운 변화가 우스꽝스럽다는 사실을 전혀 느끼지 못했다. 고독한 괴짜였던 내가 하룻밤 사이 사랑에 빠진 젊은이가 되어 결혼의 행복과 나만의 가정을 꿈꾸고 있었던 것이다.

나는 손님을 환대하는 그 집을 곧바로 방문했고 다정함이 섞인 비난과 더불어 환영받았다. 나는 여러 번 그곳에 갔다. 몇 번 찾아간 후 엘리자베트를 거기에서 다시 만났다. 오, 소녀는 아름다웠다! 소녀는 내가 연인으로 상상했던 모습 그대로였다. 아름답고 행복해 보였다. 나는 소녀가 있는 자리에서 한 시간 동안 그 명랑한 아름다움을 즐겼고 소녀는 나에게 친절히 인사했다. 게다가 진심으로 친밀한 우정을 담아 인사를 해서 나를 행복하게 했다.

붉은 초롱이 걸리고 음악이 흐르던 날 저녁, 호수 위 보트 안에서 내 사랑의 고백이 싹도 틔우지 못하고 질식해 버린 그날 저녁을 기억하는가? 사랑에 빠진 소년의 슬프고도 우스꽝스러운 이야기였다.

그런데 더 우스꽝스럽고 더 슬픈 이야기는 사랑에 빠진 성인 남성 페터 카멘친트의 이야기이다. 덧붙여 말하면, 나는 엘리자베트가 얼마 전 약혼했다는 사실을 알게 되었다. 소녀에게 축하 인사를 하고, 소녀를 데리러 온 약혼자를 소개받아 그에게도 축하 인사를 건넸다. 그날 저녁 내내 나는 호의를 베푸는 후견인 같은 미소를 얼굴에 띠고 있었지만 마치 가면을 쓴 것처럼 짐스러웠다. 그 뒤 나는 숲으로도 술집으로도 달려가지 않았고, 놀라서 어안이 벙벙한 채로 침대에 앉아 등불을 멍하니 바라보았다. 등불이 냄새를 풍기며 꺼지자 마침내 다시 제정신으로 돌아왔다. 그때 다시 한 번 고통과 절망이 그 검은 날개로 덮쳐 와, 나는 한없이 작아지고 약해지고 마음이 찢긴 채 누워 어린 소년처럼 흐느껴 울었다.

그리고 나서 배낭을 꾸려서 아침에 기차를 타고 집으로 갔다. 다시 한 번 젤알프 봉우리에 올라 어린 시절을 돌아보고 아버지가 아직 살아 계신지 알아보고 싶었기 때문이다.

우리는 서로 서먹서먹했다. 아버지는 완전히 백발이 되었고 약간 구부정해졌으며 조금 초라해 보였다. 그는 나를 부드럽게 대했고 조금 어려워했다. 아무것도 묻지 않았고 나에게 아버지의 침대를 내주려고 했다. 내가 와서 놀랐을 뿐 아니라 당황하기까지 한 듯했다. 아버지는 아직 집은 있었지만 목장과 가축은 팔아 버렸고 얼마간 이자를 받았으며 여기저기에서 가벼운 일거리를 맡아 했다.

집에 혼자 남았을 때 나는 예전에 어머니의 침대가 놓여 있던 곳으로 들어갔다. 그러자 과거가 마치 넓고 조용한 강물처럼 내 곁을 스쳐 지나갔다. 나는 더는 청년이 아니었다. 세월은 계속해서 빠르게 흘러갈 것이고 나도 곧 구부정한 백발노인이 되어 쓰라린 죽음을 맞게 될 것이라는 생각이 들었다. 거의 변하지 않은 초라하고 낡은 방, 어렸을 때 라틴어를 배우고 어머니의 죽음을 지켜보았던 그 방에서 이런 생각을 하자 자연스레 마음이 평안해졌다. 감사하는 마음과 함께 나는 내 청춘 시절의 모든 풍요로움을 회상했다. 그때 피렌체에서 배웠던 로렌초 데 메디치의 시구가 떠올랐다.

청춘은 얼마나 아름다운지,
그러나 순식간에 도망가 버린다
즐기고 싶거든 마음껏 즐겨라,
내일은 어찌될지 알 수 없으니

동시에 나는 이탈리아에 대한 추억과 역사의 기억을, 머나먼 정신의 왕국에 대한 회상을 이 낡은 고향 집 방으로 가지고 왔다는 데 놀랐다.

그러고 나서는 아버지에게 돈을 조금 드렸고 저녁에 함께 음식점으로 갔다. 모든 것이 예전 그대로였다. 이제는 내가 술값을 낸다는 것, 아버지가 별모양으로 거품이 나는 술과 샴페인에 대해 이야기할 때 나를 증인으로 내세운다는 것, 이제는 내가 아버지보다 술을 더 많이 마실 수 있다는 것만 달라졌을 뿐이었다. 예전에 늙은 농부의 대머리 위에 술을 쏟아부은 적이 있었는데, 그 노인은 어떻게 지내는지 물어보았다. 그는 재치 있는 익살꾼이자 교묘한 농간의 천재였지만 이미 오래전에 죽었고 그의 익살 위로 무덤 풀이 자라기 시작했다. 나는 바틀란트 포도주를 마시며 아버지의 이야기에 귀를 기울였고 조금씩 대화를 나누었다. 아버지와 함께 달빛을 받으며 집으로 돌아오는 길에, 아버지는 술에 취한 채 멈추지 않고 계속 말하며 손짓을 해댔다. 나는 그때처럼 기묘하게 무언가에 홀린 듯한 기분이 든 적이 없었다. 지나간 시절의 영상들, 콘라트 아저씨, 뢰지 기르타너, 어머니, 리하르트와 알리에티가 끊임없이 나를 둘러쌌다. 나는 마치 아름다운 그림책을 보듯이 그들을 보았다. 현실에서는 그 반만큼도 멋지지 않은데 그림책 안에서는 모두 무척이나 아름답고 멋져 보여서 놀라게 된다. 그 모든 것들은 나를 스쳐 지나가고 사라지고 거의 잊혔지만, 이제 선명하고 깨끗하게 마음속에 새겨져 있다. 반평생이 내 뜻과 상관없이 기억 속에 간직되어 있는 것이다.

집에 와서 늦게야 아버지가 말을 그치고 잠이 든 다음 비로소 나는 다시 엘리자베트를 생각했다. 어제만 해도 그 소녀는 나에게 인사를 했고 나는 그녀를 칭송했으며 약혼자에게 행복을 빌어 주었다. 그때 이후 오랜 시간이 지나간 듯했다. 그렇지만 되살아난 고통이 방해받아 놀란 기억의 밀물과 섞이면서, 제대로 간수하지 못한 내 이기적인 마음을 뒤흔들어 놓았다. 마치 금방이라도 넘어갈 듯 떨고 있는 목장의 오두막을 뒤흔드는 푄 바람처럼. 집 안에서는 도저히 그 기분을 견딜 수가 없었다. 나는 낮은 창문을 넘어 작은 정원을 가로질러 호수로 갔다. 돌보지 않아 황폐해진 보트를 타고 창백한 밤의 호수로 조용히 노를 저어 나갔다. 은빛 안개가 낀 산들이 장엄하게 침묵하며 빙 둘러서 있었고, 거의 보름달이 다 되도록 차 오른 달이 푸르스름한 밤하늘에 걸려 있었다. 슈바르츠 산꼭대기가 달에 거의 닿을 듯했다. 너무 고요해서 멀리 젠알프 산맥의 폭포 소리를 나지막하게 들을 수 있을 정도였다. 고향과 내 청춘 시절의 정령들이 창백한 날개로 나를 어루만지다가, 내 작은 조각배를 채우고 손을 펼쳐 내밀며 고통스럽고 이해할 수 없는 몸짓으로 애원했다.

이제 내 삶은 무슨 의미가 있는 것일까? 무엇 때문에 그렇게 수많은 기쁨과 고통이 나를 거쳐 간 것일까? 왜 나는 진실과 아름다움에 대해 갈증을 갖게 되었고, 오늘날까지도 목말라하고 있을까? 왜 나는 저 아름다운 여자들 때문에 고집과 눈물 속에서 사랑과 고통에 시달렸던가? 나는 왜 오늘도 또다시 슬픈 사랑 때문에 부끄러움과 눈물 속에서 머리를 숙이고 있는가? 이해할 수 없는 신은 내가 고독하고 사랑받지 못하는 삶을 살도록 정해 놓고도 왜 내 마음에 사랑에 대한 불타는 향수를 불러일으켰는가?

물은 뱃머리에 부딪쳐 둔탁한 소리를 냈고 노에서는 은빛 물방울이 떨어졌다. 산은 가까이 빙 둘러서서 침묵하고 골짜기의 안개 위로는 서늘한 달빛이 떠돌고 있었다. 내 청춘 시절의 정령들은 말없이 내 주위에 서서, 무언가를 묻는 듯 깊은 눈빛으로 조용히 바라보았다. 그 가운데 아름다운 엘리자베트도 보이는 듯했다. 제때 찾아갔다면 그 소녀는 나를 사랑하고 내 여인이 될 수도 있었으리라.

이 창백한 호수에 조용히 가라앉는 편이 가장 좋을 것 같았다. 아무도 나를 찾지 않을 것이다. 그러나 나는 망가진 낡은 배에 물이 새어 들어오는 것을 알아차리자 더 빠르게 노를 저었다. 갑자기 한기가 느껴졌다. 집으로 가서 침대에 누우려고 서둘렀다. 몹시 지쳤지만 정신은 깨어 있는 채로 누워 내 삶에 대해 생각해 보았다. 나에게 부족한 것이 무엇인지, 더 행복하고 참되게 살고 존재의 심장부에 더 가까이 가기 위해 무엇이 필요할지 찾으려고 애썼다.

모든 선과 기쁨의 핵심이 사랑이라는 것을 잘 알고 있었고, 엘리자베트 때문에 받은 새로운 고통에도 불구하고 인간을 진지하게 사랑하기 시작해야 한다는 것도 알고 있었다. 그렇지만 어떻게? 누구를?

그때 아버지가 떠올랐다. 단 한 번도 아버지를 제대로 사랑해 본 적이 없다는 사실을 처음으로 깨달았다. 어렸을 때는 아버지의 삶을 고달프게 만들었고 그러고 나서 집을 떠났다. 어머니가 세상을 떠난 후에도 아버지를 홀로 남겨 두었고, 아버지에게 자주 화를 냈고 결국은 거의 완전히 잊고 지냈다. 아버지가 임종의 자리에 누워 있고 나는 그 옆에 혼자 고아처럼 서서, 아버지의 영혼이 빠져나가는 순간을 바라보는 장면을 상상하지 않을 수 없었다. 아버지는 나에게 늘 낯설었고 나는 단 한 번도 그의 사랑을 받으려고 애써 본 적이 없었다.

그래서 나는 경탄을 자아내는 아름다운 여인 대신 늙고 무례한 술꾼에게서 그 어렵고도 감미로운 기술을 배우기 시작했다. 나는 아버지에게 더는 버릇없게 대답하지 않았고 가능하면 함께 지내려고 애썼다. 달력에 실린 이야기를 읽어 드리기도 하고 프랑스와 이탈리아에서 재배해서 마시는 포도주 얘기도 해드렸다. 아버지가 조금씩 일을 하는 걸 말릴 수는 없었다. 그 일이라도 없으면 아버지는 무기력해질 것 같았기 때문이다. 저녁에 술집에 가는 대신 집에서 나와 함께 술을 마시려고 시도했지만 성공하지 못했다. 며칠간은 저녁때마다 포도주와 담배를 가져와 노인과 함께 시간을 보내려고 애를 썼다. 네댓째 날 저녁 그는 말이 줄었고 고집을 부렸다. 어디 불편하시냐고 묻자 아버지가 마침내 불만을 털어놓았다. "넌 이 애비가 다시는 술집에 못 가게 하려는 거지."

"말도 안 돼요." 나는 말했다. "아버지는 아버지고 저는 아들이에요. 어떻게 행동하실지는 아버지 마음에 달려 있고요."

그는 살피듯 실눈을 뜨고 나를 바라보더니 기분 좋게 모자를 집어 들었다. 우리는 둘이 함께 술집으로 행진해 갔다.

아버지가 딱히 표현하지는 않았지만 나와 지내는 시간이 길어지자 불편해 한다는 것이 뚜렷이 보였다. 나 역시도 어딘가 낯선 곳에 가서 내 분열된 상태가 진정되기를 기다리고 싶었다. "며칠 내로 제가 다시 여행을 떠나려고 하는데 어떻게 생각하세요?" 아버지에게 물어보았다. 그는 머리를 긁적이더니 좁아진 어깨를 으쓱하며 기다렸다는 듯 교활하게 웃었다. "그래, 좋을 대로 하려무나!" 여행을 떠나기 전 몇몇 이웃 사람들과 수도원 사람들을 찾아가 아버지를 돌봐 달라고 부탁했다. 화창한 어느 날은 젠알프 산봉우리에 오르는 것으로 하루를 보냈다. 둥그스름하고 넓은 봉우리에 서서 산과 푸른 골짜기와 반짝이는 물줄기와 멀리 떨어진 도시에서 피어오르는 연기를 바라보았다. 그 모든 것이 소년 시절의 나를 가슴 벅차고 강렬한 욕구로 가득 채웠다. 아름답고 드넓은 세상을 정복하고자 집을 떠났는데, 지금 세상은 이전과 마찬가지로 그토록 아름답고 낯설게 다시 눈앞에 펼쳐져 있다. 나는 새로이 세상으로 건너가 다시 한 번 행복의 나라를 찾을 준비가 되어 있었다.

언젠가는 아시시에서 연구를 목적으로 오랫동안 지내 보려고 전부터 마음먹고 있었다. 우선 바젤로 되돌아가서 급한 일들을 처리해 놓고 몇 가지 물건들을 꾸려 페루자로 부쳤다. 피렌체까지만 기차를 타고 간 다음 거기에서부터는 천천히 편안하게 남쪽으로 도보 여행을 했다. 그곳 남쪽에서는 사람들과 친근하게 교제하기 위해서 어떤 다른 기술도 익힐 필요가 없다. 이곳 사람들의 삶은 늘 노출되어 있으며 단순하고 자유롭고 소박하기 때문에 이 마을 저 마을에서 꽤 많은 사람들과 허물없이 친해질 수 있다. 나는 다시 태어난 것 같았고 고향처럼 편안함을 느꼈다. 그래서 나중에 바젤에 가서도 따뜻하고 친근하고 인간다운 삶을 다시는 사교계에서 찾지 않고, 소박한 서민들 사이에서 찾으려고 마음먹었다.

내 역사 연구는 페루자와 아시시에서 다시 흥미를 찾고 활기를 띠게 되었다. 그곳에서는 매일매일의 생활도 또한 즐거웠기 때문에, 상처 입은 내 본성이 곧 건강을 되찾고 삶으로 향하는 새로운 다리를 건너기 시작했다. 아시시에서 내가 묵었던 하숙집 여주인은 수다스럽고 신앙심 깊은 채소 장수였다. 성 프란체스코에 대해 몇 번 이야기를 나누다가 친해졌는데, 그녀는 내가 독실한 가톨릭 신자라는 소문을 퍼뜨렸다. 이러한 명예를 받을 자격은 없었지만, 사람들과 친밀하게 사귈 수 있게 되었다는 점에서 이익이 되었다. 외부인이라면 어김없이 씌워지곤 하는 이교도라는 의심을 받지 않을 수 있었기 때문이다. 하숙집 여주인은 아눈치아타 나르디니라는 이름으로, 서른네 살의 미망인이었고 몸집이 무척 컸으며 매우 예의 바른 여자였다. 일요일이면 빛깔이 화사한 꽃무늬 드레스를 입어서 마치 축제라도 열린 것 같았다. 귀걸이뿐만 아니라 금판으로 만든 메달들이 줄줄이 달려 짤랑거리며 번쩍이는 금목걸이를 가슴에 늘어뜨렸다. 또 은으로 장식한 무거운 성무일과서聖務日課書를 가는 곳마다 들고 다녔지만, 어쨌든 실제로 읽기는 매우 힘들었을 것이다. 은줄로 엮은 아름다운 흑백 묵주도 가지고 있었는데, 그것을 훨씬 더 잘 다루었다. 하루 두 번 성당에 가는데 그사이에는 발코니에 앉아, 성당에 나오지 않은 친구들의 죄목을 감탄하는 이웃 여자들 앞에서 헤아려 세곤 했다. 그럴 때면 그 여자의 둥글고 경건한 얼굴에는 신과 조화를 이룬 영혼에 걸맞은 감동적인 표정이 떠올랐다.

그 지방 사람들은 내 이름을 발음하는 것이 불가능했기 때문에 나를 그냥 시뇨르 피에트로라고 불렀다. 금빛 노을이 지는 아름다운 저녁에는 이웃 사람들, 어린아이들, 고양이들까지 좁은 발코니에 함께 끼어 앉거나 상점에서 과일, 채소 바구니, 씨앗 상자, 매달아 놓은 훈제 소시지 사이에 앉아 서로의 경험을 이야기했다. 추수를 얼마나 하게 될지 예측하기도 하고 담배를 한 대 피우거나 멜론을 한 조각씩 빨아 먹기도 했다. 나는 성 프란체스코, 포르티운쿨라 성당, 성 프란체스코의 성당, 성녀 클라라, 최초의 수도사들의 이야기를 들려주었다. 사람들은 진지하게 귀를 기울이며 수많은 소소한 질문을 해대고 성자를 찬양했다. 그러고 나서 나는 세간에 화제가 되었던 새로운 사건들에 대해 이야기하고 해설을 곁들였다. 그 가운데서도 도둑들 이야기와 정치 싸움이 특히 인기가 있었다. 우리들 사이사이에서 고양이와 아이들과 강아지들이 티격태격하며 놀았다. 나 스스로 바라기도 했고 또 좋은 평판을 유지할 겸 교훈적이고 감동적인 이야기들을 찾아 『성도전聖徒傳』을 샅샅이 뒤져 보았다. 몇 권 안 되는 다른 책들과 함께 『교부들과 다른 경건한 사람들의 삶』을 가지고 와서 다행이었다. 나는 그 책의 신실한 일화들을 약간 고쳐서 일상적인 이탈리아어로 번역해 들려주었다. 지나가는 사람들도 잠시 멈춰 서서 귀를 기울이다가 함께 대화를 나누기도 했다. 모이는 사람들이 종종 이렇게 하루 저녁에도 서너 번씩 바뀌었지만 나르디니 부인과 나는 언제나 그 자리에 있었고 한 번도 빠지지 않았다. 나는 붉은 포도주를 피아스코 병에 담아 곁에 세워 두었는데, 살림이 넉넉지 못해 절약하면서 사는 가난한 이곳 사람들은 내가 마시는 상당한 양의 포도주에 크게 놀라고 감탄했다. 수줍어하는 이웃 소녀들도 점차 친해져 문지방에 서서 이야기에 끼어들기도 하고 작은 그림을 선물하면 받기도 하며, 내가 성자처럼 경건하다고 믿기 시작했다. 내가 치근거리며 농담하지도 않고 친해지려고 일부러 애쓰지도 않기 때문이었다. 그들 가운데에는 마치 페루지노의 그림에서 빠져나온 것처럼 눈이 크고 꿈꾸는 듯 아름다운 소녀들이 몇 명 있었다. 나는 그 소녀들을 좋아했고, 착하고 장난을 좋아하는 그들과 함께 있으면 즐거웠다. 그렇지만 그들 가운데 누구와도 결코 사랑에 빠지지는 않았다. 그 아름다운 소녀들은 서로 매우 비슷해서, 나에게는 그 아름다움이 단지 인종적인 특성으로 여겨질 뿐 결코 개인적인 특징으로 보이지 않았기 때문이었다. 빵집 주인의 아들인 마테오 스피넬리도 가끔 모습을 드러냈는데, 꾀가 많고 재미있는 녀석이었다. 수많은 동물들을 흉내 낼 수 있었고 온갖 좋지 못한 소문들은 다 알고 있었으며, 뻔뻔하고 교활한 일을 벌일 궁리로 머리가 터질 듯 꽉 차 있었다. 내가 『성도전』을 들려줄 때면 그 아이는 더할 나위 없이 경건하고 얌전하게 귀를 기울였다. 그렇지만 다 듣고 나서는 순진한 척하면서 짓궂은 질문을 하거나 비교하고 추측하며 성인들을 놀려 대 과일 장수 아주머니를 놀라게 했다. 하지만 듣고 있던 대부분의 사람들은 내놓고 즐거워했다.

나는 또한 자주 나르디니 부인과 단둘이 앉아 교훈적인 이야
기들을 들었는데, 부인의 숱한 인간적인 면모에 경건하지 못한
즐거움을 느끼곤 했다. 부인은 이웃들의 실수나 죄악을 절대로
놓치지 않았고, 그들이 지옥에서 차지하게 될 자리를 미리 꼼꼼
하게 평가하여 할당해 주었다. 그러나 나에 대해서는 마음에 들
었는지, 사소한 작은 경험이나 관찰까지도 지나칠 정도로 상세
히 숨김없이 털어놓았다. 부인은 내가 물건을 사오면 아무리 작
은 것이라도 값을 얼마 주었는지 물었고 속지 않도록 주의를 주
었다. 부인은 성인들의 생애를 들려 달라고 했고 대신 나에게 과
일이나 채소 고르는 비결과 음식 만드는 비법을 알려 주었다. 어
느 날 저녁 우리는 낡아서 무너져 가는 홀에 앉아 있었다. 내가
스위스 노래와 요들을 부르자 아이들과 소녀들이 미친 듯이 즐
거워했다. 그들은 재미있어서 빙글빙글 돌며 낯선 언어의 소리를
흉내 내보기도 하고, 요들을 부를 때 내 목젖이 위아래로 얼마나
우스꽝스럽게 움직이는지 보여 주기도 했다. 그때 누군가가 사랑
에 대해 이야기하기 시작했다. 소녀들은 킥킥거렸고 나르디니 부
인은 눈을 부릅뜨면서 감상적으로 한숨을 내쉬었다. 마침내 그
들은 내 연애담을 들려 달라고 졸랐다. 나는 엘리자베트에 대해
서는 말하지 않고, 알리에티와 함께 보트를 탄 이야기와 사랑 고
백에 실패한 이야기를 들려주었다. 리하르트 이외에는 누구에게
도 단 한마디도 하지 않았던 이야기를, 지금 붉은 황금빛 저녁노
을이 퍼지는 남쪽 나라의 좁은 돌길과 언덕을 앞에 두고서 호기

심 가득한 움브리아 사람들에게 하다니 참 이상했다. 많이 생각하지도 않고 옛 소설 방식으로 이야기했지만 내 진심이 담겨 있었기 때문에 듣는 사람들이 비웃거나 놀릴까 봐 내심 두려웠다.

그러나 이야기를 마치자 모든 사람이 동정하는 눈빛으로 슬프게 나를 바라보았다.

"이렇게 잘생긴 분이!" 어떤 소녀가 격렬하게 외쳤다. "이렇게 잘생긴 분이 불행한 사랑을 하다니!"

나르디니 부인은 포동포동하고 부드러운 손으로 조심스럽게 내 머리를 쓰다듬으면서 말했다. "가엾기도 하지!"

다른 소녀 한 명은 큰 배를 하나 주었다. 소녀에게 먼저 한 입 베어 먹으라고 권하자 소녀는 그렇게 하면서 진지하게 나를 바라보았다. 나는 다른 사람들도 한 입씩 베어 먹기를 바랐지만 소녀는 그것을 참을 수 없었다. "안 돼요. 혼자 드세요! 불행했던 일을 우리에게 이야기해 주었기 때문에 드린 거예요."

"그렇지만 이제 틀림없이 다른 여자를 사랑하게 될 거예요." 갈색으로 그을린 포도원 농부가 말했다.

"아니오." 내가 말했다.

"아, 아직도 그 못된 에르미니아를 사랑하는군요?"

"저는 이제 성 프란체스코를 사랑합니다. 그분은 나에게 모든 사람을 사랑하라고 가르쳤습니다. 여러분들과 페루자 사람들, 여기에 있는 이 아이들과 심지어는 에르미니아의 애인까지도 사랑하라고요."

이 목가적인 생활에도 어떤 혼란과 위험이 닥쳐왔다. 순진한 나르디니 부인이, 내가 그곳에 언제까지나 머무르면서 결혼해 주기를 간절히 바라고 들떠 있다는 사실을 깨달았기 때문이다. 우리 사이의 기분 좋은 우정을 잃거나 조화를 망치지 않으면서 그 부인의 꿈을 깬다는 것이 결코 쉬운 일이 아니었기 때문에, 나는 이 사소하지만 난처한 사건에 대해 노련한 외교관처럼 처신해야 했다. 다시 고향으로 돌아갈 경우도 생각해야 했다. 장래에 시를 쓰겠다는 꿈이 없고 썰물처럼 빠져나가는 돈이 위협하지 않았다면 그대로 머물 수도 있었을 것이다. 아니면 바로 그 부족한 돈 문제 때문에 나르디니 부인과 결혼했을 수도 있었으리라. 그러나 엘리자베트로 인한 아픔이 아직 아물지 않았고, 그녀를 다시 한 번 더 보고 싶다는 그리움 때문에 자제할 수 있었다.

통통한 미망인은 예상과는 달리 어찌할 수 없는 일이라고 그럭저럭 단념하고는 실망했지만 보복을 하지는 않았다. 떠나올 때 이별은 아마도 그 미망인에게보다는 내게 훨씬 더 힘겨웠을 것이다. 전에 고향을 떠날 때보다 훨씬 더 많은 것을 남겨 두고 떠났다. 떠나면서 그토록 많은 사람들과 진심으로 악수를 해본 적은 없었다. 사람들은 과일과 포도주와 달콤한 술과 빵과 소시지를 차 안에 넣어 주었다. 내가 가든 말든 개의치 않는 사람들이 아니었다. 그런 친구들과 헤어지자니, 낯선 기분이었다. 아눈치아타 나르디니 부인은 헤어질 때 내 양 볼에 키스하며 눈물을 글썽거렸다.

전에는 사랑을 하지는 않고 받기만 한다면 특별히 더 즐거울 것이라 생각했다. 그러나 지금은 그런 헌신적인 사랑에 응답할 수 없다는 것이 얼마나 고통스러운지 알게 되었다. 그렇지만 외국 여인이 나를 사랑하고 남편으로 삼고 싶어 했다는 사실이 약간 자랑스럽기도 했다.

이 작은 허영심은 벌써 내가 어느 정도 치유되었다는 의미였다. 나르디니 부인의 일은 유감스러웠지만 그런 일을 전혀 바라지 않은 것은 아니었다. 또한 행복이란 외적인 소원의 충족과는 거의 아무 상관도 없으며, 사랑에 빠진 젊은이의 고뇌는 아무리 고통스럽다 할지라도 비극적이지는 않다는 사실을 차츰 더 많이 깨달았다. 엘리자베트를 소유할 수 없었다는 것은 물론 가슴 아픈 일이었다. 그러나 내 생활, 내 자유와 일과 사고방식이 제한되지는 않았고, 먼발치에서 예전과 마찬가지로 원하는 만큼 그녀를 사랑할 수 있었다. 이런 사고 과정과, 무엇보다도 움브리아에서 보낸 몇 달 동안의 소박하고 즐거운 생활이 나를 치료해 주었다. 지금까지 나는 모든 우스꽝스러운 것과 기묘한 것을 알아보는 안목은 가지고 있었지만, 그것에서 얻는 즐거움 자체를 빈정대면서 망쳐 버리고 있었다. 이제 나는 점차 삶의 유머에 눈을 뜨게 되었다. 내 운명의 별과 화해하여 이런저런 맛있는 음식을 삶의 식탁에서 더 쉽게 즐길 수 있을 듯했다.

물론 이탈리아 여행에서 돌아올 때는 누구나 항상 그런 기분이 든다. 원칙이나 선입견은 무시하고 너그럽게 웃으며 바지 주머니에 손을 넣고서, 노련하고 처세에 능한 사람인 것처럼 여겨지는 것이다. 남쪽 나라에서 기분 좋고 따뜻한 사람들과 한동안 섞여 생활하다 보면 집에서도 계속 그렇게 살 거라고 생각하게 된다. 이탈리아 여행에서 돌아올 때마다 나 또한 그랬고 당시에는 특히 더했다. 바젤로 돌아온 뒤 그곳의 낡고 답답한 생활이 전혀 새로워지지도 달라지지도 않았음을 깨닫자, 나는 명랑한 기분의 정상으로부터 한 계단 한 계단씩 기가 꺾이면서 불쾌하게 내려왔다. 그러나 내가 얻은 것 가운데 어떤 것은 계속해서 싹이 터서, 내 작은 배는 맑은 물에서든 흐린 물에서든 적어도 다채로운 색깔의 작은 깃발만은 언제나 대담하고 정답게 휘날리며 흘러갔다.

그리고 나의 세계관도 서서히 바뀌어 갔다. 나는 그다지 큰 아쉬움 없이 젊은 시절을 벗어나고 성장해 이제는 성숙기에 접어들었다고 느꼈다. 삶을 짧은 여정으로, 나 자신을 방랑자라 여기게 되었고, 한 방랑자가 길을 가다가 마침내 사라진다 해도 세상이 떠들썩해지거나 관심을 두지도 않는다는 사실을 깨달았기 때문이다. 이때가 되면 누구나 여전히 삶의 목표를 지니고 사랑을 꿈꾸기는 하지만, 스스로를 절대로 없어서는 안 될 존재라고 생각하지는 않는다. 길 가는 도중에 가끔 양심에 거리낌 없이 하루 일정을 빼먹거나 풀밭에 눕거나 휘파람으로 시를 불거나 사랑스러운 현재를 아무 생각 없이 기뻐하는 여유를 즐기게 된다. 나는 그때까지 차라투스트라에게 기도한 적은 없었지만 원래가 군주적 인간*이라 나 스스로를 숭배하기도 했고 하찮은 사람들을 경멸하기도 했다. 그러나 이제 차츰 확고한 경계란 존재하지 않으며, 보잘것없는 사람, 억압받는 사람, 가난한 사람들의 생활도 혜택받은 사람과 호화로운 사람들만큼이나 다양할 뿐만 아니라 더 따뜻하고 진실하며 모범적이라는 사실을 더 잘 알게 되었다.

한편 나는 아주 적절한 때에 바젤로 돌아온 셈이었다. 그사이 결혼한 엘리자베트가 집에서 처음으로 여는 저녁 모임에 참석한 것이다. 나는 여행하는 동안 생기를 찾았고, 그을린 갈색 얼굴에 즐겁고 소소한 추억들을 잔뜩 가지고 있어서 기분이 유쾌했다. 아름다운 신부는 나를 세심하고 친밀하게 맞이했고 나는 그 당시 뒤늦게 구혼함으로써 당할 뻔한 수치를 모면했다는 것을 저녁 내내 기뻐했다. 이탈리아에서의 경험에도 불구하고 나는 여전히 여자들을 조금은 불신하고 있어서, 여자들이란 자기를 사랑하는 남자의 절망적인 고통을 잔인하게 즐기는 게 틀림없다고 여겼기 때문이었다. 그처럼 불명예스럽고 고통스러운 상태에 대한 생생한 실례가 있다. 다섯 살짜리 남자아이가 유치원에서 경험한 작은 이야기를 들려준 적이 있다. 아이가 다니던 유치원에서는 기묘하고 상징적인 관습이 있었다. 남자아이가 장난이 지나치면 벌로 엉덩이를 얻어맞게 되는데, 이 발버둥치는 남자아이를 벤치 위에 뉘인 채 여자아이 여섯 명이서 내리누르고 있도록 한다는

✦ Herrenmensch. 니체의 개념으로 Herdenmensch(자주성이 없이 무리를 좇는 인간)에 대립되는 용어이다.

것이다. 벌 받기에 알맞은 고통스러운 자세로 말이다. 이렇게 꽉 잡고 누르도록 허락받는 것을 매우 즐겁고 대단히 명예롭게 여겼기 때문에, 그때마다 가장 얌전한 모범생인 여자아이들 중 여섯 명만이 이 잔인한 유희에 참여할 수 있었다는 것이다. 이 재미있는 어린아이의 이야기는 내게 생각할 거리를 안겨 주었고 꿈속에까지 두세 번 등장했다. 나는 최소한 꿈속의 경험만으로도, 그런 처지에 놓인다는 것이 얼마나 비참한 기분인지 알 수 있었다.

제7장

    나의 글에 대해서는 여전히 자랑스럽지 않았다. 그 일로 먹고 살며 조금씩 저축도 하고 가끔 아버지에게 돈을 얼마간 부칠 수도 있었다. 그러면 아버지는 돈을 들고 신나게 음식점으로 가서 별별 이야기를 다 늘어놓으면서 나를 칭찬하고, 나에게 보답할 생각까지 했다. 한번은 아버지에게 내가 대개는 신문에 기사를 써서 돈을 번다고 말한 적이 있었다. 아버지는 나를 지방 신문의 편집자나 통신원이라 여기고 아버지다운 편지를 세 번이나 보냈다. 만일 내 글의 소재로 삼는다면 돈벌이가 될 만하다고 여긴 중요한 사건을 알려 준 것이었다. 하나는 창고에 불이 난 사건이었고 다음은 등산객 두 명이 추락한 일, 세 번째는 동장 선거 결과에 대해서였다. 이미 괴상한 신문 기사체로 쓰인 이 소식을 읽고 나는 매우 기뻤다. 아버지와의 관계가 친밀하다는 표지이자 몇 년 만에 처음으로 고향에서 받아 본 편지였기 때문이다. 또 그런 편지는 내 글 쓰는 일에 대한 악의 없는 조롱이기도 해서 기분이 유쾌해졌다. 나는 매달 책 몇 권에 대한 서평을 썼지만, 그렇게 출간된 책들은 중요성과 영향력 면에서 그 시골에서 일어난 사건들보다도 훨씬 더 뒤처지기 때문이다.

그 무렵, 취리히에서 알게 되었고 유별나게 서정적인 청년으로 여겼던 두 작가의 책이 나왔다. 한 사람은 지금 베를린에 살며 대도시의 카페나 유곽의 여러 추한 단면을 그려 냈다. 또 한 사람은 뮌헨 교회에 호화로운 은신처를 짓고 숨어 살면서, 신경쇠약증에서 비롯된 자기반성과 심령술 같은 흥분 사이를 한심하게 비틀거리며 절망적으로 오가고 있었다. 나는 그들의 책에 대한 서평을 쓰지 않을 수 없었고, 당연히 그 두 책을 악의 없이 조롱했다. 신경쇠약증 환자한테서는 매우 장중한 문체로 쓴 경멸에 가득 찬 편지 한 통이 왔을 뿐이다. 베를린에 사는 작가는 어떤 잡지에서 떠들썩하게 소동을 일으켰다. 그의 참다운 의도를 오해했다는 것이다. 그는 에밀 졸라를 근거로 들면서, 이해심이 없는 내 평론을 토대로 나뿐만 아니라 스위스 사람 전체의 공상적인 산문정신 전반을 비난했다. 그에게는 아마 취리히에 있던 그때가 집필 활동 기간에서 건전하고 가치 있는 유일한 시간이었을 것이다.

나는 특별히 애국자는 아니었지만, 그의 비판은 지나치게 베를린 성향을 띠었다. 나는 불만을 품은 그 남자에게 긴 편지를 보내서, 대도시 특유의 거만하고 근대적인 경향에 대한 경멸감을 숨김없이 드러냈다.

나는 이 논쟁이 즐거웠고, 현대 문화생활에 대한 견해를 다시 한 번 더 생각하지 않을 수 없었다. 그 작업은 상당히 힘들고 오래 걸렸지만 이렇다 할 명쾌한 결과를 얻지는 못했다. 내가 이러한 이야기를 하지 않는다고 해도 나의 이 자그마한 책에는 별로 해롭지 않을 것이다.

그러나 이러한 생각 끝에 나는 나 자신과 동시에, 오랫동안 계획하던 필생의 역작에 대해 좀 더 깊이 고민하게 되었다.

알다시피 나는 상당히 방대한 문학작품을 통해, 오늘날의 사람들이 의연하고 묵묵한 자연의 생명을 이해하고 사랑하도록 이끌고 싶었다. 대지의 심장이 뛰는 소리를 듣는 법과 자연 전체의 삶에 참여하는 법을 가르치고, 우리는 신도 아니고 저절로 만들어진 것도 아니며 대지와 우주 전체의 자녀이자 일부분이라는 사실을 작은 운명에 억눌려 있는 동안에도 잊지 않도록 알리고자 했다. 시인의 노래나 우리가 밤에 꾸는 꿈과 마찬가지로, 강이나 바다나 하늘 높이 흐르는 구름이나 폭풍우 역시 동경을 담아 상징하는 것이다. 이 동경은 하늘과 땅 사이에 날개를 펼치고 있으며, 모든 살아 있는 것들의 시민권과 불멸성을 확신하는 것이 그 목표임을 상기시키려고 했다. 모든 존재 안에 가장 깊숙이 들어 있는 핵심은 이 권리를 확신하고, 신의 아이가 되어 아무런 두려움 없이 영원의 품에서 쉰다. 그러나 우리가 마음속에 품고 있는 모든 악한 것과 병적인 것과 타락한 것은 그것을 거역하며 죽음을 믿는다.

나는 또한 자연에 대한 형제애 가운데 기쁨의 샘과 생명의 물결을 발견하도록 가르칠 생각이었다. 보는 법, 방랑하는 법, 즐기는 법과 눈앞에 보이는 것에서 얻는 즐거움을 설명하고 싶었다. 산맥이나 넓은 바다나 푸른 섬으로 하여금 매력적이며 힘 있는 언어로 그대들에게 말하도록 하며, 그대들의 집이나 도시 바깥에서 얼마나 무한하고 다채롭고 활기찬 삶이 날마다 꽃을 피우고 넘쳐흐르는지 보여 주고자 했다. 교외에서 자유분방한 새싹을 피워 내는 봄과 그대들의 다리 밑을 흐르는 강물과 그대들의 철로가 달리는 숲이나 풀밭보다도, 그대들이 외국의 전쟁, 유행이나 소문, 문학이나 예술을 더 많이 안다는 것을 부끄러워하도록 할 작정이었다. 고독하고 처세에 서툴러 힘들게 사는 내가 이 세상에서 얼마나 즐겁고 잊을 수 없을 만큼 계속되는 기쁨의 금빛 사슬을 발견했는지, 그대들에게 전하리라고 생각했다. 어쩌면 나보다 더 행복하고 쾌활할지도 모르는 그대들이 좀 더 큰 기쁨으로 이 세상을 발견해 주기를 바랐다. 무엇보다도 사랑의 아름다운 비밀을 그대들 마음속에 심고 싶었다. 모든 살아 있는 것들과 참된 형제가 되고 사랑이 충만해져 더는 고뇌나 죽음도 두려워하지 않고, 설령 고뇌와 죽음이 그대들에게 다가와도 마치 진정한 형제자매처럼 진지하게 맞이할 수 있도록 가르치고 싶었다.

이러한 여러 가지 일을 송가나 고상한 노래를 통해서가 아니라 단순하고 진실하게, 구체적으로 표현하려고 했다. 마치 고향에 돌아온 나그네가 친구들에게 바깥세상 이야기를 들려주듯 진지하면서도 재미있게 표현하고 싶었다.

하고자 했다, 하고 싶었다, 희망했다 등의 말들은 물론 우습게 들린다. 그러나 나는 여전히 이렇게 다양한 소원이 계획에 따라 윤곽을 갖추게 될 날을 기다렸다. 적어도 자료들은 많이 모아 두었다. 머릿속뿐만 아니라 여행이나 산책을 할 때 주머니에 넣고 다니던 여러 개의 얇은 수첩에도 써 넣었다. 이삼 주마다 수첩이 빼곡 찼다. 나는 눈에 보이는 세상의 모든 것을 아무런 성찰도 관련도 없이 수첩에 짤막하게 기록해 두었다. 마치 화가의 스케치북처럼, 순전히 실존하는 것들만 짧은 단어들로 적혀 있었다. 골목길이나 시골길의 모습, 산맥이나 도시의 윤곽, 농부와 직공 총각과 시장 아낙들의 대화에서 엿들은 이야기, 더 나아가서는 기상 법칙, 조명, 바람, 비, 바위, 식물, 동물, 날아가는 새, 밀려오는 파도, 다채롭게 변화하는 바다 빛깔, 구름의 모양에 관한 낙서였다. 가끔 그러한 소재들로 짤막한 이야기를 만들어 자연과 방랑에 대한 습작으로 발표했다. 그렇지만 그 모든 것은 인간적인 것과는 관계가 없었다. 나에게는 나무 한 그루의 역사나 짐승의 생활이나 구름의 여정이 인간이라는 부속물 없이도 충분히 흥미로웠다.

한편 인간이 전혀 등장하지 않는 방대한 문학작품은 무의미하다는 사실이 머릿속에 여러 번 떠올랐다. 그러나 몇 해 동안 이상에 매달려 있었기에, 언제라도 한번 커다란 영감이 떠오르면 이 불가능을 극복할지도 모른다는 막연한 희망을 품고 있었다. 그러나 아름다운 풍경 속에 인간을 살도록 해야 하겠지만, 결국 그 인간을 충분히 자연스럽고 믿을 만하게 표현할 수는 없으리라는 사실을 깨달았다. 그러려면 많은 것을 채워야 하고 나는 여전히 그 부족함을 메우고 있다. 그때까지는 인간이란 모두 하나의 전체이며 근본적으로 나에게 낯선 존재였다. 요즈음에는 추상적인 인간 대신에 개별적인 인간 하나하나에 대한 연구가 얼마나 가치 있는 일인지 알게 되었다. 그래서 나의 메모장과 기억은 완전히 새로운 모습으로 가득 찼다.

이러한 연구의 시작은 매우 즐거웠다. 단순한 무관심에서 벗어나 여러 사람에게 흥미를 갖게 되었다. 당연하고 평범한 많은 일들이 나에게는 얼마나 낯선 것이었는지를 깨달았다. 그러나 수많은 방랑과 관찰을 통해 내 눈이 열리고 날카로워졌다는 것도 깨달았다. 나는 전부터 어린아이를 좋아하고 마음이 끌렸기 때문에 특히 아이들과 즐겨 어울리곤 했다.

어쨌든 구름이나 파도를 바라볼 때면 인간을 연구할 때보다 훨씬 더 즐거웠다. 인간이란 무엇보다도 위선이라는 미끈거리는 젤리 때문에 다른 자연과 구별된다는 사실을 깨닫고 나는 놀랐다. 머지않아 알고 지내는 사람들 모두에게서 똑같은 현상이 나타나는 것을 보았다. 누구도 자신의 고유한 본질을 알지 못하면서 한 인물의 역할을 하고 분명한 인상을 주어야 하는 상황이 만들어 낸 결과였다. 나 자신도 그렇다는 사실을 확인하고 나자 기분이 이상했다. 그래서 사람들의 핵심을 파악하려는 생각은 그만두고 말았다. 대부분의 사람들에게는 이 젤리가 훨씬 더 중요했다. 나는 어디에서나 그러한 부분을 발견했고 이미 어린아이들에게서까지 찾아냈다. 어린아이들도 완전히 숨김없이 자기를 본능적으로 드러내기보다는, 알건 모르건 간에 언제나 어떤 역할을 수행하는 것을 좋아했다.

얼마 후 나는 조금도 진척이 없고 장난삼아 하는 소소한 일들에 빠져 헤매고 있다는 생각이 들었다. 무엇보다도 먼저 나 자신에게서 잘못을 찾아보았지만, 곧 내가 실망했다는 사실과 주변에서는 내가 찾는 사람을 구할 수가 없다는 사실을 인정하지 않을 수 없었다. 흥미로운 인물이 아니라 인간의 전형이 필요했다. 대학 시절의 사람들도 사교 모임의 사람들도 나에게 그러한 면모를 보여 주지 못했다. 이탈리아가 그리웠다. 도보 여행을 많이 다닐 때 유일한 친구이며 길동무였던 직공들이 그리웠다. 함께 여행을 자주 하면서 그중에서 훌륭한 청년을 많이 볼 수 있었다.

고향의 직공 숙소나 몇몇 허름한 여인숙을 찾아가 보았지만 아무 소용없었다. 정처 없이 떠돌아다니는 사람들도 도움이 되지 않았다. 그래서 어쩔 줄을 몰라 또다시 잠깐 동안 어린아이들과 어울리거나 술집을 이리저리 돌아다녀 봤지만, 전혀 아무것도 얻지 못했다. 우울한 몇 주가 계속되었다. 나 자신을 믿을 수가 없었고 내 희망이나 소원이 우스꽝스럽게 과장된 것이라고 생각했으며 밖에서 한참 동안 헤매며 돌아다니다가 다시 술로 밤을 지새웠기 때문이다.

당시 내 책상 위에는 다시 책이 몇 무더기 쌓여 있었다. 헌책방에 팔지 않고 그냥 갖고 있고 싶었지만 책장에는 더는 자리가 없었다. 어떻게든 정리해 버리려고 자그마한 목공소를 찾아가 그 주인에게 집에 와 책장 치수를 재달라고 부탁했다.

목수가 왔다. 작고 동작이 느리며 신중한 태도를 지닌 남자였다. 그는 방을 재며 바닥에 무릎을 꿇기도 하고 자를 천장으로 쭉 뻗치기도 하고 아교 냄새를 조금씩 풍기며 1인치나 되는 큼직한 글씨로 치수를 하나하나 조심스럽게 수첩에 적었다. 이렇게 분주하게 일하다가 그는 우연히 책이 쌓여 있는 의자에 부딪혔다. 책 몇 권이 아래로 떨어지자 그는 책을 주워 올리려고 허리를 굽혔다. 떨어진 책 가운데 직공들이 쓰는 용어를 정리해 놓은 작은 사전이 있었다. 독일에서 직공들이 모이는 숙소라면 빠짐없이 비치된, 두꺼운 표지의 재미있고 잘 만든 책이었다.

목수는 낯익은 작은 책을 보자 반쯤은 즐거워하고 반쯤은 미심쩍어 하며 호기심에 찬 눈으로 나를 쳐다보았다.

"왜 그러시죠?" 내가 물었다.

"실례합니다만, 제가 아는 책이 보여서요. 정말 이걸 공부하셨나요?"

"떠돌아다니는 직공들의 은어야 시골길에서 공부했지요." 나는 대답했다. "그래도 표현을 사전에서 한번 찾아보거든요."

"그렇군요!" 그가 커다란 소리로 말했다. "그러면 직접 직공 수련 여행을 하신 적이 있으십니까?"

"당신이 생각하는 그런 여행은 아닙니다. 하지만 꽤 많이 돌아다니면서 직공 숙소에도 여러 번 묵었지요."

그러는 동안 그는 책을 다시 쌓아 놓고 돌아가려고 했다.

"그런데 당신은 수련 여행을 할 때 어디를 다녔습니까?" 나는 그에게 물었다.

"여기서 코블렌츠까지 갔다가 나중에는 주네브 시까지 내려갔습니다. 괜찮은 시절이었지요."

"몇 번 감옥에 들어간 적도 있겠지요?"

"딱 한 번, 두를라흐에서요."

"괜찮으시다면 이야기를 꼭 좀 더 들려주세요. 한번 술집에서 만날까요?"

"아닙니다. 하지만 일을 마친 후에 제 가게에 들러서 '안녕하세요? 어떠십니까?' 하고 물어봐 주신다면 그건 괜찮습니다. 그저 저를 놀리시려는 게 아니라면 말이죠."

며칠 후 엘리자베트의 집에서 저녁 모임이 있는 날이었지만 나는 길거리에 멈춰 서서 차라리 목수에게 가는 편이 낫지 않을까 하고 생각했다. 나는 발길을 돌려 프록코트를 집에 벗어 두고 목수를 찾아갔다. 작업장은 이미 닫혀 있었고 어두웠다. 컴컴한 현관과 좁은 안뜰을 더듬거리며 지나 뒤쪽 건물의 계단을 오르내리다가 마침내 어떤 문 위에서 주인의 이름을 적은 문패를 발견했다. 안으로 들어서자 곧바로 아주 작은 부엌이 있었다. 몸이 여윈 부인이 저녁 준비를 하면서, 그 좁은 공간을 활기와 떠들썩한 소란스러움으로 가득 채우는 어린아이 셋을 돌보았다. 부인은 의아해 하면서 나를 다음 방으로 안내했다. 목수가 어둠이 드리우기 시작하는 창가에 신문을 보며 앉아 있었다. 어두웠기 때문에 그는 나를 급하게 일을 부탁하러 온 손님이라고 생각했는지 불쾌한 듯 투덜거렸지만, 곧 나를 알아보고 손을 내밀었다.

그가 놀라고 당황하기에 나는 아이들 쪽으로 몸을 돌렸다. 아이들은 나를 피해 부엌으로 달아났고 나는 그 뒤를 따라갔다. 쌀 요리를 준비하는 안주인을 보니 움브리아 하숙집 여주인의 부엌에 얽힌 추억이 떠올라 요리를 거들어 주었다. 우리 고향에서는 대개 멀쩡한 쌀을 지나치게 끓여 풀죽처럼 만들어 버리는데, 그러면 전혀 맛도 없고 끈적거려 먹어도 기분이 좋지 않다. 여기서도 이미 그런 불행이 진행되고 있었지만, 내가 냄비와 거품국자를 손에 들고 재빨리 직접 조리를 맡아 망치지 않고 겨우 요리를 구해 낼 수 있었다. 부인은 내가 하는 대로 따르면서도 미심쩍어 했다. 쌀밥은 그럭저럭 잘 지어졌고, 우리는 요리를 식탁에 차린 뒤 등불을 켰다. 나도 한 접시를 받았다.

이날 밤은 목수 부인이 요리에 대해 질문하고 자세하게 대화하고 싶어 했기 때문에 남편은 거의 말을 할 수가 없었다. 우리는 그의 여행 모험담을 다음으로 미루어야 했다. 그런데 이 소박한 부부는, 내가 겉으로는 신사처럼 보이지만 원래는 농부의 아들이

며 가난한 서민의 자식이라는 사실을 곧 알아챘다. 그래서 우리
는 첫날 저녁 이미 서로 친해져 허물없는 사이가 되었다. 그들이
나를 같은 태생이라고 생각했듯이 나도 그 가난한 살림에서 평
범한 사람들의 고향 냄새를 맡을 수 있었기 때문이다. 여기 있는
사람들은 고상하게 굴거나 몸가짐을 바로 하거나 코미디를 연기
할 시간이 없었다. 교양이나 고상한 취미로 가장하지 않아도 그
들에게는 팍팍하고 가난한 삶 자체가 즐거웠고 무척 좋아서 아
름다운 말로 꾸밀 필요가 없었다.

　나는 목수의 집에 더 자주 찾아갔고 사교를 위한 너저분한 일
뿐만 아니라 다른 슬픔과 괴로움도 그곳에서 다 잊어버렸다. 어
린 시절의 한 조각이 나를 위해 그곳에 간직되어 있는 듯했고,
신부님들이 나를 학교에 보냈을 때 중단되었던 삶이 다시 계속되
는 기분이었다.

　목수와 나는 함께 그와 나의 여행길과 발자취를 더듬었다. 땀
으로 누렇게 변하고 너덜너덜한 옛 지도 위에 몸을 굽힌 채, 우
리 둘 다 알고 있는 성문과 골목길을 찾으면 기뻐했고 직공들이
주고받는 농담을 다시 기억에 되살려 보기도 했다. 심지어 한번
은, 언제나 낡지 않는 슈트라우빙의 노래 가운데 몇 곡을 부르기
까지 했다. 우리는 수공업의 어려움과 집안일과 아이들과 도시
의 일들에 대해 이야기를 나누었고, 어느덧 주인과 나의 역할이
차츰 바뀌어 내가 고마워하는 사람이 되고 그가 베푸는 사람이
자 가르치는 사람이 되었다. 여기에서는 살롱의 분위기가 아니

라 현실적인 것들에 둘러싸여 있다는 느낌에 안도의 한숨을 내쉬었다.

그의 아이들 가운데 다섯 살배기 여자아이가 부드러운 성격 때문인지 유독 눈에 띄었다. 이름은 아그네스였지만 다들 그 아이를 '아기'라고 불렀다. 금발 머리에 얼굴은 창백하고 팔다리가 가냘팠으며, 수줍어하는 큼직한 눈에 약간 겁먹은 태도였다. 어느 일요일에 그 가족과 함께 산책을 하려고 갔더니 '아기'가 앓고 있었다. 어머니가 그 아이 곁에 남고 우리는 천천히 교외로 나가 성 마르그레텐 교회 뒤 벤치에 앉았다. 아이들은 돌과 꽃과 딱정벌레를 찾아 뛰어다녔고 우리 어른들은 여름 풀밭과 비닝의 묘지와 아름답고 푸르스름한 쥐라 산맥을 바라보았다. 목수는 피곤하고 우울하고 말이 없었으며 근심 걱정에 사로잡힌 듯했다.

"어디 아프십니까?" 아이들이 충분히 멀리 갔을 때 내가 물었다. 그는 외롭고 슬픈 표정으로 나를 바라보았다.

"보지 못하셨나요?" 그는 말을 시작했다. "'아기'가 죽을 거예요. 진작부터 알고 있었는데, 이만큼 자란 것이 이상한 일이에요. 글쎄요, 그 애의 눈에서는 항상 죽음이 보였어요. 이번에는 틀림없이 죽을 거라는 생각이 드네요."

나는 위로를 시작했지만 이내 제풀에 그만두고 말았다.

"보세요," 그는 서글프게 웃었다. "아마 당신도 그 애가 살아나리라고는 믿지 않을 겁니다. 아시다시피 나는 독실한 신자가 아니고 성당에도 거의 가지 않아요. 그러나 이제는 하나님께서 나와 이야기하고 싶어 하시는 게 느껴지는군요. 사실 그 애는 그저 어린아이일 뿐이고 지금까지 한순간도 건강한 적이 없었어요. 그렇지만 나에게는 그 아이가 다른 아이들을 다 합한 것보다도 더 사랑스러웠다는 걸 하나님은 아실 거예요."

아이들이 떠들면서 수많은 소소한 질문거리를 안고 뛰어 오더니 나를 둘러싸고 꽃이나 풀의 이름을 말해 달라고 조르고, 마침내는 이야기를 들려 달라고 했다. 그래서 나는 아이들에게 꽃과 나무와 수풀도 모두 아이들처럼 각각 영혼과 자신만의 수호천사를 지니고 있다고 이야기해 주었다. 아이들의 아버지도 귀를 기울이고 웃으며 가끔씩 나직하게 내 말이 맞다고 확인해 주었다. 우리는 산이 더 푸르게 변해 가는 광경을 보고 저녁 종소리를 들으며 집으로 돌아왔다. 목장 위에는 불그레한 저녁노을이 드리우고 멀리 보이는 성당의 탑들은 따스한 대기 속에 작고 가늘게 솟아 있었다. 하늘에는 여름의 푸른빛이 아름다운 녹색을 띤 금빛으로 변해 가고 나무들은 긴 그림자를 드리웠다. 지쳐서 조용해진 아이들은 양귀비꽃과 패랭이꽃과 방울꽃의 천사를 생각하고, 우리 어른들은 어린 '아기'를 생각했다. '아기'의 영혼은 이미 날개를 달고서 근심에 잠긴 우리 작은 무리에게서 떠날 준비를 갖추었다.

다음 두 주가 지나자 상태가 좋아졌다. 아이는 나을 것 같았다. 몇 시간 동안이나 침대를 떠나 있어도 괜찮았고, 차가운 베개를 베고 누워 있는데도 전보다 더 귀엽고 기분이 좋아 보였다. 그러나 그 후 이삼일 동안은 밤에 열이 났다. 누구도 말은 하지 않았지만 우리는 그 아이가 몇 주 또는 며칠밖에는 우리 곁에 더 머물 수 없다는 사실을 알았다. 아이의 아버지가 단 한 번 이런 말을 했다. 작업장에서였다. 나는 그가 쌓아 놓은 나무판자를 뒤적이는 모습을 보고 아이의 관을 만들 판자를 찾고 있다는 사실을 자연히 알게 되었다.

"머지않아 일이 생길 것 같아요." 그는 말했다. "일과가 끝난 다음에 혼자서 만드는 편이 낫겠어요."

그가 다른 대패질 작업대에서 일하는 동안 나는 한쪽 작업대에 앉아 있었다. 판자를 깨끗이 대패질하고 나자 그는 자랑스러운 듯 나에게 보여 주었다. 튼튼하게 잘 자라고 흠 하나 없이 아름다운 전나무 판자였다.

"못은 하나도 박지 않고 부분들을 잘 짜 맞춰서 오래갈 수 있는 좋은 관을 하나 만들어야겠어요. 하지만 오늘은 이만하고 아내한테로 올라가 봅시다."

뜨겁고 화창한 한여름의 나날들이 지나갔다. 나는 날마다 한두 시간씩 어린 '아기' 곁에 앉아서 아름다운 풀밭과 숲 이야기를 들려주었다. 그 아이의 가볍고 연약한 조그만 손을 큼직한 내 손 안에 쥐고, 마지막 날까지 그 아이의 주위를 감돌던 사랑스럽고 밝은 매력을 온 영혼으로 받아들였다.

우리는 불안하고 슬픈 마음으로 아이 옆에 서서 그 작고 여윈 몸이 다시 한 번 힘을 모아 강한 죽음과 맞서 싸우는 과정을 지켜보았다. 죽음은 재빠르고 쉽게 아이를 제압했다. 어머니는 침착하고 강했다. 아버지는 침대 위에 엎드려, 사랑하는 죽은 아이의 금발 머리를 쓰다듬고 어루만지며 수없이 작별 인사를 했다.

간소하고 짧은 장례식이 치러졌고 옆에서 아이들이 침대에 누워 울었기 때문에 가슴 답답하고 서글픈 밤이 계속되었다. 그리고 묘지에 가는 날이 되었다. 우리는 새로 생긴 무덤에 꽃을 심고 서늘한 묘지에 있는 벤치에 말없이 나란히 앉아 '아기'를 생각했다. 지금까지와는 다른 눈으로, 사랑하는 아이가 누워 있는 땅과 무덤 위에 자란 잔디와 나무를 바라보면서, 묘지의 정적을 깨듯 거침없이 즐겁게 지저귀는 새들의 유희를 지켜보았다.

그러고서도 하루하루 엄격한 일과는 계속되었다. 아이들은 다시 노래를 부르고 싸우고 웃고 이야기를 듣고 싶어 했다. 우리는 모두 저도 모르는 사이에 '아기'를 다시는 보지 못한다는 것과 천국에 아름다운 한 어린 천사를 두게 되었다는 데 익숙해졌다.

이런 일들 때문에 나는 교수의 집에서 열리는 모임에 전혀 참석하지 못하고 엘리자베트의 집에도 한두 번 찾아갔을 뿐이었다. 가끔 찾아가면 미적지근한 이야기가 계속되는 가운데 이상하게 당혹스럽고 가슴이 답답해지곤 했다. 그러던 중 한번은 그 두 집을 방문했지만 모두 다 문이 닫혀 있었다. 모두들 벌써 오래전부터 시골에 가 있었던 것이다. 이때 비로소 나는 목수의 가족들과 친하게 지내고 또 그 집 아이가 병을 앓는 동안, 무더운 여름철도 모르고 휴가를 떠날 생각도 완전히 잊고 있었다는 사실을 깨닫고 놀라지 않을 수 없었다. 예전 같으면 7월과 8월을 도시에 남아 지낸다는 것은 나로서는 불가능한 일이었을 것이다.

나는 잠시 작별을 고하고 슈바르츠발트와 베르크슈트라세와 오덴발트로 도보 여행을 떠났다. 아름다운 지방을 여행하는 도중 바젤에 있는 목수의 아이들에게 그림엽서를 보내기도 하고, 어디를 가든지 나중에 목수와 그의 아이들에게 여행에 대해 어떻게 이야기를 해줄지 생각하며 익숙지 않은 즐거운 기분을 맛보았다.

프랑크푸르트에서 며칠 더 여행을 즐기기로 결정했다. 아샤펜부르크, 뉘른베르크, 뮌헨, 울름에서 새로운 기쁨을 느끼며 고대 예술 작품을 감상했다. 마침내는 별 생각 없이 취리히에서 발을 멈추었다. 몇 해 동안 이 도시를 마치 무덤처럼 피해 왔지만, 이제는 낯익은 거리를 이리저리 거닐며 예전에 갔던 술집이나 정원을 찾아가기도 하고 지나간 아름다운 세월을 마음의 고통 없이 생각할 수 있었다. 여류 화가 알리에티에 대해서는 결혼을 했다면서 사람들이 주소를 알려 주었다. 저녁 무렵에 찾아갔지만 현관문에서 그녀의 남편 이름을 읽고는 창문을 올려다보며 들어가기를 주저했다. 그러자 옛 시절이 생생하게 되살아나기 시작했고 내 젊은 시절의 사랑이 가벼운 고통과 함께 반쯤 잠에서 깨어났다. 나는 발길을 돌렸다. 쓸데없이 다시 만나서 사랑하는 남국 여인의 아름다운 모습을 더럽히고 싶지 않았다. 계속 이리저리 거닐면서 예술가들이 여름밤에 잔치를 벌였던 호숫가 정원에 가보았다. 또 짧고 아름다운 3년을 지냈던 하숙집의 지붕 밑 다락방을 올려다보았다. 이 모든 추억들 너머로 뜻밖에 엘리자베트의 이름이 입술에 떠올랐다. 새로운 사랑은 옛 사랑보다 훨씬 더 강했다. 또한 더욱 고요하고 겸손하고 고마운 사랑이었다.

즐거운 기분을 유지하고 싶어서 보트를 타고 따스하고 밝은 호수 위로 천천히, 편안하게 노를 저어 갔다. 저녁 무렵이었고 하늘에는 눈처럼 하얀 아름다운 구름이 한 점 떠 있었다. 나는 구름을 계속 눈으로 쫓으며 고개를 끄덕여 인사했다. 어린 시절 구름에 대한 사랑을 떠올렸고 엘리자베트를 생각했고 언젠가 엘리자베트가 그토록 아름다운 모습으로 몰두해 정신없이 바라보던 세간티니의 구름을 기억했다. 그녀에 대한 사랑이 언어나 불순한 욕망으로 흐려지지 않고 이렇게 행복하고 깨끗하게 느껴진 순간은 처음이었다. 구름을 바라보면서 내 삶에 일어났던 모든 좋은 일을 조용히 감사하며 돌이켜 보고, 전과 같은 혼란이나 열정 대신 어린 시절의 오랜 동경만을 느꼈기 때문이다. 이 동경도 한층 더 성숙하고 차분해졌다.

나는 전부터 노 젓는 여유로운 박자에 맞추어 흥얼대거나 노래를 부르는 습관이 있었다. 지금도 혼자 나지막이 노래를 불렀는데, 비로소 이 노래가 시라는 사실을 깨달았다. 기억에 남아 있기에 나는 집에 와서 그 시를 아름다운 취리히 호숫가에서 보낸 저녁에 대한 추억으로 적어 놓았다.

높은 하늘에 떠 있는

하얀 구름같이

그렇게 밝고 아름답고 아득히 먼

그대, 엘리자베트

구름이 흐르고 방랑해도

그대는 바라보지 않지만

어두운 밤이면 구름은

그대의 꿈속을 흘러간다

흘러가며 은빛으로 빛난다

앞으로도 쉼 없이

그대는 하얀 구름을 보고

감미로운 향수에 젖는다

  바젤에 돌아오자 아시시에서 온 편지가 나를 기다리고 있었
다. 아눈치아타 나르디니 부인에게서 온 편지였고 즐거운 소식이
가득했다. 그녀는 이제 두 번째 남편을 맞이한다! 어쨌든 편지를
그대로 옮겨 알리는 편이 낫겠다.

  경애하고 사랑하는 페터 씨!

  당신에게 편지를 보낼 수 있는 자유를 이 충실한 친구에게 허락
해 주시겠지요. 하나님이 은총을 베풀어 저에게 큰 행복을 주셨습

니다. 10월 12일 제 결혼식에 당신을 초대하고 싶습니다. 남편은 메노티라고 하며, 돈은 거의 없지만 저를 무척 사랑하고 예전에 과일 장사를 한 적이 있어요. 잘생겼지만 페터 씨 당신만큼 미남은 아니고 키도 크지 않지요. 제가 가게를 지키는 동안 남편은 광장에 나가서 과일을 팔 거예요. 이웃에 사는 아름다운 마리에타도 결혼하는데, 그 남자는 타향에서 온 미장이랍니다.

매일 당신을 생각하며 사람들에게 당신 이야기를 많이 했어요. 저는 당신을 무척 좋아하고 성 프란체스코도 좋아합니다. 당신을 생각하면서 초 네 개를 성 프란체스코에게 바쳤지요. 결혼식에 와주신다면 메노티도 매우 기뻐할 거예요. 당신에게 함부로 구는 일은 제가 막을 거고요. 유감스럽게도 언제나 말씀드린 바와 같이 그 작은 마테오 스피넬리는 나쁜 녀석이라는 게 밝혀졌답니다. 종종 제 가게에서 레몬을 훔쳤어요. 빵집 주인인 아버지에게서 12리라를 훔치고 거지 잔자코모의 개에게 독약을 먹이는 바람에 지금은 쫓겨나고 없어요.

하나님과 성자들의 은총을 빌어요. 당신이 무척 그립습니다.

당신의 충실한 하녀이자 친구
아눈치아타 나르디니

추신.
우리 수확은 그저 그렇답니다. 포도는 아주 형편없고 배도 충분치 않았지만 레몬은 굉장히 많이 거두었어요. 그래서 지나치게 싸게 팔아야 했지요. 스펠로에서는 끔찍하고 불행한 일이 있었어요. 젊은 사람이 자기 형제를 갈퀴로 때려 죽였어요. 이유는 잘 모르겠지만, 친형제인데도 질투하고 있었던 게 틀림없어요.

유감스럽게도 나는 이 매혹적인 초대를 받아들일 수가 없었다. 나는 축하의 말과 아울러 이듬해 봄에 방문하겠다는 답장을 보냈다. 그리고 그 편지와 뉘른베르크에서 산 아이들의 선물을 들고 목공소를 찾아갔다. 그곳에서 뜻밖에도 큰 변화를 맞닥뜨렸다. 모습이 기괴하게 일그러진 누군가가 테이블에서 멀리 떨어져, 아이들 의자처럼 가슴 받침을 댄 의자에 웅크린 채 창문을 향해 앉아 있었다. 반신불수인 그 불쌍한 꼽추는 안주인의 동생인 보피였다. 늙은 어머니가 얼마 전 세상을 떠나자 갈 곳이 없었던 것이다. 목수는 하는 수 없이 잠시 동안만 그를 집에 받아들이기로 했다. 그러나 병든 불구자가 늘 함께 있다는 사실이 마치 어떤 공포처럼, 방해받아 어수선해진 그 가정을 내리덮고 있었다.

가족들은 아직 그에게 익숙해지지 못했다. 아이들은 그를 무서워하고, 어머니는 측은하게 여겼지만 어쩔 줄 모르고 우울한 모습이었으며, 아버지는 불쾌한 기분을 숨기지 않았다.

보피는 두 개의 보기 흉한 혹 위에 목이 가려진 채 큼직하고 튼실한 머리가 달려 있었다. 이마는 넓고 코는 억세고 입은 아름답지만 쓸쓸해 보였으며 눈은 맑지만 조용해서 약간 겁먹은 것 같았다. 눈에 띄게 작고 아름다운 두 손이 폭 좁은 가슴 받침 위에 언제나 하얗게 조용히 놓여 있었다. 나 역시 이 가련한 침입자가 거북했고 불쾌한 기분이 들었다. 그러나 동시에, 아무도 말을 걸어 주지 않아 환자가 두 손만 내려다보고 앉아 있는데, 옆에서 목수로부터 그 환자에 대한 짤막한 이야기를 듣는다는 게 고통스러웠다. 그는 선천적으로 불구였지만 그래도 초등학교는 마쳤고, 계속 재발하는 통풍 발작 때문에 몸이 부분적으로 마비되기 전까지는 몇 해 동안 밀짚 엮는 일을 해서 약간 도움이 되기도 했다. 이제는 이미 몇 해 전부터 침대에 누워 있거나 그 이상스러운 의자에 앉아 쿠션 사이에 끼어 있었다. 그가 전에는 혼자서 자주 아름답게 노래를 불렀지만 벌써 몇 해 전부터 더는 그의 노래를 들을 수가 없었고, 이 집에서는 아직 한 번도 부른 일이 없다고 안주인이 말했다. 이렇게 말하며 이야기를 주고받는 동안에도 그는 자리에 앉은 채 앞만 바라보았다. 나는 그다지 기분이 좋지 않아 곧 그 집에서 나왔고 그 후 며칠 동안은 가지 않았다.

나는 평생 튼튼하고 건강했으며 심한 병을 앓아 본 일도 없고 환자들, 특히 불구자들에게 동정심은 가졌지만 어느 정도 멸시하는 눈으로 바라보았다. 그런데 직공 가정에서 발견한 편안하고 명랑한 나의 생활이 이 가련한 존재라는 불쾌한 짐으로 인해 방해받는다고 생각하니 도대체 마음에 들지 않았다. 그래서 다음 방문을 하루하루 미루며 어떻게 하면 불구자 보피라는 이 귀찮은 방해물을 떼어 낼 수 있을까 하고 헛된 생각을 하곤 했다. 적은 비용으로 병원이나 요양원에 넣을 수 있는 어떤 방법이 있을 것 같았다. 여러 번 목수를 찾아가 그 문제를 의논하려고 했지만, 묻지도 않았는데 먼저 그런 말을 꺼내기가 어쩐지 쑥스러웠다. 게다가 이 환자를 만나면 유치하게도 어린아이같이 두려움을 느꼈다. 어쨌든 언제나 그를 보면 악수를 해야 하는 것이 불쾌했다.

그래서 나는 일요일을 한 번 그냥 넘겨 버리고 말았다. 다음 일요일에는 아침 일찍 기차를 타고 쥐라 산맥으로 소풍을 갈 생각이었지만 내 비겁함이 부끄러워졌다. 그래서 집에 있다가 식사 후에 목수를 찾아갔다.

나는 마지못해 보피와 악수를 했다. 목수는 화가 나 있었고 산책을 하자고 제안했다. 그는 이 끝없는 불행이 지겹다고 말했다. 그에게 내 생각을 제안할 수 있을 것 같아서 기뻤다. 부인은 집에 남겠다고 했지만 그 불구자는 혼자서도 잘 있을 수 있으니까 함께 가라고 부탁했다. 책 한 권과 물 한 잔만 옆에 있으면 되니 자물쇠를 잠그고 안심하고 남겨 놓고 가도 된다고 했다.

우리는 모두 스스로를 인정이 많은 보통 사람이라고 여기면서 그를 남겨 둔 채 자물쇠를 잠그고 산책에 나섰다! 우리는 기분이 좋아서 아이들과 장난을 치면서 아름다운 금빛 가을 햇살을 즐겼고, 불구자를 집에 혼자 남겨 두고 온 데 대해서 우리 가운데 누구도 부끄러워하거나 염려하지 않았다! 오히려 잠시나마 그에게서 떠나 있을 수 있어서 기뻐하며 맑고 따스한 공기를 가벼운 기분으로 들이마셨다. 그리고 하나님의 주일을 이해와 감사로 즐기는, 성실하고 고마움을 아는 가족 같은 모습을 보였다.

그렌차흐의 회른리에 잠시 들러 포도주를 한잔하려고 음식점 마당의 테이블에 앉았을 때에야 비로소 아이들의 아버지가 보피 이야기를 꺼냈다. 그는 성가신 그 손님에 대해서 불평을 늘어놓으며 집안 살림이 옹색해지고 돈이 더 많이 든다고 한숨을 쉬었다. 그리고 이렇게 말하고 웃으며 이야기를 끝냈다.

"어쨌든 여기 바깥에서는 최소한 한 시간은 더 방해받지 않고 기분 좋게 있을 수 있군요!"

이렇게 생각 없이 내뱉는 말을 듣자 문득 그 불쌍한 불구자가 떠올랐다. 애원하고 괴로워하는 그, 우리가 미워하는 그, 어떻게 해서든지 내쫓으려고 하는 그, 우리에게 버림을 받고 어둑어둑한 방 안에 혼자 쓸쓸히 앉아 있는 그가 눈앞에 떠올랐다. 이제 곧 어두워지기 시작할 텐데 그는 등불을 켜지도 못하고 창문 옆으로 가까이 옮겨 가지도 못하겠다는 생각이 들었다. 우리가 여기서 포도주를 마시며 웃고 즐기는 동안, 그는 책을 옆에 놓고 어둠 속에서 이야기 상대도 없이, 시간을 보낼 아무런 소일거리도 없이 홀로 웅크리고 앉아 있어야 할 것이다. 나는 아시시에서 이웃 사람들에게 성 프란체스코의 이야기를 해주며 성자가 나에게 모든 사람을 사랑하라고 가르쳐 주었다고 떠벌리던 일이 생각났다. 지금 의지할 곳 없는 불쌍한 사람이 있다는 사실을 내가 알고 그를 위로해 줄 수 있는데도 그가 그 자리에 누워 괴로워해야 한다면, 나는 무엇 때문에 성자의 삶을 연구하고 그의 훌륭한 사랑 노래를 외우기도 하며 움브리아 언덕에서 그의 발자취를 더듬었을까?

눈에 보이지 않는 강한 존재의 손이 가슴 위에 놓여 짓누르고, 부끄러움과 고통으로 가득 찼기 때문에 나는 떨면서 엎드리고 말았다. 신이 나에게 말하려 한다는 사실을 알았다.

"너 시인이여!" 신은 말했다. "너 움브리아 사람의 제자여! 사람에게 사랑을 가르치고 행복하게 하려는 너 예언자여! 바람과 물 속에서 내 목소리를 듣고 싶어 하는 너 몽상가여!"

"너는 친절하게 맞아 주고 쾌적하게 시간을 보낼 수 있는 집을 사랑한다." 신은 말했다. "그런데 내가 이 집에 잠시 들러도 좋겠다고 생각한 바로 그날 너는 도망을 치고 나를 쫓아내려고 한다. 너 성자여! 너 예언자여! 너 시인이여!"

마치 진실이 보이는 맑은 거울 앞에 서게 된 기분이었다. 거짓말하고 큰소리만 치고 비겁하며 한 입으로 두 말을 하는 남자로 비치는 나 자신을 보았다. 슬프고 쓰라리고 괴롭고 끔찍했다. 그러나 그 순간 내 마음속에서는 무엇인가가 부서지고 고통당하고 상처를 입으면서도 일어서려고 버티고 있었다. 그것은 부서지고 없어져야 마땅한 것이었다.

억지로 서둘러 작별을 고하고 술잔에 포도주를 남기고 뜯어먹던 빵을 식탁 위에 놓은 채 시내로 되돌아왔다. 흥분한 나는 어떤 불행한 일이 일어났을지도 몰라, 견딜 수 없는 불안에 사로잡혔다. 불이 났을지도 모르고, 힘없는 보피가 의자에서 굴러 떨어져 괴로워하거나 죽은 채로 마루 위에 쓰러져 있을지도 몰랐다. 그가 쓰러져 있는 모습이 눈앞에 보이는 듯했다. 나는 그저 옆에 서서, 말없이 비난하는 그 불구자의 눈빛을 바라보아야 할 거라고 생각했다.

숨을 헐떡이면서 시내로 와서 집에 도착하자 나는 쏜살같이 계단을 뛰어 올라갔다. 그제야 비로소 잠긴 문 앞에 서 있지만 내게 열쇠가 없다는 걸 깨달았다. 그렇지만 나의 불안감은 금세 가라앉았다. 부엌문에 이르기도 전에 안에서 노랫소리가 들렸기 때문이다. 기묘한 순간이었다. 가슴은 두근거리고 숨을 헐떡이면서 어두운 계단 층계참에 서서, 갇혀 있는 불구자의 노래에 귀를 기울였다. 그러는 동안 차츰 마음이 진정되었다. 그는 나지막하고 부드럽게 약간 탄식하듯 〈희고 붉은 작은 꽃〉이라는 대중적인 사랑 노래를 불렀다. 그가 오랫동안 노래를 부르지 않았다는 것을 알고 있었기 때문에, 조용한 시간을 이용해 나름대로 약간이나마 즐겨 보려는 그 노랫소리를 엿들으며 가슴이 뭉클해졌다.

그렇다. 인생은 진지한 사건과 깊은 감동 근처에 우스꽝스러운 것을 갖다 놓기를 좋아한다. 바로 내 처지가 그렇게 우습고 부끄러웠다. 갑자기 불안해져서 한 시간이나 들판을 뛰어왔는데 지금 열쇠도 없이 부엌 문 앞에 서 있는 것이다. 다시 돌아가든지, 아니면 소리를 질러서 잠긴 두 개의 문을 통해 나의 선한 의도를 불구자에게 알리는 수밖에 없었다. 나는 불쌍한 그 남자를 위로하고, 연민을 표하고, 지루한 시간을 덜어 주려고 결심하고 계단에 서 있었다. 그러나 그는 아무것도 모르고 안에 앉아 노래만 불렀다. 소리를 치거나 문을 두드리며 내가 있다고 알리면 그는 틀림없이 놀랄 것이다.

다시 돌아가는 수밖에는 없었다. 나는 일요일의 활기찬 골목 길을 한 시간이나 거닐었다. 그러고 나서 가보았더니 가족들이 돌아와 있었다. 이번에는 보피와 악수하면서도 전혀 꺼림칙하지 않았다. 나는 그의 옆에 앉아 대화를 시작하고 무슨 책을 읽었느냐고 물었다. 그러면서 읽을 만한 책을 제안하자 그는 고마워했다. 그에게 예레미아스 고트헬프를 권했으나 그 작가의 작품은 거의 다 읽었다고 했다. 그러나 그가 고트프리트 켈러는 아직 몰랐기 때문에 그 작가의 책을 빌려 주겠다고 약속했다.

다음 날 책을 가져갔을 때 보피와 단둘이 있을 기회가 생겼다. 부인은 마침 외출을 하려는 참이었고 남편은 작업장에 있었기 때문이었다. 나는 어제 그를 혼자 내버려 두어 매우 부끄러웠다고, 가끔 옆에 앉아 대화를 나누고 친구가 되면 좋겠다고 고백했다.

그 자그마한 불구자는 커다란 머리를 약간 돌리고 내 얼굴을 보더니 말했다. "감사합니다." 그뿐이었다. 그러나 그렇게 머리를 돌리는 동작조차 그에게는 무척 힘든 일이었기 때문에, 건강한 사람이 열 번 안아 준 것만큼 가치가 있었다. 그의 눈길이 매우 밝고 어린아이처럼 아름다웠기 때문에 나는 부끄러워서 얼굴이 달아올랐다.

그런데 아직 목수와 이야기해야 할 어려운 문제가 남아 있었다. 어제 느낀 불안과 부끄러움을 솔직히 고백하는 것이 제일 좋겠다고 생각했다. 유감스럽게도 그는 나를 이해하지 못했지만 그래도 이야기를 들어 주었다. 그는 환자를 우리 공동의 손님으로 그 집에 머물게 하자는 데 동의했다. 그래서 그를 부양하는 데 드는 약간의 비용을 서로 분담하기로 하고, 나는 마음대로 드나들면서 보피를 친형제처럼 여겨도 좋다고 허락받았다.

여느 때의 가을과는 달리 유난히 오래도록 날씨가 아름답고 따뜻했다. 그래서 내가 보피를 위해 처음으로 한 일은 휠체어를 마련해, 대개는 아이들과 함께 매일 그를 밖으로 데리고 나가는 것이었다.

제8장

삶과 친구들로부터 내가 줄 수 있는 것보다 훨씬 더 많이 받게 되는 것이 언제나 내 운명이었다. 리하르트와도 엘리자베트와도 나르디니 부인과도 그랬고 목수와도 그랬다. 이제 나는 성숙한 나이에 충분한 자존심도 갖게 되었는데, 한 가련한 불구자에게 감탄하고 고마워하는 학생이 된 것이다. 내가 오래전에 시작한 작품을 완성하여 세상에 내놓는 순간이 언젠가 진짜로 올지도 모른다. 그 작품 속에 들어 있는 미덕 가운데 보피에게서 배우지 않은 것은 거의 없을 것이다. 평생 동안 두고두고 충분히 음미하게 될 행복하고 즐거운 시간이 시작되었다. 병과 고독과 가난과 학대를, 마치 가볍고 느슨한 구름처럼 흘려보내는 훌륭한 인간의 영혼을 분명하고 깊게 들여다보는 일이 내게 허락된 것이다.

우리의 아름답고 짧은 인생을 망치고 해치는 모든 사소한 병폐, 분노와 조급함과 불신과 거짓말 등 우리를 무너뜨리는 그 모든 불쾌하고 불결한 종양이 이 사람에게서는 오랫동안 겪은 심한 고통 덕분에 사라져 버렸다. 그는 현자도 천사도 아니었지만 이해와 헌신으로 가득 찬 인간이었으며, 엄청나고 끔찍한 고뇌와 부자유를 감내하면서 부끄러움 없이 자신의 약함을 인정하고 신의 손에 자신을 맡기는 법을 배운 인간이었다.

언젠가 나는 그에게 어떻게 고통스럽고 무기력한 육체를 받아들일 수 있었는지 물어보았다.

"아주 간단해요." 그는 정답게 웃었다. "그건 나와 병 사이의 영원한 전쟁이죠. 내가 한 번 싸움에 이기는가 하면 곧 한 번 지기도 합니다. 그런 식으로 계속 싸우는 거예요. 때때로 우리는 둘 다 싸움을 멈추고 휴전협정을 맺고 서로 감시하면서 매복하고 있기도 하지만, 둘 가운데 하나가 뻔뻔스럽게 새로 싸움을 시작하는 겁니다."

그때까지만 해도 나는 내가 확실한 눈을 가진 훌륭한 관찰자라고 생각하고 있었다. 그러나 그 점에 있어서도 보피는 내게 놀라운 스승이었다. 그가 자연을, 특히 동물을 보는 것을 매우 좋아했기 때문에 나는 그를 동물원에 자주 데려갔다. 우리는 정말 즐거운 시간을 보냈다. 보피는 얼마 지나지 않아 동물들 모두를 하나하나 다 알게 되었다. 우리가 늘 빵과 설탕을 가져갔기 때문에 여러 동물들도 우리를 알아보게 되었고 우리는 다양한 동물들과 친해졌다. 우리는 특히 맥貘을 좋아했는데, 맥의 유일한 미덕은 그 족속 아니고는 볼 수 없는 독특한 깔끔함이었다. 그 미덕 이외에는 거만하고 미련하고 무뚝뚝하고 고마워할 줄 모르고 몹시 탐욕스러웠다. 다른 동물, 특히 코끼리나 노루, 영양, 심지어는 우악스러운 들소조차도 설탕을 받아먹으면 우리를 친밀하게 바라본다든가 내가 쓰다듬을 때 기꺼이 참아 준다든가 하면서 늘 어떤 감사의 표시를 했다. 맥에게는 그런 기색이 전혀 없었다. 우리가 가까이 가면 잽싸게 울타리에 나타나 우리한테서 얻은 것을 남김없이 천천히 다 먹어치우고, 자기 앞에 더 떨어지는 게 없으면 아무 소리 없이 물러가 버렸다. 우리는 그런 면에서 맥의 자부심과 성격의 특성을 발견했고, 우리가 주려고 하는 것을 구걸하지도 않고 감사하지도 않으면서 마치 당연한 공물처럼 서슴지 않고 받았기 때문에 그를 세금 징수원이라고 불렀다. 대개 보피가 동물들에게 직접 먹이를 줄 수 없었기 때문에, 맥이 이제 충분히 먹을 것을 받았는지 아니면 한 조각 더 주어야 할지에 대해서 때때로 다투기도 했다. 우리는 그것이 무슨 국가사업이나 되는 것처럼 구체적이고 정확한 실험으로 그 양을 측정했다. 한번은 우리가 이미 맥을 지나왔는데 설탕 한 조각을 더 주었어야 했다고 보피가 말했다. 그래서 다시 되돌아갔지만 그 사이에 짚을 깐 잠자리로 돌아간 맥은 거만하게 이쪽을 바라보며 눈만 끔뻑거릴 뿐 울타리로 나오지 않았다. "죄송합니다, 징수원 나리." 보피가 그에게 소리쳤다. "우리가 설탕 하나를 잘못 계산한 것 같네요." 그러고 나서 우리는 코끼리에게로 갔는데, 코끼리는 이미 기대에 가득 차 이리저리 뒤뚱뒤뚱 걸어 다니면서 마음대로 움직일 수 있는 따뜻한 코를 우리에게 뻗쳤다. 코끼리에게는 보피가 직접 먹이를 줄 수 있었다. 그는 그 커다란 코끼리가 유연한 코를 구부려 그의 손바닥에서 빵을 집어 가고 나서 우리를 향해 유쾌하고 작은 눈을 기분 좋은 듯 교활하게 깜빡거리는 모습을 어린아이처럼 기뻐하며 바라보았다.

나는 관리인과 합의를 해서 내가 보피 곁에 함께 있을 시간이 없을 때에도 그를 태운 휠체어를 동물원에 세워 둘 수 있도록 허가를 받았다. 그래서 그런 날에도 보피는 햇볕 아래에서 동물들을 볼 수 있었다. 그런 후면 그는 나에게 본 것을 모두 이야기해 주었다. 그는 특히 수사자가 암사자를 무척 정중히 다루는 모습을 보고 깊은 인상을 받았다. 암사자가 쉬려고 누우면 수사자는 암사자를 건드리지도 방해하지도 않고 넘어 다니지도 않으면서 끊임없이 이리저리 왔다 갔다 했다. 그러나 보피가 제일 재미있어 한 동물은 수달이었다. 자신은 의자에 꼼짝 못하고 앉아 머리나 팔을 움직일 때마다 몹시 힘들어 했지만, 이 민첩한 동물의 유연한 수영 기술과 체조 기술을 지칠 줄 모르고 지켜보며 즐거워했다.

그해 가을, 가장 날씨가 아름다웠던 어느 날 나는 보피에게 내두 번의 연애 이야기를 들려주었다. 별로 즐겁지도 않고 명예롭지도 않은 그 체험들을 더는 숨기지 않고 털어놓을 정도로 우리는 서로 허물없는 사이가 되어 있었다. 그는 아무 말 없이 다정하고 진지하게 귀를 기울였다. 그러나 나중에 나에게 그 하얀 구름 엘리자베트를 한번 보고 싶다고 고백했고, 만약 길에서 그 여자를 만나게 되면 꼭 기억해 달라고 부탁했다.

그런 우연은 일어날 것 같지 않았고 날은 점점 쌀쌀해졌기 때문에, 나는 엘리자베트에게 가서 그 가련한 불구자를 기쁘게 해 달라고 부탁했다. 그녀는 친절하게도 내 뜻에 따라 주었다. 약속한 날 나는 엘리자베트를 데리고 보피가 휠체어에 앉아 기다리고 있는 동물원으로 갔다. 잘 차려입은 아름답고 섬세한 부인이 불구자와 악수를 하고 그에게로 약간 몸을 구부렸을 때, 가련한 보피가 기쁨에 넘쳐 빛나는 얼굴로 커다랗고 선량한 눈에 감사의 빛을 띤 채 부드럽게 부인을 올려다보았을 때, 나는 그 순간 둘 가운데 누가 더 아름답고 누가 더 내 마음에 가까이 있는 친구인지 결론을 내릴 수 없을 정도였다. 부인은 그에게 몇 마디 다정한 말을 건넸고 불구자는 부인에게서 빛나는 시선을 떼지 않았다. 나는 그 곁에 서서 내가 제일 사랑하는 두 사람, 현격한 차이로 서로 분리되어 동떨어진 삶을 살고 있던 두 사람이 한순간 내 앞에서 서로 손을 잡는 모습을 보고 놀랐다. 보피는 그날 오후 내내 엘리자베트에 대한 이야기밖에 하지 않았다. 그 여자의 아름다움, 고상함, 친절함, 그 여자의 옷, 노란 장갑과 녹색 신발, 걸음걸이와 눈빛, 목소리와 아름다운 모자를 칭찬했다. 반면에 나는 내 연인이 내 막역한 친구에게 자선을 베푸는 광경을 보면서 마음이 아프기도 하고 묘한 느낌이 들기도 했다.

그러는 동안 보피는 『녹색의 하인리히』와 『젤트빌라 사람들』을 읽었고 그 탁월한 책들의 세계에 아주 친숙해져서, 우리는 슈몰러 판크라츠와 알베르투스 츠비한이나 정의의 빗장수들을 공동의 친구로 삼을 수 있었다. 한동안 그에게 콘라트 페르디난트 마이어의 책을 줘야 하나 망설였다. 그가 이 작가의 극도로 압축된 언어에 나타나는 라틴어식 표현의 함축성을 높이 평가할 것 같지 않았고, 나 역시 그의 명랑하고 고요한 눈앞에 역사의 심연을 펼쳐 보인다는 것이 염려되었다. 대신 그에게 성 프란체스코의 이야기를 들려주고 뫼리케의 소설을 읽게 했다. 그는 수달이 헤엄치는 연못가에 서서 여러 가지 전설 같은 물의 환상에 그렇게 자주 잠기지 않았더라면 아름다운 물의 요정 라우의 이야기를 대부분 즐기지 못했을 거라고 고백해서 내 기분을 묘하게 만들었다.

재미있게도 우리는 점차 말을 놓는 사이가 되었다. 내가 그에게 제안한 것도 아니었고, 그랬더라도 그가 받아들이지 않았을 것이다. 그런데 정말 저절로 우리는 서로 점점 더 자주 반말을 하게 되었고 어느 날 그 사실을 깨닫고는 웃음을 터뜨리면서 그냥 계속 그렇게 지내기로 했다.

초겨울이 시작되면서 밖에 나갈 수 없게 되자 나는 다시 여러 날 저녁을 보피의 매형 집 방에 앉아서 보내게 되었다. 그리고 뒤늦게야 이 새로운 우정이 전혀 아무 희생도 없이 품속에 떨어진 게 아니라는 사실을 깨달았다. 목수는 언제나 무뚝뚝하고 불친절했으며 말이 없었던 것이다. 시간이 오래 지나면서 이 쓸모 없는 군식구가 부담스럽게 그 자리에 앉아 있는 것뿐만 아니라 보피에 대해 보이는 내 태도까지도 그를 불쾌하게 만들었다. 어느 날 저녁 내내 내가 그 불구자와 기분 좋게 이야기를 하는 동안 집주인은 화가 난 채 옆에 앉아 신문을 읽고 있었다. 평소에는 대단히 참을성 많은 그의 부인과도 사이가 틀어져 있었다. 부인이 이번만큼은 고집을 세우고 보피를 다른 곳으로 보내는 데 절대로 찬성하지 않았기 때문이다. 나는 여러 번 그의 기분을 돌리거나 새로운 제안을 하려고 애썼지만 소용없었다. 게다가 그는 나와 그 불구자의 우정을 비웃고 보피의 삶도 더 힘들게 만들기 시작했다. 물론 그 병자와 그 옆에 매일 붙어 앉아 있는 내가 그렇지 않아도 옹색한 살림에 성가신 짐이기는 했겠지만, 나는 여전히 목수가 우리와 잘 지내고 그 병자를 좋아하게 되기를 항상 바라고 있었다. 결국 내가 목수의 감정을 상하게 하지도 않고 보피에게 해를 입히지도 않으면서 무언가를 한다는 것이 불가능해졌다. 이미 취리히 시절 리하르트가 '굼벵이 페트루스'라는 별명을 붙여 주었듯이 나는 조급하게 억지로 내리는 결정을 싫어했다. 그래서 몇 주 동안 꾹 참고 기다렸는데, 그러면서도 한쪽의 우정이나 어쩌면 양쪽 우정을 모두 잃지 않을까 하는 근심에 시달렸다.

이 애매한 관계 때문에 불쾌감이 점점 심해져서 나는 또다시 술집에 자주 드나들게 되었다. 어느 날 저녁 그 때문에 유난히 화가 나서 한 작은 바틀란트 술집에 가서 술을 몇 리터나 마시고 고민을 떨쳐 버리려고 했다. 그래서 2년 만에 처음으로 몸을 바로 가누면서 집으로 가는 데 무척 애를 먹었다. 그다음 날 나는 폭음을 한 후에는 늘 그랬듯이 상쾌하고 차분한 기분이 되어서, 그 코미디를 기필코 끝내려고 용기를 내 목수를 찾아갔다. 보피를 나에게 완전히 맡겨 달라고 제안하자 그는 싫은 기색을 보이지 않았고, 며칠 생각한 후 진짜로 승낙을 했다.

나는 이 가련한 불구자와 함께 새로 세낸 집으로 이사를 했다. 익숙한 독신자의 초라한 방 대신에 둘이서 작게나마 제대로 된 살림살이를 시작해야 했기 때문에 마치 결혼이라도 한 듯한 기분이었다. 처음에는 여러 가지 살림살이를 서투르게 시도하기도 했지만 그럭저럭 지낼 수 있게 되었다. 청소와 빨래는 심부름하는 여자가 해주었고 식사는 집으로 배달시켰다. 얼마 지나지 않아 우리는 둘 다 함께 사는 것을 아주 아늑하고 기분 좋게 느끼게 되었다. 마음 편히 언제든 떠났던 길고 짧은 도보여행을 앞으로는 포기해야 한다는 사실도 당장은 내게 문제 되지 않았다. 게다가 일하는 동안 조용히 곁에 있는 친구 덕분에 마음이 안정되고 일이 더 잘되는 듯했다. 소소하게 환자를 돌보는 일이 나에게는 낯선 일이었고 특히 옷을 입히고 벗기는 것은 별로 기분 좋은 일이 아니었다. 그러나 내 친구는 너무나 참을성이 있었고 무척 고마워했기 때문에 나는 부끄러워져서 그를 조심스럽게 돌봐 주려고 애를 썼다.

나는 교수의 집에는 거의 가지 않았지만 엘리자베트에게는 자주 찾아갔다. 그녀의 집은 그 모든 사건에도 불구하고 변함없는 마력으로 나를 끌어당겼다. 나는 거기 앉아서 차나 포도주 한 잔을 마시고 엘리자베트가 여주인 노릇 하는 모습을 보면서, 내 마음속에 일어나는 젊은 베르터와 같은 모든 감정을 언제나 비웃으면서 대항하여 싸웠지만 때때로 느닷없이 감상적인 기분에 빠져들었다. 그렇지만 연약하고 어린애 같은 사랑의 이기심은 이미 내게서 완전히 사라지고 없었다. 그래서 유쾌하고 친밀한 전쟁 상태가 우리 사이의 진짜 관계가 되었다. 사실 우리는 만나기만 하면 아주 다정하게 티격태격 다투었다. 활발하면서도 어느 정도 여성스러운 응석이 섞인 이 영리한 여자의 이해심은 사랑을 하면서도 거칠고 무례한 내 성품과 나쁘지 않게 잘 어울렸다. 우리는 근본적으로 서로를 매우 존중하고 있었기 때문에 하찮은 일에 대해서 오히려 더 격렬하게 싸울 수 있었다. 내가 그녀 앞에서 독신주의를 변호한 것은 특히 우스운 일이었다. 바로 얼마 전까지 목숨을 걸고서라도 결혼하려고 했던 여자 앞에서 말이다. 게다가 나는 똑똑한 부인을 자랑스러워하는 선량한 남편과 함께 엘리자베트를 놀려 대기도 했다.

　마음속에서는 고요한 가운데 옛 사랑이 여전히 불타고 있었다. 그러나 이미 그것은 예전처럼 많은 것을 원하는 불꽃이 아니었다. 그저 마음을 젊게 만들고, 겨울밤에 희망 없는 늙은 독신 남자의 손가락을 때때로 따뜻하게 해주는 기분 좋고 오래가는 불이었다. 보피가 온전히 내 곁에 있으면서 자신이 언제나 진정으로 사랑을 받고 있다는 사실을 놀랍도록 잘 알고 나를 감싸게 된 이후로, 나는 아무 위험 부담 없이 내 사랑을 젊음과 시의 한 부분으로서 마음속에 간직할 수 있었다.

그 밖에도 엘리자베트는 때때로 정말로 여자다운 심술을 부려서, 내 마음을 싸늘하게 만들고 독신 생활을 진심으로 기뻐하게 만드는 기회를 주곤 했다.

가엾은 보피가 집에서 함께 살게 된 후로 나는 엘리자베트의 집도 차츰 멀리하게 되었다. 보피와 함께 책을 읽고 여행 앨범과 일기장을 뒤적이기도 하고 도미노 놀이도 했다. 더 즐거워지고 싶은 마음에 푸들 한 마리를 길렀고 창문 너머로 겨울이 시작되는 광경을 바라보았고, 매일매일 지혜롭거나 어리석은 이야기를 아주 많이 주고받았다. 그 병자는 뛰어난 세계관을 지니고 있었고 삶을 구체적으로 관찰해서 관대한 유머로 따뜻하게 만들었다. 그것들로부터 나는 매일매일 많은 것을 배웠다. 눈이 펑펑 내려서 겨울이 창밖으로 그 깨끗한 아름다움을 펼쳤을 때 우리는 마치 어린 소년처럼 들떠서 난롯가에서 아늑한 방 안의 목가적인 분위기에 잠겨 들었다. 그렇게 오랫동안 신발이 닳도록 찾아 헤매었지만 결국 찾지 못했던 인간을 이해하는 기술도 나는 이번 기회에 아울러 배웠다. 날카롭고 조용한 관찰자인 보피는 예전에 생활하면서 주변에서 본 광경들을 잔뜩 기억하고 있었으며 한번 시작했다 하면 놀랍도록 이야기를 잘 들려줄 수 있었다. 그 불구자는 일평생 세 다스 이상의 사람을 알지 못했고 세상의 커다란 흐름에 휩쓸려 본 적이 전혀 없었으면서도 인생에 대해 나보다 훨씬 더 잘 알고 있었다. 가장 사소한 것까지도 관찰하고 모든 인간 안에서 체험과 기쁨과 인식의 원천을 발견하는 데 익숙해 있었기 때문이었다.

우리는 여전히 동물 세계를 접할 때 가장 즐거워했다. 동물원의 동물들을 더는 찾아갈 수 없었지만, 그들에 대해 온갖 이야기와 우화를 만들어 냈다. 우리는 그것을 이야기로 나누지 않고 대부분 즉흥적인 대화로 연기를 했다. 예를 들면 앵무새 두 마리의 사랑 고백이라든지 들소들의 가정불화, 멧돼지들이 밤에 나누는 담소 같은 것이었다.

"어떻게 지내십니까, 족제비 씨?"

"감사합니다. 여우 씨. 그럭저럭 지내지요. 아시다시피, 저는 잡혔을 때 사랑하는 아내를 잃어버렸어요. 이름이 핀젤슈반츠인데, 이미 말씀드렸지만요. 진주 같았어요. 제가 장담하는데, 정말……"

"아, 그 옛날 얘기는 그만두시죠, 이웃 양반. 내가 잘못 생각하는 게 아니라면, 당신은 그 진주 이야기를 벌써 여러 번 했으니까요. 에고, 사람은 결국 한 번밖에는 못 사니까, 약간의 즐거움이라도 망쳐서는 안 돼요."

"제발, 여우 씨. 제 아내를 알았더라면, 저를 좀 더 잘 이해하셨을 텐데."

"그럼요, 물론이죠. 그런데 이름이 핀첼슈반츠라고 했죠, 아닌가요? 예쁜 이름이군요. 쓰다듬어 주고 싶을 정도로! 그런데 내가 원래 무슨 말을 하려고 했더라…… 저 귀찮은 참새들의 장난이 다시 늘어난다는 건 눈치채셨지요? 그래서 내가 작은 계획을 하나 세웠지요."

"참새들 때문에요?"

"참새들 때문에요. 보세요. 이런 생각을 했어요. 우리가 울타리 앞에 빵을 조금 놓아두고 조용히 누워서 그 녀석들을 기다리는 겁니다. 그러고도 녀석들을 잡지 못한다면 그건 악마의 계략이지요. 어떻게 생각하십니까?"

"기발하네요, 이웃집 양반."

"그러면 빵을 조금 놓아 주시겠어요? 그렇게. 좋아요! 하지만 조금 더 오른쪽으로 밀어 주세요. 그게 우리 둘 다한테 도움이 될 거예요. 미안하지만 제가 지금 아무것도 가진 게 없어서요. 그렇게 놓으면 좋습니다. 자, 정신 바짝 차리세요! 이제 엎드려서 눈을 감읍시다. 쉿, 저기 벌써 하나 날아왔네요!"

(잠시 침묵)

"그런데 여우 씨, 아직 못 잡았어요?"

"참 성미도 급하시군요! 사냥을 처음 하시는 것 같아요! 사냥꾼이라면 기다릴 줄 알아야죠. 기다리고 또 기다리고. 자 다시 한 번!"

"그러죠. 그런데 대체 빵은 어디 갔습니까?"

"뭐라고요?"

"빵이 저기 없다고요."

"그럴 수가! 빵이? 정말 사라졌군요! 이런 제기랄! 분명히 저 빌어먹을 바람이 또 그랬을 거야."

"아니, 제 생각은 다른데요. 아까 당신이 뭔가 먹는 소리를 들은 것 같아요."

"뭐요? 내가 뭔가를 먹었다고요? 대체 뭘요?"

"아마 빵이겠죠."

"그런 추측은 분명히 날 모욕하는 거예요, 족제비 씨. 이웃 사람 말이라면 참아 줘야겠지만, 이건 너무 심한데요. 너무 심하다고요. 아시겠어요? 그래 내가 그 빵을 먹었단 말이죠! 도대체 무슨 생각을 하는 겁니까? 처음에는 당신의 진주에 대한 그 재미없는 이야기를 천 번이나 들어 줘야 했고, 그다음에 내가 좋은 생각을 하나 떠올려서 우리가 빵을 밖에 내놓았고……"

"그건 나였죠! 내가 빵을 내놨어요."

"우리가 빵을 밖에 내놓고, 나는 엎드려서 망을 보고, 모든 것이 잘되고 있는데 당신이 쓸데없는 얘기로 끼어들었잖아요. 그러니 참새는 당연히 도망가 버리고 사냥은 엉망이 되었는데, 게다가 내가 빵도 먹어 치웠단 말이죠! 나 원 참, 내가 다시는 당신하고 상대를 하나 어디 두고 봐요!"

그러다 보면 오후와 저녁 나절이 가볍고 빠르게 지나갔다. 나는 기분이 최고로 좋아서 빠른 속도로 즐겁게 일했고 전에 그렇게 게으르고 불쾌하고 살기 힘들어 했다는 사실이 놀라울 지경이었다. 리하르트와 지냈던 가장 좋은 시절도 밖에서는 눈송이가 춤을 추고 우리 둘은 난롯가에서 푸들과 함께 기분 좋게 지내는 이 고요하고 명랑한 나날들보다 더 아름답지는 않았다.

그런데 그때 내 사랑하는 보피가 처음이자 마지막으로 어리석은 짓을 저질렀다! 만족감에 당연히 눈이 먼 나는 그가 이전보다 더 고통스러워 한다는 사실을 깨닫지 못했다. 그러나 그는 오로지 겸손과 사랑으로 여느 때보다도 더 즐거워했고 불평도 하지 않았으며 내가 담배 피우는 것조차 막지 않았다. 그리고 밤이면 자리에 누워 괴로워하고 기침을 하며 나지막이 신음했다. 어느 날 그의 옆방에서 밤늦게까지 글을 쓰고 있다가, 내가 이미 잠자리에 들었을 거라고 생각한 그가 신음하는 소리를 아주 우연히 듣게 되었다. 램프를 들고 그의 침실로 불쑥 들어가자 불쌍한 보피는 깜짝 놀랐다. 나는 램프를 옆에 놓고 침대에 걸터앉아 캐묻기 시작했다. 그는 한참 동안 발뺌하려 했지만 결국은 털어놓고 말았다.

"그렇게 심한 건 아냐." 그는 주저하며 말했다. "움직일 때만 가끔 가슴에 경련이 일어나는 느낌이 들어. 때로는 숨을 쉴 때도 그렇고."

그는 병이 심해지는 것이 무슨 범죄라도 되는 양 바로 용서를 빌었다!

아침이 되자 나는 의사를 찾아갔다. 몹시 추웠지만 맑고 아름다운 날이었다. 가는 도중에 불안과 근심은 조금 누그러졌고 심지어는 크리스마스를 떠올리면서 보피를 어떻게 기쁘게 해줄까 곰곰이 생각하기도 했다. 의사는 아직 집에 있었고 내 급한 부탁에 함께 와주었다. 우리는 편안한 그의 마차를 타고 와서 계단을 올라가 보피의 방으로 들어갔다. 의사는 보피를 만져 보고 두드리고 귀를 기울여 들어 보기도 했다. 그리고 의사가 약간 더 심각해지고 그의 목소리가 조금 더 부드러워졌을 때 내 마음속에서 즐거움은 모두 다 사라졌다.

통풍, 심장쇠약, 심각한 상황…… 나는 귀를 기울이고 그 모든 것을 받아 적었으며, 의사가 병원으로 옮기라고 권했을 때 전혀 거부하지 않았다는 데 스스로도 놀랐다.

오후에 구급차가 왔다. 병원에서 돌아오자 집에 있는 것이 끔찍했다. 푸들이 내게 달려들었고 병자의 커다란 의자는 옆으로 치워졌고 옆방은 텅 비어 있었다.

좋아한다는 건 이런 것이다. 고통을 수반한다. 그 후로 나는 몹시 고통스러웠다. 그러나 사람이 고통을 받든 전혀 안 받든 그건 그다지 중요한 게 아니다! 굳세게 함께 살아가는 사람이 있다면, 살아 있는 모든 것을 우리와 연결해 주는 그 친밀하고 생생한 인연을 느낄 수만 있다면, 그리고 사랑이 식지만 않는다면! 그 시절에 그랬듯 한 번만 더 가장 성스러운 것을 들여다볼 수만 있다면, 나는 즐거웠던 모든 날들을 내 모든 사랑과 작가로서의 계획과 함께 다 내줄 수 있을 것 같다. 눈과 마음이 쓰라리고 아프고 아름다운 긍지와 자부심도 아픈 상처를 감내하겠지만, 그러고 나면 아주 조용해지고 겸손해지고 훨씬 더 성숙해질 것이며 내면 깊은 곳에서는 한층 더 활기가 넘치게 될 것이다!

이미 그때 금발의 꼬마 '아기'와 함께 내 지난 본성의 한 조각은 죽어 버렸다. 이제 나는 내 모든 사랑을 주고 내 모든 삶을 나누었던 불구자가 고통 속에 서서히 죽어 가는 모습을 보면서 매일 함께 괴로워하고 죽음의 모든 끔찍함과 성스러움에 함께했다. 나는 사랑의 기술 면에서 아직 초보자였는데 동시에 죽음의 기술의 첫 장을 엄숙하게 시작해야 했다. 파리에 대해서는 침묵했지만 이 시기에 대해서는 침묵하지 않겠다. 여인이 자기가 신부였던 시절에 대해 이야기하고 노인이 자기의 소년 시절에 대해 이야기하듯 큰 소리로 말하겠다.

나는 고통과 사랑만 있는 삶을 살았던 한 인간이 죽어 가는 것을 보았다. 나는 그가 자기 몸속에서 일하고 있는 죽음을 느끼면서도 어린아이처럼 장난치는 소리를 들었다. 극심한 고통 속에서 나를 찾는 그의 눈을 보았다. 애원하기 위해서가 아니라 내기운을 북돋우고 이 경련과 고통이 그의 마음속에 있는 가장 소중한 것을 다치게 하지 못했다는 것을 보여 주기 위해서였다. 그러면 그의 눈이 커지면서, 시들어 가는 얼굴은 더는 보이지 않고 오직 그 큰 눈에서 나오는 광채만 보일 뿐이었다.

"내가 무엇을 해줄까, 보피?"

"이야기를 해줘. 맥에 관한 이야기라도."

내가 맥에 대해 이야기하면 보피는 눈을 감았다. 나는 평소처럼 이야기하느라고 애를 써야 했다. 줄곧 거의 눈물이 날 지경이었기 때문이다. 그가 더는 이야기를 듣지 않고 잠들었다고 생각되면 나는 곧 입을 다물었다. 그러면 그는 다시 눈을 떴다.

"그래서 그다음은?"

그러면 나는 맥에 대해 푸들에 대해 우리 아버지에 대해 꼬마 악동 마테오 스피넬리에 대해 엘리자베트에 대해 이야기를 계속했다.

"그래, 그 여자는 바보 같은 녀석하고 결혼을 했더군. 그런 거야, 페터!"

그는 이제 자주 느닷없이 죽음에 대해서 이야기를 하기 시작했다.

"그건 장난이 아니야, 페터. 아무리 어려운 일이라도 죽는 일만큼 어렵지는 않아. 하지만 인간은 겪지 않을 수 없지."

또는 이렇게 말했다. "이 고통을 견뎌 내면 나는 웃을 수 있어. 나한테는 죽는 게 오히려 이득이야. 이 곱사등과 짧은 다리와 마비된 허리에서 벗어날 수 있을 테니까. 하지만 그렇게 넓은 가슴과 아름답고 건강한 다리를 가진 너한테는 손해겠다."

죽음을 앞둔 어느 날, 그는 깜빡 잠이 들었다가 깨어나더니 아주 큰 소리로 말했다.

"신부님이 말한 그런 천국은 없어. 천국은 훨씬 아름다워. 훨씬 더 아름답다고."

목수의 부인은 자주 찾아와서 조심스럽게 연민을 드러내며 도와주려고 했다. 그러나 섭섭하게도 목수는 결코 나타나지 않았다.

"어떻게 생각해?" 나는 보피에게 우연히 물었다. "천국에도 맥이 있을까?"

"오, 물론이지." 그는 말한 뒤 고개까지 끄덕였다. "온갖 동물이 다 있어. 영양도 있고."

크리스마스가 되어 우리는 그의 침대 곁에서 조촐한 파티를 했다. 혹독한 추위가 왔다가 날이 다시 풀리더니 얼어붙은 땅 위로 새로 눈이 내렸지만 나는 그 모든 것을 전혀 알아채지 못했다. 엘리자베트가 아들을 낳았다는 소식을 들었지만 곧 잊어버렸다. 나르디니 부인에게서는 재미있는 편지가 왔지만, 대충 훑어보고 옆으로 치워 놓았다. 일은 나와 환자에게서 매 시간을 빼앗아 간다는 생각을 끊임없이 하면서 서둘러 해치웠다. 그런 후에 쫓기듯 급하게 조바심을 내며 병원으로 달려갔다. 그곳은 밝고 고요했고, 나는 꿈같이 깊은 평화에 감싸여 보피의 침대 곁에 한나절을 앉아 있었다.

죽기 전 며칠 동안은 상태가 많이 나아졌다. 그때 이상하게도 이제 막 지나간 시간은 그의 기억에서 사라진 듯했고 그는 완전히 훨씬 이전의 시기에 살고 있는 것처럼 보였다. 이틀 내내 그는 어머니 이야기만 했다. 말을 오래 할 수는 없었지만, 몇 시간 동안 말없이 쉬는 동안에도 어머니를 생각한다는 것을 알 수 있었다.

"너에게 어머니 이야기를 너무 안 했어." 그는 탄식했다. "우리 어머니에 대해서 너는 잊으면 안 돼. 그렇지 않으면 어머니에 대해서 알고 감사할 사람이 더는 한 사람도 없게 될 테니까. 사람들이 모두 그런 어머니가 있다면 좋을 텐데, 페터. 내가 전혀 일을 못하게 되었을 때도 어머니는 날 빈민 수용소로 보내지 않으셨어."

그는 누워서 힘들게 숨을 쉬었다. 한 시간이 지나자 그는 다시 말하기 시작했다.

"어머니는 아이들 가운데 나를 제일 사랑해서 돌아가실 때까지 곁에 두셨어. 형들은 집을 떠나고 누나는 목수하고 결혼했지만 나는 집에 앉아 있었지. 그렇게 가난했는데도 어머니는 절대로 나에게 일을 시키지 않으셨어. 넌 우리 어머니를 잊으면 안 돼, 페터. 어머니는 정말 작으셨지, 나보다 더 작았을 거야. 어머니가 나랑 악수를 하면 마치 아주 작은 꼬마 새가 와서 앉아 있는 것 같았다니까. 어머니가 돌아가셨을 때 옆집 뤼티만은 어린이용 관으로도 충분하겠다고 말했지."

그에게도 사실 어린아이용 관이면 족했을지도 모른다. 그는 깨끗한 병원 침대 속에 정말 꺼질 듯 조그맣게 누워 있었다. 그의 손은 병든 여자의 손처럼 길고 가느다랗고 하얗게 보였고 약간 굽어 있었다. 어머니에 대한 꿈을 꾸는 것을 그치자 이번에는 내 차례였다. 그는 마치 내가 옆에 앉아 있다는 것을 잊은 것처럼 나에 대해 말했다.

"그는 정말 불운한 사람이야. 하지만 그런 불운도 그에게 아무런 해를 끼치지는 못했지. 그의 어머니가 너무 일찍 돌아가셨을 뿐이야."

"아직 날 알아보겠어, 보피?" 내가 물었다.

"물론이죠, 카멘친트 씨." 그는 장난스럽게 말하며 아주 나직이 웃었다.

"내가 노래할 수만 있다면." 그는 곧이어 그렇게 말했다.

마지막 날에도 그는 물었다. "이봐. 병원비가 많이 들지? 상당히 비쌀 텐데."

그러나 그는 대답을 기다리지 않았다. 그의 하얀 얼굴에 약간 붉은빛이 떠올랐다. 그는 눈을 감았고 잠시 동안 대단히 행복한 사람처럼 보였다.

"임종입니다." 간호사가 말했다.

그러나 그는 다시 한 번 눈을 뜨고 장난스럽게 나를 쳐다보더니 고개를 끄덕이고 싶어 하는 듯 눈썹을 움직였다. 나는 일어나서 그의 한쪽 어깨 밑에 손을 넣고 그가 늘 기분 좋아하던 대로 조심스럽게 몸을 약간 일으켰다. 그렇게 내 손 위에 누워 그는 다시 한 번 짧은 고통으로 입술을 일그러뜨리더니 머리를 살짝 돌리고 갑자기 한기를 느낀 것처럼 몸을 떨었다. 구원의 순간이었다.

"괜찮아, 보피?" 나는 또다시 물었다. 그러나 그는 이미 고통으로부터 벗어나 있었고 내 손 안에서 차가워졌다. 1월 7일 오후 1시였다. 저녁 무렵 우리는 모든 일을 끝마쳤다. 그를 운반하여 매

장할 시간이 될 때까지 그 작은 불구의 몸은 더는 일그러지지 않고 평화롭고 깨끗하게 누워 있었다. 그 이틀 동안 나는 내가 특별히 슬퍼하거나 어찌할 바를 몰라 하지 않았고 울지도 않았다는 데 끊임없이 놀라고 있었다. 그가 병석에 누워 있는 동안 헤어짐과 작별을 철저히 느끼며 겪었기 때문에 더는 남은 감정이 없었고, 내 고통이 담겨 흔들리던 저울접시는 가벼워져서 다시 천천히 올라갔다.

그런데도 내게는 지금이 이 도시를 조용히 떠나 어디든, 가능하면 남쪽 지방으로 가서 푹 쉬면서, 겨우 대충 구상만 해놓은 작품의 실마리를 한번 진지하게 베틀에 걸어야 할 시간이라고 여겨졌다. 돈이 약간 남아 있었기 때문에 나는 마지못해 하고 있던 기고를 그만두고 봄이 되기 시작할 무렵 짐을 꾸려서 떠나려고 계획했다. 우선 그 채소가게 부인이 내 방문을 기다리는 아시시로 갔다가, 그다음에는 열심히 일하기 위해서 되도록 조용한 산속 마을로 들어갈 생각이었다. 이제 죽음과 삶의 조각들을 충분히 보았으므로 그것에 대해서 약간 떠들어 대며 다른 사람들에게 들어 달라고 요구해도 될 듯했다. 나는 기분 좋은 초조함 속에서 3월을 기다렸다. 강한 억양의 이탈리아 말을 이미 귀에 넘치게 듣고, 코를 간질이는 듯한 리소토와 오렌지와 키안티 포도주의 좋은 향기를 맡으면서 미리부터 이탈리아를 느끼고 경험했다.

그 계획은 흠잡을 데가 없었고, 거듭 생각하면 할수록 만족스러웠다. 그러는 동안에 키안티 포도주를 미리 마시고 즐긴 것은 잘한 일이었다. 모든 사정이 완전히 달라졌기 때문이다.

2월에 술집 주인 뉘데거로부터 멋지게 잘 쓴 감동적인 편지를 받았다. 마을에 눈이 몹시 많이 내려서 가축이고 사람이고 모두 정상이 아니며 특히 우리 아버지가 걱정스럽다는 것이다. 돈을 보내 주거나 아니면 직접 오는 편이 낫겠다고 쓰여 있었다. 돈은 보낼 수가 없었고 아버지가 정말로 걱정되었기 때문에 나는 바로 떠나지 않을 수 없었다. 어느 음울한 날 나는 고향으로 돌아왔다. 눈이 펑펑 내리고 바람이 불어서 산도 집도 보이지 않았지만, 눈 감고도 갈 수 있을 정도로 길을 잘 알고 있어서 도움이 되었다. 카멘친트 노인은 내가 짐작했던 것과는 달리 침대에 누워 있지 않았고 난로가 놓인 구석에 초라하고 기죽은 모습으로 앉아 있었다. 그 옆에서는 우유를 가져다준 이웃집 여자가 아버지의 못된 행실에 대해 철저하고 끈기 있게 잔소리를 하고 있었는데, 내가 들어가도 전혀 개의치 않았다.

"저것 좀 보게나, 페터가 왔구먼." 백발의 술꾼이 말하며 나에게 왼쪽 눈을 찡긋했다.

그러나 이웃집 여자는 줄곧 설교를 계속했다. 나는 의자에 앉아 그 여자의 이웃에 대한 사랑이 바짝 말라 없어질 때까지 기다리면서, 그 설교 안에는 내가 들어도 나쁘지 않은 말이 약간 섞여 있다는 것을 발견했다. 그러면서 틈틈이 내 외투와 장화에서 눈이 녹아내리며 의자 주위에 축축한 얼룩을 만들고 그다음에는 고요한 물웅덩이를 이루는 광경을 바라보았다. 설교가 끝나고 나서야 비로소 정식으로 인사를 나눌 수 있었고 이웃집 여자도 몹시 친근하게 끼어들었다.

아버지는 많이 쇠약해졌다. 이전에 잠깐 동안이나마 그를 돌봐주려고 애썼던 기억이 다시 떠올랐다. 그때 집을 떠났던 건 아무런 도움이 되지 않았다. 물론 보살핌이 더 필요한 상황이기도 했지만, 나는 이제야 아버지를 보살피는 책임을 질 수 있었다.

이 붙임성 없는 늙은 농부는 조금 괜찮았던 시절에도 결코 모범적인 도덕성을 지닌 사람은 아니었지만, 결국 늙어서 몸이 아픈 지금에 와서 온화해지라든가 아들이 연기하는 사랑의 연극을 감동적으로 받아들이라고 요구할 수는 없었다. 아버지는 절대로 그렇게 하지 않았을 뿐만 아니라 병이 심해지면 질수록 더욱더 비열해졌다. 그러고는 내가 이전에 아버지를 괴롭힌 모든 일을 이자는 붙이지 않더라도 확실하고 정확하게 그대로 되갚아주었다. 말수는 그다지 많지 않았고 조심스러웠지만, 말없이 불만스러워하고 씁쓸해 하고 거칠게 나오는 온갖 노골적인 수단을 다 활용했다. 나도 언젠가 늙으면 저렇게 성가시고 까다롭고 괴팍스러운 사람이 되는 건 아닐까 하고 때때로 놀라곤 했다. 술은 끊은 것이나 다름없었는데, 내가 매일 두 번씩 따라주는 남쪽 나라의 고급 포도주를 아버지는 화난 표정으로 마셨다. 내가 언제나 병을 즉시 텅 빈 창고로 다시 가져다 놓고 창고 열쇠를 절대로 맡기지 않았기 때문이었다.

2월 말이 되어서야 비로소 높은 산의 겨울을 빼어나게 아름답게 만들어 주는 쾌청한 주일이 시작되었다. 눈 덮인 높은 산의 절벽은 수레국화처럼 푸른 하늘을 향해 선명히 솟아 있었고 투명한 공기 속에서 믿을 수 없을 만큼 가깝게 보였다. 초원과 산등성이도 골짜기에서는 절대로 볼 수 없는, 수정처럼 하얗고 맑고 싸한 향기가 나는 겨울 산의 눈으로 덮여 있었다. 약간 도드라진 작은 언덕에서는 한낮의 햇빛이 빛나는 축제를 벌이고, 분지와 산비탈에는 짙은 푸른색 그림자가 드리웠다. 공기는 몇 주 동안 내린 큰 눈 덕분에 아주 맑아져 햇빛 속에서 숨 쉴 때마다 즐거움이 밀려왔다. 나지막한 산비탈에서는 어린아이들이 눈썰매 타기에 푹 빠져 있다. 오후가 되면 노인들이 골목길에 나와 서서 음미하며 햇볕을 즐기지만, 밤이 되면 지붕 서까래가 추위에 삐걱거린다. 하얀 눈에 덮인 벌판 가운데는 절대로 얼지 않는 호수가 푸르고 고요하게, 여름보다 더 아름답게 놓여 있다. 날마다 나는 점심 먹기 전 아버지를 부축하고 문 밖으로 나가 아버지가 거칠게 굽은 갈색 손가락을 아름답고 따뜻한 햇볕 속으로 뻗치는 모습을 바라보았다. 그러면 그는 얼마 있다가 기침을 하면서 춥다고 불평하기 시작했다. 게서 술을 한잔 얻어 마시려는 아버지의 악의 없는 술책 가운데 하나였다. 기침도 추위도 그렇게 심한 건 아니었기 때문이다. 그래서 엔치안 한 잔이나 작은 압생트를 얻으면 아버지는 교묘하게 기침을 줄여 가다가 그치고는, 나를 속여 넘겼다고 슬그머니 기뻐했다. 식사 후에는 아버지를 혼자 남

208

겨 놓고 각반을 둘러찬 채 두어 시간 동안 갈 수 있는 높이만큼 산 위로 올라갔다가, 집으로 돌아올 때면 가져간 과일 자루를 타고 앉아 눈 덮인 비탈길을 미끄러져 내려왔다.

아시시로 여행을 떠나려고 마음먹었던 때가 다가왔지만 눈은 아직 1미터 정도나 쌓여 있었다. 4월이 되어서야 봄이 활기를 띠기 시작했고 고약할 정도로 빠르게 눈이 녹아내려 우리 마을을 덮쳤는데, 지난 몇 년간 볼 수 없던 일이었다. 밤낮으로 푄이 울부짖는 소리가 들리고 멀리서 눈사태가 일어나는 우르릉 소리와 노한 급류 소리가 들렸다. 급류는 커다란 바위 조각과 갈가리 찢긴 나무들을 휩쓸고 와서는 우리의 빈약하고 좁은 토지와 과수원에 던져 놓았다. 푄의 열기 때문에 나는 잠을 이루지 못했고, 밤마다 사로잡힌 듯 몹시 불안하게 폭풍이 울부짖는 소리와 천둥치는 듯한 눈사태 소리와 성난 호수가 미친 듯 날뛰며 기슭에 부딪치는 소리를 들었다. 끔찍한 봄날의 전투로 열병을 앓는 이 시기에 이미 극복한 상사병이 다시 한 번 격렬하게 덮쳐 와, 나는 밤마다 일어나 창문으로 몸을 내민 채 쓰라린 고통을 느끼며 엘리자베트에 대한 사랑의 말을 포효하는 폭풍 속으로 내질렀다. 취리히에서의 그 포근한 밤, 이탈리아 여류 화가의 집 뒤쪽에 있는 언덕에서 사랑 때문에 미쳐 날뛰었던 그 밤 이후로 그토록 끔찍하고 저항할 수 없는 정열에 휘둘렸던 적은 없었다. 그 아름다운 여인이 바로 내 앞에 서서 나를 향해 웃고 있지만 내가 한 발짝 가까이 가면 뒤로 물러서 버리는 듯한 기분이 드는 일이 종종 있었다. 내 생각은 어디에서 비롯되었건 변함없이 그 영상으로 되돌아왔고, 나는 상처 입은 사람처럼 자꾸만 되풀이해서 그 가려운 종기를 긁게 놔둘 수가 없었다. 나 자신이 부끄러웠지만, 부끄러워하는 것조차도 마찬가지로 고통스럽고 아무 소용이 없었다. 뫼을 증오했지만 그 모든 고통 외에 비밀스럽고 따뜻한 쾌감도 갖고 있었다. 소년 시절에 귀여운 뢰지를 생각하면 따뜻하고 어슴푸레한 파도가 내 마음에 밀려오던 것과 같은 쾌감이었다.

이 병에는 약도 없다는 것을 알았기 때문에 나는 최소한 일이라도 좀 해보려고 애썼다. 작품 구상에 착수하기 시작하고 몇 가지 습작의 초안을 잡아 보았는데, 지금은 그럴 때가 아니라는 사실을 곧 깨닫게 되었다. 그러는 사이 여기저기에서 뫼으로 인한 불길한 소식들이 들려왔고 우리 마을에도 피해가 커가기 시작했다. 개울둑은 반이 무너졌고 수많은 집과 헛간과 외양간이 심하게 손상되었으며 마을 바깥으로부터 집을 잃은 사람들이 밀려들었다. 어디에서나 탄식과 빈곤이 넘쳐 났지만 어디에도 돈은 없었다. 그런 때에 다행스럽게도 촌장이 회의실로 부르더니 공동재난구제위원회에 가입할 생각이 있는지 물었다. 마을의 일을 주정부에 대표로 알리고, 특히 신문을 통해서 나라가 동참하고 기부금을 내도록 움직이는 일을 나에게 맡기겠다는 뜻이었다. 바로 지금이 더 진지하고 가치 있는 일을 함으로써 쓸데없는 개인적 고뇌를 잊을 수 있는 적절한 기회라고 여기고 나는 온 힘을 다해 필사적으로 임했다. 바젤에 편지를 보내서 빠르게 몇몇 후원자를 얻었다. 이미 알고 있던 대로 주 정부는 돈은 없었고 단지 조력자 몇 명만을 보내 줄 수 있었다. 나는 신문을 대상으로 호소도 하고 소식도 실었다. 편지와 성금과 문의가 밀려들었고, 나는 글을 쓰는 일 이외에도 마을회의에서 완고한 농부들과 싸움도 하며 난국을 헤쳐 나가야 했다.

빠져나올 수 없었던 몇 주 동안의 힘든 일이 내게는 도움이 되었다. 일이 차츰 정상 궤도로 올라가서 내가 그 일에 그다지 필요하지 않게 되었을 무렵, 초원은 점점 녹색을 띠어 가고 호수는 무심하게 햇빛에 반짝거리며 눈 녹은 산비탈을 향해 푸른빛을 띠고 있었다. 아버지는 그럭저럭 별 탈 없이 지냈고 내 사랑의 괴로움은 조금 남아 있던 더러운 눈처럼 곧 녹아서 사라져 버렸다. 예전에는 이 시기에 아버지는 작은 배에 니스 칠을 하고 어머니는 정원에서 지켜보고 나는 아버지가 분주하게 일하는 모습이나 그의 파이프에서 흘러나오는 연기나 날아다니는 노랑나비에 눈길을 주곤 했다. 그러나 이제 칠할 배도 없고 어머니는 오래전에 돌아가셨고 아버지는 돌보지 않아 황폐한 집 안 여기저기에서 불쾌하게 웅크리고 앉아 있었다. 콘라트 아저씨도 내게 옛 시절을 생각나게 해주었다. 나는 아버지 눈에 띄지 않게 아저씨를 자주 데리고 나가 술을 한잔하면서 그의 이야기를 듣거나 자신의 수많은 계획에 대해 사람 좋게 웃으며 조금은 자랑스러운 듯 회상하는 것을 들었다. 지금은 더는 새로운 계획이 없고 나이 들었다는 것이 역력했지만, 그래도 그의 표정에, 무엇보다도 그의 웃음에 어떤 소년 같고 젊은이 같은 면이 있어서 나를 기분 좋게 했다. 내가 아버지와 집에 함께 있는 것을 못 견뎌 할 때면 아저씨는 종종 나를 위로해 주고 말 상대가 되어 함께 시간을 보내 주었다. 같이 술을 마시러 갈 때면 아저씨는 내 옆에서 성급하게 종종걸음을 치며 굽고 여윈 다리로 나와 보조를 맞추느라고 몹시 애를 썼다.

"돛을 달아야죠, 콘라트 아저씨." 나는 그의 기운을 북돋아 주었다. 돛 이야기가 나올 때마다 매번 우리의 낡은 배 이야기가 이어졌다. 배는 이제 사라지고 없는데, 아저씨는 마치 사랑하는 사람이 죽은 것처럼 슬퍼했다. 나도 그 낡은 배를 좋아했고 그리워했기 때문에 우리는 그 배와 관련되어 일어났던 모든 일을 아주 사소한 것까지도 이야기했다.

호수는 여전히 푸르렀고 태양도 마찬가지로 화창한 휴일처럼 따뜻했다. 나이 든 나는 종종 노랑나비를 바라보면서, 그때 이후로 근본적으로 그리 달라진 것이 없으며 나는 그때와 마찬가지로 다시 풀밭에 누워 소년다운 꿈을 꿀 수도 있을 것 같았다. 그러나 그렇지 않다는 사실을, 내 일생의 상당한 부분을 이미 다 써버려서 다시는 볼 수 없다는 사실을, 매일 세수하면서 녹슨 양철 대야에 억센 코와 불만스러운 입을 지닌 얼굴을 비춰 보면서 알 수 있었다. 카멘친트 노인을 보면 내가 세월의 변화를 착각하고 있지 않다는 사실을 더 잘 느낄 수 있었다. 나는 내 방의 눅눅한 책상 서랍을 열기만 하면 완전히 현재로 옮겨 갈 수 있었다.

그 안에는 몇 년이나 지난 스케치들 한 묶음과 사절판 전지에 쓴 예닐곱 개의 초안으로 이루어진 내 미래의 작품이 누워서 잠자고 있었다. 그러나 나는 서랍을 거의 열지 않았다.

　노인을 돌보는 일 외에도 엉망이 된 우리 집을 고치는 데 할 일이 충분히 많았다. 마루에는 깊은 구멍들이 입을 벌리고 있고, 난로와 화덕은 망가져서 연기를 내뿜으며 냄새를 풍겼다. 문은 닫히지 않았고 예전에 아버지가 나를 벌주던 현장이었던 다락으로 올라가는 사다리 계단은 떨어지면 생명이 위험할 만큼 위태로웠다. 손을 대기 전에 도끼를 갈고 톱을 수선하고 망치를 빌려 오고 못을 챙겨야 했다. 그리고 나서는 예전에 저장해 놓았던 목재 가운데서 썩고 남은 쓸 만한 조각들을 추려서 정리해야 했다. 연장과 낡은 숫돌을 고치는 것은 콘라트 아저씨가 조금 도와주긴 했지만, 너무 늙고 허리가 굽어 크게 도움이 되지는 못했다. 나는 글만 쓰던 부드러운 손을 다루기 힘든 나무에 찢기고 건들거리는 숫돌을 밟기도 하고, 여기저기 틈이 생겨서 새는 지붕 위로 기어 다니며 못을 박고 망치질을 하고 지붕에 널빤지를 대고 깎아 냈다. 약간 뚱뚱해진 내 몸은 그러는 동안 땀방울을 잔뜩 쏟아 냈다. 특히 귀찮은 지붕 고치는 일을 할 때 나는 때때로 망치질을 한참 하다 말고 똑바로 앉아서 반쯤 꺼진 담배를 다시 피워 물거나 짙푸른 하늘을 쳐다보면서, 이제는 아버지가 더는 나를 재촉하거나 야단치지 못한다는 사실을 기쁘게 의식하며 게으름을 즐겼다. 그러다가 이웃 사람이라도 지나가면 여자거나 노인이거나 학생이거나 간에 빈둥거리는 걸 얼버무리기 위해 그들과 친절한 이웃다운 대화를 나누었다. 그래서 차츰 분별 있게 대화를 나눌 수 있는 한 남자에 대한 소문이 퍼져 나가게 되었다.

"오늘은 따뜻하지, 리스베트?"

"그러게 말야, 페터. 그런데 뭐하는 거야?"

"지붕 고치는 중이야."

"괜찮네. 벌써 오래전에 고쳤어야 했는데."

"그렇지, 맞아."

"아버지는 뭐하셔? 일흔은 훨씬 넘으셨지, 아마?"

"여든이야, 리스베트, 여든. 우리가 그렇게 늙으면 어떻게 될까? 농담이 아니야."

"맞아, 페터. 하지만 난 지금 가야겠어. 남편 밥을 갖다 줘야 하거든. 잘 있어!"

"잘 가, 리스베트."

리스베트가 보자기에 싼 그릇을 들고 계속 걸어가는 동안 나는 담배 연기를 내뿜으며 그녀의 뒷모습을 바라보고는, 모든 사람들이 저렇게 자기 일을 열심히 하는데 나는 이틀 내내 똑같은 나무토막에 여기저기 못이나 박고 있으니 도대체 어찌된 일인가 하고 곰곰이 생각했다. 하지만 결국 지붕 수리는 끝났다. 아버지가 이례적으로 그 일에 흥미를 보였는데, 아버지를 지붕 위로 끌어올릴 수는 없었기 때문에 나는 자세히 설명하고 나무 반 토막이라도 일일이 보고해야 했다. 그러다 보니 약간의 허풍은 문제가 아니었다. "됐다." 아버지는 인정했다. "됐다. 하지만 난 네가 올해 안에 끝마치리라고는 기대하지 않았다."

이제 나의 인생행로와 삶을 위한 노력들을 되돌아보면서 곰곰이 생각해 보면, 물고기는 물에서 살아야 하고 농부는 시골에 살아야 하며, 아무리 재주를 부려 봤자 니미콘 마을의 카멘친트는 도시인이나 세계인이 될 수 없다는 해묵은 경험을 나 역시 체험했다는 사실이 기쁘기도 하고 화가 나기도 한다. 나는 이제 그것이 당연하다고 생각하는 데 익숙해졌고, 세상의 행복을 찾으려고 서툴게 추구하다가 본의 아니게 다시 호수와 산으로 둘러싸인 옛 두메산골로 되돌아와서 기쁘다. 나는 산골에 속한 사람이고, 그곳에서는 내 미덕과 악덕, 특히 악덕이 그저 평범하고 흔한 것이다. 저 바깥세상에서 나는 고향을 잊었고 나 자신을 거의 희귀하고 기묘한 사람으로 여기고 있었다. 그러나 이제 나는 그것이 내 안에 유령처럼 따라다니는 정신, 바깥세상의 관습에 순응할 수 없는 니미콘 사람들의 정신일 뿐이었음을 다시 깨달았다. 여기서는 누구도 나를 별난 사람으로 여기지 않는다. 늙은 아버지와 콘라트 아저씨를 바라볼 때면 나도 버젓이 잘 자란 아들이자 조카라는 생각이 든다. 정신의 제국과 소위 말하는 교양의 제국에서 우왕좌왕 헤매고 다녔던 일도 결국은 아저씨의 저 유명한 돛단배 뱃놀이와 비교할 수 있을 것이다. 다만 내 경우가, 돈과 노력과 아름다운 세월을 더 비싸게 바쳤다는 게 차이일 뿐이다. 내 사촌 쿠오니가 수염을 깎아 주고 다시 멜빵바지를 입고 소매를 걷어붙인 채 돌아다니게 되고부터 나는 겉보기에도 완전히 이곳 토박이가 되었다. 내가 늙어 백발이 되면 모르는 사이에 아버지의 자리와 마을에서 생활하는 동안 그가 맡았던 작은 역할을 물려받게 될 것이다. 사람들은 그저 내가 몇 해 동안 외지에 나가 있었다고 알고 있을 뿐이다. 나도 내가 거기서 얼마나 하찮은 일을 했고 얼마나 많은 웅덩이에 빠졌었는지를 말하지 않도록 조심하고 있다. 그렇지 않으면 곧 조롱을 받으며 별명까지 얻게 될 테니까. 나는 독일과 이탈리아와 파리에 대해 이야기할 때마다 다소 거드름을 피우게 되고, 가장 진실한 대목에서조차도 때때로 나 자신의 진실성에 약간 의심이 간다.

그런데 그 수많은 방황과 헛되이 흘려 버린 세월에서 나온 결과가 무엇인가? 내가 사랑했고 지금도 사랑하고 있는 여인은 바젤에서 귀여운 두 아이를 키우고 있다. 나를 사랑했던 다른 여인은 위안을 얻고 과일과 채소와 씨앗을 팔고 있다. 아버지 때문에 고향으로 돌아왔지만 아버지는 돌아가시지도 않고 병이 낫지도 않은 채 내 맞은편 긴 소파에 앉아, 내가 창고 열쇠를 갖고 있다는 이유로 나를 질투하며 노려보고 있다.

하지만 그것이 전부는 아니다. 어머니와, 물에 빠져 죽은 젊은 시절의 친구 외에도 금발의 '아기'와 나의 키 작은 꼽추 보피가 천사가 되어 하늘나라에 살고 있다. 그리고 마을의 집들이 다시 수리되고 두 개의 돌 제방이 다시 쌓이는 광경을 보았다. 내가 원했다면 마을 의원이 될 수도 있었을 것이다. 그러나 거기에는 이미 카멘친트들이 충분히 많다.

최근 내게는 새로운 가능성이 열렸다. 나와 아버지가 함께 벨틀린이나 발리스나 바틀란트 술을 수십 리터나 마셨던 술집의 주인 뉘데거가 갑자기 기력이 쇠하기 시작해 더는 즐겁게 가게 일을 하지 못하게 되었다. 그는 요즈음 자기의 비참한 처지를 나에게 호소했다. 고향 사람이 가게를 인수하지 않으면 외부의 양조장이 가게를 사게 되는데, 그러면 모든 것이 망쳐지고 우리는 니미콘에 더는 마음 편한 술집을 갖지 못하게 된다는 사실이 가장 곤란한 점이었다. 외부 사람이 가게를 세내어 들어오게 되면 그는 자연히 포도주보다는 맥주를 팔 것이고, 그렇게 되면 뉘데거의 그 훌륭한 술 창고는 엉망이 되고 피해를 입게 된다. 그 사실을 알고 난 후 나는 마음이 편치 않았다. 바젤의 은행에는 아직 돈이 좀 있었고, 늙은 뉘데거는 나를 그리 나쁘지 않은 후계자라고 생각할지도 모른다. 문제는 내가, 아버지가 살아 있는 동안에는 절대 술집 주인이 되고 싶지 않다는 것이다. 나는 이 노인을 절대 술통 마개에서 떼어 놓을 수 없을 것이며, 게다가 그는 내가 라틴어 공부에 대학 교육까지 받고도 니미콘의 술집 주인이 되었을 뿐 그 이상이 되지 못한 것에 의기양양할 것이다. 그건 안 된다. 그래서 나는 점차 아버지가 돌아가시기를 기다리기 시작했다. 그렇지만 초조해하지는 않았고 그저 일이 잘되기를 바랐을 뿐이다.

콘라트 아저씨는 오랜 세월을 하릴없이 조용히 보낸 후 얼마 전부터 다시 사업 욕심에 빠져들어 흥분하고 있었는데, 그건 내 마음에 들지 않았다. 그는 늘 집게손가락을 입에 물고 이마에 사색 어린 주름을 잡은 채 자기 방에서 황급히 종종걸음을 치며 서성거리기도 하고, 날씨가 좋으면 호수 위를 오랫동안 바라보기도 했다. "또 배를 만들려나 보다" 하고 그의 부인인 늙은 첸치네 아주머니가 말했다. 실제로 그는 수년 만에 처음으로 매우 활기 있고 대담해 보였으며, 이번에는 어떻게 시작해야 할지 제대로 알고 있다는 듯 빈틈없고 신중한 표정을 지었다. 그러나 나는 그래 봐야 아무 쓸모가 없으며, 그의 지친 영혼이 이제 곧 고향으로 가기 위해 날개를 갖고 싶어 하는 것이라고 생각한다. 돛을 달아야 해요, 늙은 아저씨! 그러나 그렇게 된다면 니미콘의 어르신들은 아마 지금까지 들어 본 적이 없는 일을 경험하게 될 것이다. 내가 그의 장례식 때 신부님 다음으로 몇 마디를 하려고 결심하고 있기 때문인데, 이 지역에서는 지금까지 한 번도 없던 일이다. 나는 아저씨를 축복받은 사람으로, 신의 사랑을 받은 사람으로 추억하고, 신앙심을 불러일으키는 이 추모사에 뒤이어 사랑하는 유가족들을 위해 적당한 재담과 신랄함이 섞인 이야기를 덧붙일 것이다. 그러면 그들은 아마 나를 금방 잊어버리지도 용서하지도 않을 것이다. 아버지도 그 자리에 있었으면 좋겠다.

서랍에는 내가 쓸 대작의 첫 부분이 들어 있다. 내 필생의 역작이라고 할 수 있을 것이다. 하지만 그건 너무 비장하게 들린다.

그리고 내가 이 작품을 계속 진행시켜서 완성할 수 있을지 여부가 확실치 않다는 것을 고백해야 하기 때문에, 그렇게 말하지는 않겠다. 아마도 다시 시작하고 계속 써나가서 완성시킬 때가 한번은 올 것이다. 그렇게 된다면 내 젊은 시절의 동경은 옳은 것이었고 나는 진짜 시인이었던 셈이다.

그것은 나에게 마을 의원이나 돌 제방만큼 가치 있거나, 아니면 그보다 훨씬 더 가치 있는 일일 것이다. 그러나 날씬한 뢰지 기르타너에서부터 가엾은 보피에 이르기까지 내가 사랑하는 모든 사람의 모습과 더불어, 내 삶에서 흘러가 버렸지만 잃어버리지는 않은 것만큼 소중하지는 않을 것이다.

『페터 카멘친트』에 대한 헤세의 글

올해의 아그레가시옹* 주제에 대하여 프랑스 대학생들에게 한 인사말

여러분 젊은 학우들은 이번 아그레가시옹 프로그램에서 여러분에게 제시된 주제 가운데 '헤르만 헤세, 소설가, 특히『페터 카멘친트』에 대하여'라는 주제를 보았을 것입니다. 그래서 여러분 중 대다수가 처음으로『페터 카멘친트』를 읽고 그에 대해 생각해 보았을 겁니다.

여러분은 무엇보다도 나의 초기 작품인 이 첫 소설이 금세기의 첫해에 바젤에서 쓰여 1903년에 출간되었다는 사실을 확인했

✦ Agrégation. 프랑스 고교와 대학의 교원 자격시험.

을 겁니다. 그러니까 이 소설은 전설이 되어 버린 시대의 산물입니다. 즉 이 시대의 격변과 큰 전쟁이 발발하기 훨씬 전, 아마도 여러분이 부모님이나 조부모님에게서 들어 보았을 평화롭고 태평한 분위기에서 태어난 작품입니다. 그러나 이 소설은 만족과 충만을 발산하고 있지 않습니다. 이 소설은 한 젊은이의 작품이자 고백인데, 만족과 포만감이라는 것은 청춘의 특징에 속하지 않기 때문입니다.

『페터 카멘친트』에 표현된 불만족과 동경은 정치적인 관계를 향하고 있지 않습니다. 오히려 한 인간에 주목해 그가 성취 가능한 것보다 더 많은 것을 요구하고, 다른 한편으로는 사회에 대해 청년다운 방식으로 비판합니다. 그가 제대로 접할 기회가 없었던 세계와 인간들은, 그가 보기에는 너무 포만감으로 가득하고 스스로에 대해 지나치게 만족하며 너무 매끄럽고 규범화되어 있습니다. 그는 그들보다 더 자유롭고 격정적이며 아름답고 고귀하게 살고자 합니다.

그는 시인이기 때문에 자연에 대한 충족되지 않은, 충족될 수 없는 요구에 열중합니다. 예술가의 열정과 끈기로 자연을 사랑합니다. 그는 때때로 자연에서 풍경과 분위기와 계절에 몰두하는 가운데 피난처를, 경외와 기도와 고양의 장소를 발견합니다.

그런 점에서 그는, 여러분이 아시다시피 그 시대, 1900년 무렵 반더포겔*과 청년운동의 시대가 낳은 아이입니다. 그는 세상과 사회로부터 벗어나 자연으로 돌아가려고 노력합니다. 또한 어린 시절부터 반쯤은 용감하고 반쯤은 감상적인 루소의 혁명과 반란을 반복합니다. 이러한 길을 통하여 작가가 됩니다.

이 점이 아마 이 '청춘의 책'을 다른 책과 구분 짓는 결정적인 특징일 것입니다. 그렇지만 그는 반더포겔이나 청년 단체에 속해 있지 않습니다. 그는 어느 곳에도 편입되지 못할 것입니다. 캠프의 모닥불 가에서 기타를 치거나 밤을 꼬박 새우면서 토론하는 그룹들과 연맹, 한편으로는 정직하고 완고하며 다른 한편으로는 시끄럽고 자의식 강한 그 무리에 가입하는 것보다 그에게 더 해로운 일은 없을 것입니다. 그의 목표와 이상은 어떤 연맹의 일원이 되거나 결탁해 어떤 일을 공모하거나 합창단원으로서 한 목소리를 내는 것이 아니었습니다. 공동체의 일원이나 동지가 되는 것이 아니고, 많은 사람들이 가는 길이 아니라 자신만의 고유한 길을 가기 원했습니다. 그는 함께 달리거나 적응을 하기보다는, 자신의 영혼 속에 반영되기를 바랐던 자연과 세계를 새로운 형상으로 체험하고자 했습니다. 그는 집단적인 삶을 위해서 창조되지 않았습니다. 그는 스스로 창조한 꿈의 왕국에 사는 고독한 왕일 뿐입니다.

이 지점에서 우리는 나의 전체 작품을 꿰뚫는 주제의 실마리를 발견할 수 있다고 생각합니다. 나는 카멘친트처럼 기인 같은 은둔자적 태도에 머무르지 않았고, 내 발전 과정에 있어서 시대

✦ Wandervogel. 1896년 카를 피셔가 설립한 청년 도보 여행 장려회.

의 문제를 회피하지도 않았습니다. 나의 정치적 비판자들이 간주하듯 결코 상아탑에 갇혀 살지는 않았습니다. 그러나 가장 시급한 나의 문제는 국가나 사회나 교회가 아니라 개별적인 사람, 개성적인 인격체, 유일무이하고 규격화되지 않은 개인이었습니다. 이런 입장에서 카멘친트는, 그가 아무리 부족하다 할지라도 아마도 내 전 생애의 고찰과 분석의 토대가 될 것입니다.

여러분에게는 이 책의 많은 부분이 우스꽝스럽고, 진부하고 이상하게 여겨질지도 모릅니다. 페터 카멘친트는 사고와 표현 면에서 때로는 지나치게 가볍기도 합니다. 그는 문화와 정신의 세계에 대항해 자연적인 것과 원시적인 것, 소박한 것과 영적인 것을 너무 극단적으로 과대평가하는 경향이 있습니다. 여러분은 미소를 지으면서, 그가 또 몇 번쯤은 허풍스럽게 과장하고, 큰 소리로 떠벌리고, 어처구니없는 이야기를 한다고 느꼈을 것입니다. 파리에서의 체류에 대한 그의 이야기에서처럼 말입니다.

나의 페터를 소중히 다루지 마십시오. 학문이라는 여러분의 도구를 가지고 그를 열심히 두들겨 보십시오. 그는 그사이에 이미 늙었고, 긴 여정을 지나는 동안 감수성과 기벽을 많이 잃어버렸기 때문입니다.

(1951)

1904년 12월 프란츠 카를 긴츠카이에게 보내는 편지에서

농부의 술집에 앉아

페터 카멘친트는 만족스럽게

시큼한 치즈를 얹은 무 빵을 먹었다

모든 사람에게 맛있지는 않지만, 그는 맛있었다

게다가 그는 진지한 얼굴로

도자기 항아리에서 술을 들이켰다

시장이 들어왔다

기침하며 자리를 잡고 앉아 포도주를 주문했다

그리고 말했다. "너는 비천한 인간과 같은 삶을 살고 있다!

잠자는 동안 신이 너에게 내리셨나 보다

그러면 도대체 너에게 필요한 돈은 누가 주느냐?"

그는 웃었다. "바우어른펠트⁺ 씨가 주지요."

⁺ Bauernfeld는 '농부의 밭'이라는 의미이다. 여기에서는 1894년에 제정된 오스트리아의 문학상 바우어른펠트 상을 의미하는 듯하다. 헤세는 1904년에 발표한『페터 카멘친트』로 이듬해인 1905년에 바우어른펠트 상을 받았다.

자연을 통해 인간에게 다가가는
내면의 길을 찾은 시인의 이야기

　헤세는 우리나라에 이미 많은 독자층을 확보하고 있어 익숙하고 친근한 작가이다. 『데미안』이나 『수레바퀴 밑에』와 같이 청소년기에 누구나 한 번쯤 읽게 되는 소설에서부터 작가의 자전적 고백서인 『황야의 늑대』, 구도자적인 자세로 지적이면서도 심오한 정신세계를 추구하는 『싯다르타』와 『유리알 유희』에 이르기까지 우리말로 번역되어 소개된 작품들은 일일이 열거하기가 힘들 정도다.

　헤세의 첫 소설인 『페터 카멘친트』는 우리나라에서는 다른 작품들에 비해 상대적으로 덜 알려져 있지만 출간과 동시에 무명 작가였던 헤세에게 단번에 문학적 지위와 명성뿐만 아니라 상업적 성공까지도 안겨 준 의미 있는 작품이다. 헤세의 문학적 역량을 최초로 입증한 작품이고, 작가 스스로 자신의 전 생애를 관통하는 신념과 세계관을 고찰하고 분석하는 데 토대가 되는 작품이라고 평가하고 있는 만큼 더욱 가치가 있다.

헤세의 다른 모든 작품들처럼 『페터 카멘친트』에도 작가의 자전적인 요소들이 많이 녹아들어 있다. 헤세는 마울브론 신학교에서 자퇴한 후 튀빙겐과 바젤에서 서점 수습직원으로 고된 일상을 보내면서도 독서와 습작을 게을리하지 않았고 학창 시절부터 알고 지내던 다양한 친구들, 대학생들, 교수들과도 적극적으로 친교를 유지하며 독학의 길을 걸었다. 이때의 교류와 체험이 약간의 변형을 거쳐 『페터 카멘친트』에 상당 부분 드러난다. 특히 헤세가 방황하던 시기에 각별한 사랑으로 그를 돌보았으나 오랜 기간 동안 투병한 끝에 1902년 세상을 떠난 어머니에 대한 추억은, 이 작품뿐만 아니라 다른 주요 작품과 글에서도 직, 간접적인 묘사나 상징을 통해 반복되고 있다.

어머니를 사별한 슬픔 가운데 글 쓰는 일에서 위안을 찾으며 문학 창작에 전념하던 헤세는 『헤르만 라우셔의 유작과 시』에서 헤세의 문학적 가능성을 엿본 유명한 출판인 피셔로부터 새로운 작품 집필을 의뢰받는다. 그는 1901년부터 작업하고 있던 산문을 짧은 기간에 마무리 지어 보냈는데, 그 작품이 바로 1903년에 문학잡지 〈노이에 룬트샤우〉에 연재되었다가 1904년 피셔 출판사에서 단행본으로 출간된 『페터 카멘친트』이다. 이 교양소설은 헤세가 위대한 작가로 성장하는 첫발을 내딛게 해주었고, 그는 이듬해 1905년 이 소설로 오스트리아의 바우어른펠트 문학상을 수상했다.

동시대의 비평가들은 이미 『페터 카멘친트』를 고트프리트 켈러의 『녹색의 하인리히』에 비견할 만한 교양소설이라고 강조했다. 켈러와 루소의 영향과 더불어 성 프란체스코의 정신과 생애에 대한 몰두가 강하게 엿보이긴 하지만, 헤세는 이 소설에서 개인적인 체험을 자신만의 고유한 필치로 탁월하게 형상화하는 데 성공했다. 그런 이유로 『페터 카멘친트』는 켈러의 소설을 모방한 아류작이 아니라 독자적인 가치를 지닌 훌륭한 작품으로 인정받을 수 있었다.

높은 산에 둘러싸인 호숫가 산골마을 니미콘은 카멘친트 가문의 집성촌이다. 농부의 아들 페터 카멘친트는 그곳에서 자연을 벗 삼아 어린 시절을 보낸다. 산과 들과 호숫가를 혼자 쏘다니고 험준한 바위산, 뾰족한 봉우리들 위로 흘러가는 구름, 폭풍우와 맞서 싸우는 절벽 위의 소나무들을 바라보며 자연의 소리에 귀 기울이는 법을 배운다. 열 살 때 처음 올라가 본 젠알프 봉우리에서 눈앞에 펼쳐지는 탁 트인 세상을 내려다본 뒤부터 아득한 산 너머 넓고 먼 세계에 대해 막연한 동경을 품게 된다.

진학하기 위해 마을을 떠난 페터는 상급학교에서 처음으로 문학을 접하고 진지하게 시나 소설을 써보기도 한다. 취리히에서 대학 생활을 하는 동안에는 친구 리하르트가 잡지에 몰래 그의 글을 기고한 일을 계기로 문예비평을 쓰기 시작한다. 그렇지만 언젠가는 잡문이 아니라 시를, 위대하고 독특한 삶과 동경의 노래를 쓸 날이 오리라는 은밀한 희망을 마음에 품고 있다. 우울한 기분이 엄습해 오는 밤이면 창가에 누워 검은 호수와 창백한 하늘과 빛나는 별을 바라보며, 말 없는 자연을 시로 표현하는 것이 진정한 소명이라고 생각한다.

어머니의 죽음과 절친한 친구 리하르트의 죽음 그리고 실연의 아픔 탓에 페터는 한동안 술과 방랑으로 점철된 방탕한 생활을 보낸다. 우울증이 깊어져 죽음에 대해 생각하며 괴로운 시간을 보내지만, 어느 날 문득 고요하고 엄숙했던 어머니의 임종의 순간을 떠올리면서 자살 충동을 극복하고 삶의 의지를 되찾는다. 이탈리아 여행을 통해 성자 프란체스코의 발자취를 더듬고 그곳에서 만난 사람들의 소박하면서도 자유롭고 쾌활한 생활 방식에 깊은 인상을 받은 카멘친트는, 도시 생활과 현대 문명에 염증을 느끼면서 자연을 언어로 표현하고자 하는 시인으로서의 소명에 대해 다시 한 번 진지하게 생각하게 된다.

나는 나 자신과 동시에, 오랫동안 계획하던 필생의 역작에 대해 좀 더 깊이 고민하게 되었다.

알다시피 나는 상당히 방대한 문학작품을 통해, 오늘날의 사람들이 의연하고 묵묵한 자연의 생명을 이해하고 사랑하도록 이끌고 싶었다. 대지의 심장이 뛰는 소리를 듣는 법과 자연 전체의 삶에 참여하는 법을 가르치고, 우리는 신도 아니고 저절로 만들어진 것도 아니며 대지와 우주 전체의 자녀이자 일부분이라는 사실을 작은 운명에 억눌려 있는 동안에도 잊지 않도록 알리고자 했다. 시인의 노래나 우리가 밤에 꾸는 꿈과 마찬가지로, 강이나 바다나 하늘 높이 흐르는 구름이나 폭풍우 역시 동경을 담아 상징하는 것이다. 이 동경은 하늘과 땅 사이에 날개를 펼치고 있으며, 모든 살아 있는 것들의 시민권과 불멸성을 확신하는 것이 그 목표임을 상기시키려고 했다. 모든 존재 안에 가장 깊숙이 들어 있는 핵심은 이 권리를 확신하고, 신의 아이가 되어 아무런 두려움 없이 영원의 품에서 쉰다. 그러나 우리가 마음속에 품고 있는 모든 악한 것과 병적인 것과 타락한 것은 그것을 거역하며 죽음을 믿는다.

나는 또한 자연에 대한 형제애 가운데 기쁨의 샘과 생명의 물결을 발견하도록 가르칠 생각이었다. 보는 법, 방랑하는 법, 즐기는 법과 눈앞에 보이는 것에서 얻는 즐거움을 설명하고 싶었다. 산맥이나 넓은 바다나 푸른 섬으로 하여금 매력적이며 힘 있는 언어로 그대들에게 말하도록 하며, 그대들의 집이나 도시 바깥에서 얼마나 무한하고 다채롭고 활기찬 삶이 날마다 꽃을 피우고 넘쳐흐르는지 보여 주고자 했다. 교외에서 자유분방한 새싹을 피워 내는 봄과 그대들의 다리 밑을 흐르는 강물과 그대들의 철로가 달리는 숲이나 풀밭보다도, 그대들이 외국의 전쟁, 유행이나 소문, 문학이나 예술을 더 많이 안다는 것을 부끄러워하도록 할 작정이었다. 고독하고 처세에 서툴러 힘들게 사는 내가 이 세상에서 얼마나 즐겁고 잊을 수 없을 만큼 계속되는 기쁨의 금빛 사슬을 발견했는지, 그대들에게 전하리라고 생각했다. 어쩌면 나보다 더 행복하고 쾌활할지도 모르는 그대들이 좀 더 큰 기쁨으로 이 세상을 발견해 주기를 바랐다. 무엇보다도 사랑의 아름다운 비밀을 그대들 마음속에 심고 싶었다. 모든 살아 있는 것들과 참된 형제가 되고 사랑이 충만해져 더는 고뇌나 죽음도 두려워하지 않고, 설령 고뇌와 죽음이 그대들에게 다가와도 마치 진정한 형제자매처럼 진지하게 맞이할 수 있도록 가르치고 싶었다

그러나 인간이 전혀 등장하지 않는 방대한 문학작품은 무의미하다는 사실을 깨닫고, 그때까지 그에게 낯선 존재였던 인간에 대해 탐구하기 시작한다. 그러던 중 우연히 알게 된 목수의 가족과 왕래하면서 대도시 사교계 사람들과의 교제와는 달리 가식 없고 편안한 인간관계를 맺게 된다. 특히 목수의 처남인 불구자 보피에게서 페터는 고귀하고 존엄한 인간의 전형을 발견한다. 어렸을 때부터 사람들을 특별히 좋아하지도 않고 필요로 하지도 않았으며 오로지 자연과만 친밀하게 교감할 줄 아는 페터에게, 보피는 인간에 대한 애정과 형제애의 실천을 가르쳐 주는 스승 역할을 한다.

보피가 죽은 후 이탈리아로 떠나려고 했으나 아버지의 병환 때문에 어쩔 수 없이 고향으로 돌아오지만, 그간의 경험들을 통해 정신적으로 한층 성숙해진 페터는 자신을 옭아매는 온갖 속

박에서 자유로워지고 삶에 대해 여유 있는 관조의 자세를 취하게 된다.

　이제 나의 인생행로와 삶을 위한 노력들을 되돌아보면서 곰곰이 생각해 보면, 물고기는 물에서 살아야 하고 농부는 시골에 살아야 하며, 아무리 재주를 부려 봤자 니미콘 마을의 카멘친트는 도시인이나 세계인이 될 수 없다는 해묵은 경험을 나 역시 체험했다는 사실이 기쁘기도 하고 화가 나기도 한다. 나는 이제 그것이 당연하다고 생각하는 데 익숙해졌고, 세상의 행복을 찾으려고 서툴게 추구하다가 본의 아니게 다시 호수와 산으로 둘러싸인 옛 두메산골로 되돌아와서 기쁘다. 나는 산골에 속한 사람이고, 그곳에서는 내 미덕과 악덕, 특히 악덕이 그저 평범하고 흔한 것이다. 저 바깥세상에서 나는 고향을 잊었고 나 자신을 거의 희귀하고 기묘한 사람으로 여기고 있었다. 그러나 이제 나는 그것이 내 안에 유령처럼 따라다니는 정신, 바깥세상의 관습에 순응할 수 없는 니미콘 사람들의 정신일 뿐이었음을 다시 깨달았다. 여기서는 누구도 나를 별난 사람으로 여기지 않는다.

　페터는 늙은 아버지를 돌보며 마을의 술집을 인수해 정착할 계획을 세운다. 긴 세월 동안 타지를 떠돌다가 결국 다시 고향에 돌아온 니미콘 마을의 페터 카멘친트는 이제 자연뿐 아니라 인간에 대한 애정이 가득한 진정한 시인으로서 새로운 삶을 시작할 준비가 되었다.

　　서랍에는 내가 쓸 대작의 첫 부분이 들어 있다. 내 필생의 역작이라고 할 수 있을 것이다. 하지만 그건 너무 비장하게 들린다. 그리고 내가 이 작품을 계속 진행시켜서 완성할 수 있을지 여부가 확실치 않다는 것을 고백해야 하기 때문에, 그렇게 말하지는 않겠다. 아마도 다시 시작하고 계속 써나가서 완성시킬 때가 한 번은 올 것이다. 그렇게 된다면 내 젊은 시절의 동경은 옳은 것이었고 나는 진짜 시인이었던 셈이다.

　　그것은 나에게 마을 의원이나 돌 제방만큼 가치 있거나, 아니면 그보다 훨씬 더 가치 있는 일일 것이다. 그러나 날씬한 뢰지 기르타너에서부터 가엾은 보피에 이르기까지 내가 사랑하는 모든 사람의 모습과 더불어, 내 삶에서 흘러가 버렸지만 잃어버리지는 않은 것만큼 소중하지는 않을 것이다

　　『페터 카멘친트』는 감수성이 예민하고 예술가적인 기질을 지닌 산골 소년이 시인으로 성장하는 내면의 발전 과정을 그리고 있다. 괴테의 교양소설 『빌헬름 마이스터』나 켈러의 『녹색의 하인리히』와는 달리 이 소설의 주인공은 세상에 나가 사회에 적응하면서 사회화 과정을 겪는 것이 아니라, 반대로 세상과 사회로부터 벗어나 자연으로 돌아가려고 노력하며 내면화 혹은 개인화의 길을 걷는다. 이것은 첫 소설인 『페터 카멘친트』에서 시작되어 후

기 작품에 이르기까지 헤세의 전체 작품을 꿰뚫는 일관된 주제이다. 바로 이러한 면 때문에 헤세는 사회적, 시대적 문제를 도외시한다는 비판을 받기도 했다. 이에 대해 헤세는 국가나 사회보다도 개별적인 사람, 유일무이하고 규격화되지 않은 개성적인 개인이야말로 우선적으로 관심을 기울여야 할 가장 시급한 문제라고 말한다.

주인공은 세상으로 나가서 학문과 예술을 접하고 사랑과 우정과 죽음을 체험한다. 독서와 글쓰기에 몰두하고 친구 리하르트를 통해 음악의 매력에 빠져든다. 학생, 음악가, 화가, 작가, 철학자, 미학자, 사회주의자 등 지식인들을 만나 다양한 영역의 지식들을 단편적으로 습득하는 동안 스스로 어떤 관념과 통찰력을 지니게 된다. 그는 여인에 대한 사랑을 세 번 경험하는데 모두 그의 일방적인 연모와 실연으로 끝난다. 실제로 고백을 하고 상호 간의 사랑으로 이어진 적은 한 번도 없다. 오히려 이성에 대한 사랑보다는 동성과의 우정을 발전시키는 데 더 적극적인 의지를 보이며, 리하르트와 보피에게서 많은 가르침을 받고 내면으로 서로 긴밀히 연결되어 있음을 느낀다.

그러나 그 모든 새로운 경험에도 불구하고 카멘친트에게 가장 소중한 것은 자연이다. 그는 여전히 홀로 자연과 벗하기를 즐긴다. 성 프란체스코의 자연에 대한 형제애에 깊이 공감하며 자연의 소리를 이해하게 되기를 바란다. 그래서 언젠가는 말 없는 자연을 언어로 표현하여 인간에게 알리는 위대한 작품을 쓰겠다는 꿈을 키운다.

카멘친트는 가까이 지내던 네 사람의 죽음을 경험하며 내면의 성숙을 이룬다. 그는 김나지움의 마지막 학년에 고향집에서 어머니의 임종을 지키면서 죽음의 엄숙함에 대해 처음으로 경외감을 느끼고 강렬한 인상을 받는다. 그 후 대학에서 유일하게 참된 우정을 나누었던 친구 리하르트와 행복한 이탈리아 여행을 마치고 작별한 직후, 그의 갑작스러운 익사 소식을 듣고 커다란 상실감과 절망에 빠져든다. 그는 고통 속에 긴 방황을 마치고 난 후 목수 가족과 교제하면서, 목수의 천진한 어린 딸 아그네스의 죽음을 슬프지만 침착하게 지켜볼 수 있게 된다. 카멘친트에게 꾸준한 사랑의 소중함을 일깨워 준 불구자 보피는 병석에 누운 채 다가오는 죽음을 감지한다. 그러나 마음속의 가장 소중한 것은 상처 입지 않은 채 어린아이처럼 장난치고 농담하며 죽음을 받아들인다. 그 모습을 지켜보던 카멘친트도 이제 더는 슬퍼하거나 고통스러워하지 않고 보피의 죽음을 차분하고 담담하게 받아들인다. 그들의 죽음은 모두 현실의 고통과 질곡에서 해방되어 영원한 자유의 나라로 들어가는 것, 카멘친트가 끊임없이 동경하는 자연으로 돌아가는 것을 의미한다.

메마른 도시의 삶이 고통스러워 방황하던 카멘친트도 마침내 고향으로, 자연으로 돌아간다. 그곳에서 자신이 가장 사랑하는 자연을 주인공으로 한 필생의 역작을 쓰겠다는 원대한 포부를 품고서. 이탈리아 여행에서 얻은 삶에 대한 긍정적인 태도로 자연과 더불어 사는 건강한 시인의 삶을 시작하는 것이다.

청소년기에 질풍노도의 시절을 겪으면서 시인으로서 자아를 형성한 헤세 자신의 자전적 요소를 기반으로 한 이 소설은, "시인이 아니면 그 무엇도 되고 싶지 않다"고 말한 헤세의 고백서이기도 하다.

헤르만 헤세 연보

1877   7월 2일 독일 남부 뷔르템베르크 주의 소도시 칼프에서 선
교사로 훗날 칼프 출판협회장이 된 요하네스 헤세와 그의
부인 마리 군데르트 사이에서 장남으로 태어남. 외할아버지
헤르만 군데르트는 인도학 학자로 유명한 선교사. 인도에서
선교사로 활동하던 아버지는 건강상의 문제로 귀국하여 고
향에서 헤르만 군데르트 목사의 기독교 서적 출판 사업을
돕다가 그의 딸과 결혼함. 마리 군데르트의 첫 남편인 찰스
아이젠버그는 영국 출신의 선교사였는데 그가 세상을 떠나
자 32세의 나이에 요하네스 헤세와 재혼해 헤르만 외에 아
델레, 파울, 게르트루트, 마리, 한스를 낳음.

1881–86   부모와 함께 스위스 바젤로 이주. 아버지는 바젤 선교단에
서 교사로 활동하며 1883년에 스위스 국적을 취득.

1886-89	가족이 다시 고향 칼프로 돌아와, 헤세는 그곳에서 실업학교에 입학.
1890-91	괴핑겐의 라틴어 학교에 입학하여, 신학교에 입학할 수 있는 뷔르템베르크 주 시험 준비. 시험 자격 취득을 위해 부모는 헤르만 혼자 스위스 시민권을 포기하고 뷔르템베르크 주 정부의 시민권을 취득하게 함.
1891	6월에 뷔르템베르크 주 시험에 합격. 그해 9월에 케플러, 횔덜린을 배출한 유명한 마울브론 신학교에 입학해 6개월간 다님.
1892	3월 7일에 마울브론 신학교를 도망쳐 나옴. '시인이 되거나 아니면 아무것도 되고 싶지 않았기에' 자유로운 생활을 하려고 함. 바트 볼에 있는 블룸하르트 목사의 병원에서 치료. 6월에 짝사랑으로 인한 자살 기도. 슈테텐의 정신병원에서 약 3개월간 입원 요양.
1892-93	슈투트가르트 근교에 있는 바트 칸슈타트 김나지움(인문중고등학교)에 1년간 다님. 중등학교 자격시험을 치른 후 학업 중단. 에슬링겐에서 서점 견습사원으로 근무하지만 3일 후에 그만둠. 그 후 아버지의 조수로 일함.

| 1894–95 | 고향 칼프의 페로트 탑시계 공장에서 15개월간 견습공 생활. |

| 1895–98 | 튀빙겐의 헤켄하우어 서점에서 판매원 및 서적 분류 조수로 일함. |

| 1898 | 소설을 쓰기 시작함. 습작소설 『고슴도치*Schweingel*』를 썼으나 원고를 분실함. 처녀 시집 『낭만적인 노래*Romantishe Lieder*』 발표. |

| 1899 | 9월에 스위스 바젤로 이주하여 1901년까지 라이히 서점에서 서적 분류 조수로 근무. 산문집 『한밤중 뒤의 한 시간*Eine Stunde hinter Mitternacht*』 출간. |

| 1900 | 〈스위스 일반신문〉에 여러 가지 기사와 서평을 쓰기 시작함. |

| 1901 | 3월부터 5월까지 첫 번째 이탈리아 여행. 피렌체, 제노바, 라베나, 피사, 베네치아 등지를 돌아봄. 8월부터 1903년 봄까지 바젤의 바텐빌 고서점에서 판매원으로 근무. 가을에 『헤르만 라우셔의 유작과 시*Hinterlassene Schriften und Gedichte von Hermann Lauscher*』를 바젤의 라이히 서점에서 간행. |

| 1902 | 베를린의 그로테 출판사에서 시집 『시들*Gedichte*』 출간. 이 시 |

집은 출간 직전 사망한 그의 어머니에게 헌정됨.

1903 서적 관계 일로 두 번째 이탈리아 여행을 하여 피렌체와 베네치아를 둘러봄. 서점 점원 생활을 청산하고 집필에만 전념함. 그 후 베를린 피셔 출판사로부터 작품 집필을 의뢰받고 소설 『페터 카멘친트*Peter Camenzind*』를 탈고함.

1904 『페터 카멘친트』를 피셔 서점에서 출간하여 신진 작가의 지위를 확보함. 이 작품으로 빈 농민상을 수상. 8월에 아홉 살 연상인 마리아 베르누이와 결혼하여, 9월에 보덴 호수 근교의 작은 마을 가이엔호펜으로 이주. 자유작가로 생활하며 여러 신문과 잡지에 기고. 소설 『보카치오*Boccaccio*』와 『아시시의 프란체스코*Franz von Assisi*』 출간.

1904–12 자유작가 생활을 하며 〈짐플리치시무스*Simplicissimus*〉, 〈라인렌더*Rheinländer*〉, 〈노이에 룬트샤우*Neue Rundschau*〉지의 동인으로 활동.

1905 12월에 첫 아들 브루노 출생. 오스트리아의 문학상 바우어른펠트 상 수상.

1906 소설 『수레바퀴 밑에*Unterm Rad*』를 피셔 출판사에서 출간. 빌

헬름 2세의 권위에 노골적으로 도전하는 진보적인 주간지 〈3월März〉 창간에 참여하여 1912년까지 공동 편집자로 활동함.

1907   중단편집 『이 세상Diesseits』 출간. 가이엔호펜에 자신의 집을 짓고 이사함.

1908   중단편집 『이웃 사람들Nachbarn』 출간.

1909   3월에 차남 하이너 출생. 취리히, 독일, 오스트리아로 강연 여행.

1910   뮌헨의 랑겐 출판사에서 소설 『게르트루트Gertrud』 출간.

1911   7월에 셋째 아들 마르틴 출생. 시집 『여행 중에Unterwegs』 출간. 9월부터 12월까지 친구인 화가 한스 슈투르체네거와 함께 인도 및 동남아시아 여행. 가정생활의 파탄을 타개하기 위해 연말에 귀국함.

1912   단편집 『우회로Umwege』 출간. 가족들과 함께 스위스의 베른 교외에 있는 세상을 떠난 친구인 화가 알베르트 벨티의 집으로 이사.

1913	인도 여행 경험을 바탕으로 피셔 출판사에서 『인도에서. 인도 여행으로부터의 스케치*Aus Indien, Aufzeichnungen von einer indischen Reise*』 출간.

1913 인도 여행 경험을 바탕으로 피셔 출판사에서 『인도에서. 인도 여행으로부터의 스케치*Aus Indien, Aufzeichnungen von einer indischen Reise*』 출간.

1914 결혼 문제를 주제로 한 소설 『로스할데*Roshalde*』 출간. 스위스 국적을 신청했으나 거부당함. 7월에 제1차 세계대전이 일어나 자원 입대하려 했지만 시력 때문에 복무 부적격 판정을 받음. 1915년부터 1919년까지 베른 주재 독일공사관에 설치된 '독일 전쟁 포로 후생 사업소'에서 일하며 전쟁 포로와 억류자들을 위한 〈독일 억류자 신문*Deutschen Interniertenzeitung*〉의 공동 발행인, 〈독일 전쟁 포로를 위한 책*Bücherei für deutsche Kriegsgefangene*〉, 〈독일 전쟁 포로를 위한 일요일 전령*Sonntagsbote für deutsche Kriegsgefangene*〉의 발행인을 맡음. 전쟁 중에 전쟁을 비판하는 글을 신문에 발표하여 독일 국민의 반감을 샀으며, 또한 독일 저널리즘에서도 배척당함. 자신의 출판사를 만들어 1918년에서 1919년까지 스물두 권의 소책자를 펴냄.

1914-19 수많은 반전 내용의 정치 논평과 논문, 경고 호소문, 공개서한 등을 독일, 스위스, 오스트리아 신문 잡지들에 발표.

1915 단편집 『길가에서*Am Weg*』와 소설 『크눌프. 크눌프 삶의 세

가지 이야기*Knulp. Drei Geschichten aus dem Leben Knulps*』 발표. 신
작 시집 『고독한 자의 음악*Musik des Einsamen*』 출간.

1916 3월 부친 요하네스 헤세 사망. 부인 마리아의 정신분열증 시
작과 막내아들 마르틴의 발병으로 인해 자신도 심한 신경쇠
약에 시달리게 되어, 루체른 근처 존마트의 요양소에서 심리
학자 C. G. 융의 제자인 랑 박사로부터 정신요법 치료를 수
십 회 받음. 『청춘은 아름다워라*Schön ist die Jugend*』 출간.

1917 시대 비판적 출판을 금지하라는 경고를 받고 에밀 싱클레어
라는 가명으로 신문과 잡지를 출간함.

1919 정치적 팸플릿 『차라투스트라의 귀환. 어느 독일인이 독일
젊은이들에게 보내는 한마디 말*Zarathustras Wiederkehr. Ein Wort
an die deutsche Jugend von einem Deutschen*』을 익명으로 발표했다가
이듬해 베를린에서 실명 출간. 『데미안. 어떤 청춘의 이야기
Demian. Die Geschichte einer Jugend』를 '에밀 싱클레어'라는 이름
으로 발표하여 호평을 받았으며, 신인으로 오해되어 폰타네
상이 수여되었으나 이를 사양하고 9판부터 저자의 이름을
헤세로 밝힘. 이 외에 『작은 정원*Kleiner Garten*』, 『환상동화집
Märchen』 출간. 4월에 베른을 떠나 가족과 떨어져 테신 주의
중심 도시 루가노 근교의 어느 농가와 조렌고의 어느 숙소

에 머무르다가, 5월 11일 몬타뇰라로 이사해 카무치 별장에서 1931년까지 거주. 본격적으로 수채화를 그리기 시작.

1919–22 R. 볼테레크와 공동으로 월간지 〈생명의 절규Vivos voco〉를 발간.

1920 색채 소묘를 곁들인 열 편의 시가 수록된 시집 『화가의 시 *Gedichte des Malers*』와 『혼돈을 들여다봄*Blick ins Chaos*』이라는 제목의 도스토예프스키에 대한 에세이 출간. 수채화를 곁들인 여행 소설 『방랑*Wanderung*』, 세 편의 단편을 모은 『클링조어의 마지막 여름*Klingsors letzter Sommer*』 출간. 후고 발 부부와 가깝게 지냄.

1921 『시선집*Ausgewahlte Gedichte*』 출간. 창작의 위기. 취리히 근방의 퀴스나흐트에서 C. G. 융의 정신분석을 받음. 『테신에서 그린 수채화 열한 점*Elf Aquarelle aus dem Tessin*』 출간.

1922 '인도의 시문학'이라는 부제가 붙은 소설 『싯다르타*Siddhartha*』 출간.

1923 산문집 『싱클레어의 비망록*Sinclairs Notizbuch*』 간행. 9월 4년 전부터 별거 중이던 첫 번째 부인 베르누이와 이혼. 취리히

근방의 바덴에서 요양을 시작하여, 1952년까지 매년 늦가을이면 이곳에 와 요양함.

1924 스위스 여류 작가 리자 뱅거의 딸인 루트 뱅거와 결혼. 스위스 국적 재취득.

1925 소설 『요양객*Kurgast*』 발표. 루트 뱅거에게 바치는 사랑의 동화 『픽토르의 변신*Piktors Verwandlungen*』을 친필로 써서 발표. 뮌헨, 울름, 아우구스부르크, 뉘른베르크 등지로 낭독 여행. 이해부터 베를린 피셔 출판사에서 단행본으로 된 『헤세 전집』을 출간하기 시작함. 뮌헨에서 토마스 만을 방문.

1926 독일 프로이센 예술원 문학 분과 국제위원으로 선출됨. 감상과 기행문집 『그림책*Bilderbuch*』을 출간. 여류 예술사가 니논 돌빈과 사귐.

1927 산문집 『뉘른베르크 여행*Nürnberger Reise*』과 히피들의 성서가 된 소설 『황야의 늑대*Steppenwolf*』 출간. 후고 발 출판사에 의해 헤세의 50회 생일 기념으로 그의 자서전 『헤르만 헤세. 그의 생애와 작품*Hermann Hesse. Sein Leben und sein Werk*』 출간됨. 두 번째 부인 루트 뱅거의 요청으로 합의 이혼.

1928	산문집 『관찰Betrachtungen』과 시집 『위기. 한 편의 일기Krise. Ein Stück Tagebuch』 출간. 빈 실러 재단의 메이스트리크 상 수상.
1929	시집 『밤의 위안Trost in der Nacht』과 산문 『세계 문학 총서Eine Bibliothek der Weltliteratur』 출간.
1930	소설 『나르치스와 골드문트Narziß und Goldmund』 출간. 단편집 『이 세상』의 증보판 출간. 프로이센 예술원 탈퇴.
1931	프랑스 귀화인으로 체르노비츠의 아우슬랜더 가 출신 예술 사가이자 역사학자인 니논 돌빈과 결혼. 친구인 한스 보드머 가 임대해 준 몬타뇰라의 카사 로사(일명 카사 헤세)로 이사 해서 평생 그곳에서 거주. 『싯다르타』, 『어린이의 영혼』, 『클라인과 바그너』 그리고 『클링조어의 마지막 여름』을 한데 엮 은 『내면으로의 길Weg nach innen』 출간. 소설 『유리알 유희 Glasperlenspiel』 집필 시작.
1932	산문집 『동방 순례Die Morgenlandfahrt』 간행.
1933	단편집 『작은 세계Kleine Welt』 출간. 나치즘과 유대인 박해에 반대.

1934	스위스 작가협회 회원이 됨. 시 선집 『생명의 나무에서*Vom Baum des Lebens*』 출간. 문학 계간지 〈노이에 룬트샤우Neue Rundschau〉에 『유리알 유희』 발표 시작. 페터 주어캄프가 피셔 출판사와 함께 〈노이에 룬트샤우〉지 인수.
1935	중단편집 『우화집*Fabulierbuch*』 출간. 동생 한스 자살.
1936	스위스 최고 권위의 문학상인 고트프리트 켈러 문학상 수상. 전원시집 『정원에서 보낸 시간*Stunden im Garten*』 출간.
1937	산문집 『기념첩*Gedenkblätter*』과 시집 『신시집*Neue Gedichte*』 그리고 『다리를 저는 소년*Der lahme Knabe*』 간행.
1939–45	제2차 세계대전 발발. 나치스의 탄압으로 헤세의 작품들은 몰수되고 출판이 금지되어 『수레바퀴 밑에』, 『황야의 늑대』, 『관찰』, 『나르치스와 골드문트』가 더 이상 인쇄되지 못함. 히틀러 집권 기간인 1933–1945년 사이 독일에는 총 20권의 헤세 저서가 나와 있었는데, 그 기간 동안 총 481권의 문고본밖에 팔리지 않았음. 주어캄프와의 합의하에 단행본으로 된 『헤세 전집』을 취리히에 있는 프레츠 & 바스무트 출판사에서 계속 간행키로 함.

1942	최초의 시 전집 『시집Gedichte』이 스위스 취리히에서 출간됨.
1943	장편소설 『유리알 유희』를 발표.
1944	비밀경찰이 헤세 작품의 독일 출판업자 페터 주어캄프를 체포.
1945	시 선집 『꽃 핀 가지Der Blütenzweig』와 미완성 소설 『베르톨트Berthold』 그리고 새로운 단편과 동화를 모은 『꿈길 Traumfährte』 출간. 제2차 세계대전이 끝난 후 규칙적으로 실스 마리아에서 여름을 보냄.
1946	정치적 평론집 『전쟁과 평화. 1914년 이후의 전쟁과 정치에 대한 수상집Krieg und Frieden. Betrachtungen zu Krieg und Politik seit dem Jahr 1914』 출간. 헤세의 작품이 다시 독일의 주어캄프 출판사에서 간행됨. 프랑크푸르트 시의 괴테 상 수상. 노벨 문학상 수상.
1947	베른 대학의 철학부에서 명예 문학박사 학위를 받음. 고향 칼프 시의 명예시민이 됨.
1950	브라운슈바이크 시의 빌헬름 라베 상 수상.

1951	『후기 산문*Späte Prosa*』과 『서간집*Briefe*』 출간.
1952	독일과 스위스에서 헤세의 탄생 75주년 기념행사가 열림. 주어캄프 출판사에서 『헤세 문학 전집*Gesammelte Dichtungen*』 전 6권 출간.
1954	산문집 『픽토르의 변신*Piktors Verwandlungen*』, 롤랑과 주고받은 편지를 모은 『헤르만 헤세와 로맹 롤랑의 서한집*Briefwechsel. Hermann Hesse - Romain Rolland*』 간행.
1955	독일 출판협회의 평화상 수상. 니논에게 헌정된 후기 산문집 『주문*Beschwörungen*』 출간.
1956	바텐 뷔르템베르크 지방의 독일 예술 후원회가 헤르만 헤세 문학상을 위한 재단 설립.
1957	탄생 80회 기념사업으로 이미 간행된 『헤세 전집』을 증보하여 『헤세 전집*Gesammelte Schriften*』 전7권 출간. 마르틴 부버가 슈트트가르트에서 '헤르만 헤세의 정신에 대한 봉사'라는 제목으로 축사를 함.
1961	시 선집 『단계*Stufen*』 출간.

1962	몬타뇰라의 명예시민이 됨. 바이블러가 쓴 헤세 전기『헤르만 헤세. 한 편의 전기*Hermann Hesse. Eine Bibliographie*』간행. 8월 9일 85세를 일기로 몬타뇰라에서 뇌출혈로 세상을 떠남. 이틀 후 성 아본디오 묘지에 안장됨.
1963	『후기 시집*Die späten Gedichte*』인젤 출판사에서 출간.
1964	바이마르의 실러 박물관에 '헤르만 헤세 문헌 기록 보관소'가 설치됨.
1965	니논 헤세가『유작 산문집*Prosa aus dem Nachlaß*』출간.
1966	니논 헤세가 작가의 서간문과 여러 가지 생에 관한 기록을 바탕으로 1877년부터 1895년까지의 생애를 내용으로 하는『1900년 이전의 유년 시절과 청소년 시절*Kindheit und Jugend vor Neunzehnhundert*』을 펴냄. 9월 헤세의 부인 니논 돌빈 71세로 사망.

페터 카멘친트

초판 1쇄 펴낸날 2013년 9월 23일

지은이 헤르만 헤세
옮긴이 김화경
펴낸이 양숙진

펴낸곳 (주)현대문학
등록번호 제1-452호
주소 137-905 서울시 서초구 잠원동 41-10
전화 02-2017-0280
팩스 02-516-5433
홈페이지 www.hdmh.co.kr

ⓒ 2013, 현대문학

ISBN 978-89-7275-631-6 04850
세트 978-89-7275-622-4

* 책값은 뒤표지에 있습니다.